Las Eternas

Victoria Álvarez

Las Eternas

NOCTURNA
EDICIONES

Primera edición en Nocturna: octubre de 2022

Impreso en España / *Printed in Spain*

Técnica Digital Press

Código IBIC: YFB

ISBN: 978-84-18440-58-8

Depósito Legal: M-22584-2022

A mis padres, a Oscar y a Venecia.

El tiempo es una imagen móvil de la eternidad.

PLATÓN

Prólogo

La niña había sido una de las últimas víctimas de la epidemia.

La habían dejado en un camastro al fondo de la enfermería, junto a una ventana que daba sobre los descuidados jardines. Era una habitación pequeña y mal ventilada, sin más muebles que las estructuras de hierro que sostenían el agonizante peso de los enfermos, unos armarios con instrumental quirúrgico, frascos de medicinas y rollos de vendas y una silla de tres patas en la que permanecía sentada una enfermera. El techo estaba saturado de manchas de humedad, como si llorara cada muerte que se había producido entre sus paredes, y habían sido demasiadas en las últimas semanas.

Lo único que se oía era el canto de las cigarras a través de los cristales. No había nadie más en la habitación; los empleados de la morgue se habían llevado a los últimos cadáveres y solo quedaba hacerse cargo de la niña. Desde su cochambrosa silla, Carla Federici, la enfermera, no podía dejar de mirar la pequeña silueta cubierta por una sábana. Los pliegues se amoldaban a las formas de su cuerpecillo delineando la curvatura de su nariz y los pies desnudos que sobresalían bajo la tela. «Si no vienen a llevársela ya, me volveré loca —pensó mientras daba vueltas nerviosamente al rosario que sostenía sobre su uniforme—. ¡Necesito salir de este infierno!».

Nadie comprendía por qué la epidemia de cólera más devastadora de la centuria se había dado en una ciudad costera tan tranquila como Civitavecchia. No se sabía de dónde habían venido los primeros afectados ni por qué la peste se había propagado con semejante rapidez. En aquel verano de 1891 habían muerto más personas en la localidad que en un año entero y las cifras no hacían más que aumentar. Las casas de curación no conseguían contener a más enfermos y lo mismo sucedía con los dos hospitales e incluso con el orfanato, que se había quedado, en unos días, sin las tres cuartas partes de su alumnado.

Casi todos los supervivientes habían preferido marcharse de Civitavecchia antes que seguir los pasos de sus familiares muertos. La misma enfermera había tenido que despedirse de Laura y Cristina, sus hijas de seis y ocho años, y enviarlas a la casa de campo que tenía su tía a las afueras de Cerveteri, pero al menos le quedaba el consuelo de que no hubieran acabado como la niña que descansaba bajo la sábana. La mala suerte no podía ensañarse más con ella, pensó mientras pasaba una a una las cuentas de su rosario. La muerte de su marido aún pesaba como una losa sobre su espíritu. Si su Domenico siguiera con vida, Carla no tendría que haber aceptado un empleo que la colocaba cada día al borde del sepulcro. Si hubiera…

Algo rompió el hilo de sus pensamientos. Al levantar la cabeza, vio una sombra que acababa de recortarse contra la puerta de la enfermería y no pudo reprimir un suspiro mientras se ponía en pie. Debía de ser el empleado de la morgue que venía a llevarse a la niña: era un hombre no demasiado alto, con un pecho robusto y una cara amable que a duras penas se distinguía bajo su poblada barba, veteada por unas canas prematuras.

—¡Ya era hora! —dijo la señora Federici en el susurro que se había acostumbrado a usar durante la cuarentena. Casi parecía un sacrilegio hablar con normalidad en un sitio tan desolador—. Pensaba que no vendría nunca. ¿Qué ha ocurrido?

—Discúlpeme —dijo cortésmente el hombre, desprendiéndose de su boina—. No se hace una idea del trasiego que hay. Casi no se puede avanzar en medio de tantos coches.

—La gente está desesperada por abandonar la ciudad. Pronto se quedará despoblada

«Y no me dará ninguna pena que sea así —pensó la enfermera con amargura—. No pienso volver a pisar este antro por mucho que me paguen».

—Tenía entendido que el doctor Tosso era el encargado de esta sección —comentó su compañero después de unos segundos de silencio—. Confiaba en poder cruzar unas palabras con él.

—Tosso ha tenido que marcharse con los demás médicos. Hay una enorme cantidad de papeles por firmar. Le asombraría saber cuántos problemas burocráticos causa la muerte.

—¿Y no quedan más enfermeras? ¿Es usted la única que sigue aquí?

—Suena heroico, ¿verdad? En realidad, no me ha quedado más remedio. Soy la última a la que contrataron antes de la peste. Eso me convierte en la que menos derecho tiene a protestar, aunque no dejo de pensar en mis hijas. Sobre todo teniendo delante a esa criatura. —Señaló con la barbilla el pequeño montículo cubierto por la sábana—. Supongo que será mejor acabar cuanto antes. Sígame…

Lo condujo por entre las hileras de camastros hasta detenerse junto al único ocupado. Dudó antes de levantar la sábana, aunque, si alguien le hubiera preguntado por qué, no habría sabido contestar.

No era por miedo a la muerte; había tenido que acostumbrarse a tener cadáveres cerca si era la única manera de dar de comer a Laura y Cristina. Sacudió la cabeza, repitiéndose que estaba comportándose como una tonta, y se obligó a apartar la sábana.

Pudo oír cómo el hombre contenía el aliento y no le costó adivinar el motivo. No parecía encontrarse muerta… Tenía la piel blanca como la nieve, en lugar de amarillenta como la mayoría de apestados. El cabello rubio le llegaba hasta más allá de la cintura y caía en desordenadas guedejas sobre su pecho, enmarcando un rostro que podría haber adornado una cantoría de Donatello, un rostro de una belleza demasiado dolorosa para ser humano. El hombre se acercó en silencio a la cama y, aunque no dijo ni una palabra, supo que compartían la misma fascinación.

—Era bonita, ¿verdad? —musitó la señora Federici—. Habría sido muy guapa si hubiera vivido unos años más. Me imagino a los hombres haciendo toda clase de locuras por ella. Una italiana tan rubia, tan pálida…

—Sin duda era el orgullo de sus padres —susurró su acompañante—. ¿Qué fue de ellos?

—Murieron la semana pasada, los dos. No pudieron despedirse de su hija. —La señora Federici sacudió la cabeza con tristeza—. Al menos no ha tardado demasiado en seguirlos. Ha sido lo mejor, ya que la pobre sufría muchísimo. A una se le parte el alma en estos casos. A las seis menos veinte dejé de oír su respiración y…

—Es injusto —dijo el hombre. A la señora Federici le sorprendió darse cuenta de que se le habían humedecido los ojos, que eran de un profundo azul.

—¿A qué se refiere? ¿A que tengamos que ver morir a niños tan pequeños?

—No —replicó él—, a que algunas madres puedan partir antes de presenciar cómo la muerte les arrebata lo que más quieren. Eso es un privilegio.

La enfermera parpadeó mientras el hombre se inclinaba más sobre la pequeña. Alargó una mano para acariciar su revuelta melena, deshecha en destellos de oro bajo el sol, y colocó las puntas de los dedos sobre sus párpados. Al levantarlos cuidadosamente, vio que sus ojos también eran azules, aunque habían perdido su brillo. Parecían los de una muñeca abandonada por su dueña en un trastero oscuro.

—Preciosa —oyó susurrar al hombre. Dejó que sus párpados volvieran a velar sus pupilas—. Perfecta —siguió diciendo—, y tan muerta como el clavo de una puerta.

Entonces la envolvió con delicadeza en la sábana, asegurándose de que la sucia tela la cubría por completo, y se incorporó con ella en brazos. No parecía acusar su peso más de lo que lo haría con un recién nacido. «Dentro de unos días no quedará nada de ti —pensó la enfermera mientras la pequeña cabeza se balanceaba inanimadamente—, nada más que unos huesos aplastados por un montón de tierra sobre el que nadie te dedicará un epitafio». Se sorprendió al sentir que una lágrima le resbalaba por la cara y se apresuró a secársela dando la espalda al hombre.

—Me imagino que la llevarán a la misma fosa que a sus padres. Pasará un tiempo antes de que la gente de Civitavecchia se atreva a acercarse, pero para entonces no habrá nada que les recuerde lo ocurrido en este hospital. Además... —Se quedó callada al darse cuenta de que estaba hablando sola: el hombre y la niña habían desaparecido como por arte de magia—. ¿Oiga? —llamó en voz alta—. ¿Se ha ido ya?

Nadie le contestó. La señora Federici dio unos pasos entre los camastros. Se agachó para mirar bajo las estructuras de hierro y se asomó a la puerta que comunicaba con el resto del hospital, pero no se encontró con nadie ni vivo ni muerto. Era como si la tierra acabara de tragárselos, como si lo hubiera imaginado todo.

«Qué tipo más extraño. —Se encogió de hombros—. Me pregunto por qué no nos lo habían enviado antes. Parecía muy comprensivo». Estaba a punto de regresar a su silla cuando oyó lo que había intentado captar antes: unos pasos en el corredor.

Se acercó de nuevo a la puerta. Esta vez no era un hombre el que se acercaba a la enfermería, sino dos; y saltaba a la vista que estaban extenuados por la ascensión desde la ciudad. Unas enormes manchas de sudor salpicaban sus camisas arremangadas.

—… y dile que por el momento no prepare más ataúdes. Esta gente no los necesita tanto como los demás. Unas cuerdas para atar la sábana antes de que les echen la cal y…

—¿Quiénes son ustedes? —preguntó la enfermera—. ¿Qué hacen aquí?

Los desconocidos se detuvieron. El de edad más avanzada se llevó una mano a la gorra que amenazaba con resbalar por su empapada frente.

—Sentimos haberla asustado, señora. Venimos de la morgue. Nos han dicho que aún queda una a la que llevar a la fosa. Yo soy Franceschi —agachó la cabeza— y este es Vincenzo, mi ayudante. Hemos procurado llegar lo antes posible.

El más joven asintió. Era un individuo oscuro y achaparrado, con los ojos demasiado saltones en comparación con el resto de su rostro. A la señora Federici le recordó a una especie de rana que acabara de alzarse, con un enorme esfuerzo, sobre sus ancas traseras.

—Tiene que ser un error. No esperamos a nadie más esta mañana...

—¿No avisaron a nuestro jefe de que la epidemia acababa de cobrarse otra víctima?

—No..., es decir, sí, así ha sido... Una niña pequeña, la última en morir. Pero uno de sus colegas acaba de llevársela a la fosa. Habrá sido un malentendido.

Los hombres se quedaron mirando a la enfermera como si les hablara en arameo.

—¿Cómo que uno de nuestros colegas?

—Tienen que conocerle. Deben de haber estado a punto de cruzarse con él. Es un tipo moreno con barba y ojos azules, de unos cuarenta años.

—Nunca había escuchado hablar de alguien así. No hay ningún empleado parecido en nuestra morgue. Además, ahora los únicos que nos hacemos cargo del trabajo sucio somos Vincenzo y yo; a los demás les faltó tiempo para largarse de la ciudad.

A la señora Federici se le abrió la boca como a un pez al darse cuenta de lo que había sucedido. Antes de que pudiera reaccionar, oyó abrirse una de las puertas del corredor y, al volverse hacia allí, reconoció a un hombre con una bata blanca que se frotaba la cara con aire de cansancio.

—¡Doctor Tosso! ¡Gracias al cielo! —Echó a correr hacia él y los empleados de la morgue la siguieron—. ¡Ha ocurrido algo muy extraño!

En pocas palabras le contó lo que acababa de presenciar. El doctor Tosso no movió ni un músculo mientras la escuchaba. Su rostro podría haber estado esculpido en basalto; nadie recordaba haberle visto sonreír en los quince años que llevaba en el hospital.

—Espere, espere un momento… ¿Está diciendo que nos han robado un cadáver?

La señora Federici asintió con una mano contra la boca. En los ojos de Tosso brilló una chispa de desconcierto que no tardó más que un segundo en retroceder ante el sentido común.

—Me temo que delira usted, señora Federici. Ha pasado demasiado tiempo encerrada entre estas paredes. —Mientras decía esto, puso una mano sobre el hombro de la enfermera—. Tiene permiso para marcharse con sus hijas ahora que aún puede hacerlo.

—¿Es que no me cree? —exclamó ella—. ¿Cómo puede pensar que me lo he imaginado? Estaba sentada en la enfermería como cada mañana, en uno de los rincones, y la niña había muerto pese a hacer lo imposible por ayudarla. Vi cómo se apagaba durante horas hasta que finalmente se marchó. Puedo decirle la dosis exacta de los calmantes que tuve que administrarle. Lloraba mientras llamaba a su madre…

—Creo que ha estado sometida a mucha presión. La he visto cabecear cuando pensaba que se encontraba sola. Esta situación es mucho más dura de lo que sospechábamos.

—Oiga, no estoy inventándome ninguna muerte. Pregúnteselo a los médicos que pasaron la noche en la enfermería. ¡Ha habido una niña agonizando en ese camastro!

El doctor se limitó a cruzar los brazos. Nada pareció cambiar en su expresión y a la señora Federici la asaltó la certeza de que sopesaba si convendría ponerla o no en observación.

—La puerta —dijo mientras se hacía en su cabeza una repentina luz—. ¡No puede estar lejos, no le habrá dado tiempo a marcharse! ¡Venga conmigo antes de que sea tarde!

—Le repito que es imposible —protestó el doctor Tosso mientras la enfermera corría hacia la entrada principal—. Yo mismo estaba en la puerta hace un momento, despidiéndome de otro de los doctores, y le juro que no he visto a ningún desconocido. ¡Y no hay ninguna otra salida!

La enfermera no le contestó. Jadeante, se detuvo en el primero de los escalones de la entrada, tanteando con la mano en la pared para dar con un punto de apoyo. Oyó al doctor detenerse a sus espaldas y a los empleados de la morgue cuchichear en voz baja.

—No será la primera vez que pasa algo así. El mundo está lleno de desaprensivos que se aprovechan de estos golpes de suerte para hacerse con los despojos de los muertos. Un diente de oro, una pata de palo…, cualquier cosa sirve. Hasta podría sacar algún dinero vendiéndola como carne fresca a uno de esos teatros anatómicos.

—No sea absurdo —le increpó Tosso, ofendido en su orgullo gremial—. Esas prácticas medievales no tienen cabida en el mundo moderno. ¡Estamos en el siglo xix!

—¿Dicen que la niña era rubia? —preguntó el otro, rascándose la barbilla—. Pues ahí lo tienen: dentro de unas horas habrá una vieja medio calva de Civitavecchia pavoneándose con una peluca nueva. Eso sí, del cuerpo no se sabrá nada más.

Los tres se quedaron callados mientras la enfermera recorría ansiosamente con la mirada la vasta extensión que se extendía ante sus ojos, los campos marchitos por el implacable sol de agosto y el montón de tierra revuelta que se distinguía a la derecha, donde abrieron la fosa cuando murió el primer apestado. No había rastro del desconocido ni de su preciosa carga. El único movimiento era el de las alas negras de una bandada de cuervos que sobrevolaba la tumba comunal atravesándoles los oídos con sus graznidos.

—A lo mejor no le interesaba vender ni su pelo ni sus dientes —oyeron susurrar al más joven de los sepultureros—. Hay gente muy retorcida. Aunque solo fuera una cría…

—Cierra la boca —le interrumpió su superior—. Esta gente ya tiene bastantes problemas.

La señora Federici se llevó las manos a la cara, sintiéndose como si aquel desaprensivo se hubiera llevado a su Cristina o a su Laura. Pensó en la madre de la chiquilla, sepultada entre capas de cal y tierra, a apenas unos metros de donde se encontraban, y se estremeció al imaginar el horror que aquello habría supuesto para ella si hubiera sobrevivido a su pequeña. Nunca más sabría qué había sido de esa criatura que el día anterior había sonreído con esfuerzo mientras la ayudaba a beber un vaso de agua. Tosso, que parecía comprender lo que pasaba por su mente, se acercó para darle unas torpes palmaditas en el hombro, aunque la señora Federici ni siquiera lo notó.

Debían avisar a las autoridades de lo que acababa de suceder. Tal vez, si actuaban a tiempo, lograrían localizar al hombre antes de que saliera de la ciudad. Civitavecchia no era precisamente grande y nadie sería capaz de desaparecer del mapa como lo había hecho aquel desconocido llevándose, además, a otra persona con él.

Nadie, a menos que fuese un mago… o un demonio con el rostro de un ángel.

I
Naturaleza muerta

Todos los humanos odian a quienes son infelices. ¡Cuánto odio debo de despertar yo, que soy el más infeliz de los seres vivientes!

MARY W. SHELLEY

Capítulo 1

La juguetería se encontraba en uno de los canales más alejados del centro. Nunca darías con ella si no pasaras en Venecia más que una semana, porque el distrito de Santa Croce no tenía nada que ver con las calles por las que transitaban los turistas. Era un negocio sencillo que no parecía pertenecer a 1908, sino a una época mucho más remota, en la que las damas seguían vistiéndose con faldas tan amplias que apenas pasaban por las puertas y los caballeros arrastraban capas de terciopelo; tenía un escaparate en el que se reflejaba el agua que separaba la fondamenta Minotto de la orilla de enfrente, una puerta sobre la que se leían, en grandes arabescos dorados, las palabras CA'CORSINI y una vieja enseña de madera con un tiovivo.

Aquel día era domingo y, además, bastante temprano, así que no había mucha aglomeración en la callejuela. El sol de septiembre entraba a raudales por los cristales iluminando las muñecas de porcelana, los osos de peluche, las casas en miniatura y los animales de cuerda que llenaban los estantes. Al fondo había una puerta más modesta que conducía a una habitación diminuta cuyas paredes encaladas apenas podían distinguirse por la cantidad de armarios y alacenas

que llegaban hasta el techo. Una mesa de trabajo ocupaba el centro y en ella se hallaba acodado, como cada mañana, uno de los propietarios de la tienda.

Mario Corsini tenía un rostro delgado con barba de varios días, la nariz ligeramente rota a la altura del puente y los ojos tan oscuros como el cabello que rozaba sus hombros. Se había desabrochado la hilera de botones del chaleco para ponerse cómodo, pues la labor en la que estaba enfrascado desde la noche anterior no era sencilla: junto a sus herramientas de relojería había colocado, apoyado en una jarra polvorienta, un cuaderno con anotaciones relacionadas con complicados mecanismos mientras sujetaba una caja de resonancia en la que se disponía a insertar unas ruedas diminutas.

«Si los de la casa de Armand Marseille han sabido hacerlo, Andrea y yo no seremos menos. —Mario extendió una mano a tientas para agarrar una taza que había en la mesa, sin acordarse de que hacía horas que el café se había quedado frío, y la apartó con una mueca de disgusto—. ¿Cuántas noches llevaré con esto? ¿Una semana?».

El tiempo carecía de importancia para él cuando tenía la mente puesta en algo interesante, y lo que estaba construyendo prometía serlo. Se trataba de un sistema de discos sonoros de los que solían colocarse dentro de las muñecas de porcelana para hacer que hablasen. Mario sabía que las primeras grabaciones de aquel tipo habían resultado un fiasco: una generación entera de aristócratas se había quedado traumatizada por las frases proferidas por sus inocentes compañeras de juego («Ahora que me acuesto para dormir, le ruego a Dios que conserve mi alma. Si debo morir antes de despertarme, le ruego a Dios que se la lleve consigo»), pero confiaba en que los clientes de Ca'Corsini encontraran más placenteras las grabaciones musicales que su hermano pequeño, Andrea, le estaba ayudando a colocar en su lugar, por pasadas de moda que empezaran a estar las muñecas parlantes.

Algo rozó su pierna bajo la mesa, pero Mario estaba tan acostumbrado a aquel contacto que se limitó a alargar una mano, sin apartar los ojos de la caja de resonancia, para acariciar la cabeza de un gato que se había deslizado con sigilo dentro del taller

—¿Tienes hambre otra vez? —Al pasar los dedos por el lomo del animal, este se arqueó con un maullido de asentimiento—. Vas a salirme más caro de lo que imaginaba. Vamos, sal al patio ahora mismo. Te he puesto el desayuno allí.

Le dio una palmadita para que se marchara antes de regresar a sus engranajes, pero las horas de concentración parecían haber quedado atrás. No llevaba ni quince minutos trabajando cuando oyó un ruido de pasos sobre la tarima de la juguetería y el sonoro bostezo de alguien que acababa de apoyarse en la puerta.

—Buenos días —murmuró su hermano—. Siento levantarme tan… tarde. —Acababa de cumplir veinte años, siete menos que Mario, y se parecía mucho a él, si bien los rasgos de Andrea eran más redondeados y, en opinión de las jovencitas del barrio, mucho más atractivos. Tenía el pelo del mismo color castaño, aunque más corto y ensortijado—. ¿Qué hay para desayunar? —quiso saber mientras se rascaba la cabeza.

—Para ti, nada —le soltó Mario sin contemplaciones—. Si te apetece tomar algo, puedes intentar quitarle a *Shylock* su cuenco de leche. Creo que va necesitando afilarse las uñas.

—Me encanta que estés de tan buen humor por la mañana. Sobre todo los domingos.

—He vuelto de la iglesia de San Rocco hace casi dos horas y tú aún seguías roncando, pero supuse que estarías cansado después de lo de anoche. A juzgar por los ruidos que hacía cierta señorita al otro lado de la pared, debiste de superarte a ti mismo.

El muchacho, que se había puesto a peinarse con los dedos ante el cristal de una alacena, no pudo resistir la tentación de sonreír.

—Ah —dijo con un pudor nada convincente—, ¿es que te despertamos?

—No me dejasteis pegar ojo —rezongó Mario mientras se inclinaba de nuevo sobre la caja de resonancia—. Creía haberte dejado claro que no puedes meter a tus amiguitas en casa. Esto es un negocio respetable, Andrea. Hay que madrugar si después quieres comer. —Apoyó los codos sobre la mesa para acercar más la esfera de hierro a sus ojos. Le ardían después de contemplar durante tanto tiempo unos resortes diminutos como granos de arroz—. ¿Quién era esta vez? —preguntó mientras introducía el punzón entre dos ruedas—. ¿Antonella Pietragnoli, la hija del encajero de Burano? ¿O esa vendedora de flores de Rialto a la que llevaste a bailar en Carnaval?

—Ninguna de las dos —contestó Andrea con un brillo travieso en los ojos—, pero no tenía ni idea de que fueras tan cotilla. Empiezas a parecerte demasiado a nuestras vecinas.

—Me gustaría hacerme una idea de a quién puedo encontrarme desayunando en mi cocina.

—No te la encontrarás; creo que prefiere desayunar con su hermana y su padre. Al fin y al cabo, no nos separa de ellos más que un muro de ladrillos. —Y al ver que Mario alzaba la cabeza, sorprendido, Andrea añadió—: Era Simonetta.

A su hermano se le cayó el punzón sobre la mesa y de ahí rodó hasta el suelo cubierto de serrín. El tintineo hizo que *Shylock* asomara la cabeza en el taller.

—¿Qué dices? Simonetta… ¿Nuestra Simonetta?

—Simonetta Scandellari, sí. La que ha pasado la mitad de su vida en nuestra casa. No veo por qué te escandaliza tanto, prácticamente nos hemos criado juntos.

—Eso es justo lo que... ¿Es que te has vuelto loco? —casi vociferó Mario—. ¿Desde cuándo te dedicas a rondarla?

—Llevamos meses estrechando lazos, pero, si te preocupa lo que diga Scandellari al respecto, puedes estar tranquilo. Somos muy discretos.

—Sois un par de inconscientes, eso es lo que sois: unos adolescentes que no tienen ni idea del lío en el que están metiéndose. —Mario dejó la caja de resonancia sobre la mesa—. No lo entiendo... Siempre hemos considerado a las hijas de Scandellari nuestras hermanas pequeñas. Emilia y Simonetta son muy niñas...

—Emilia *es* una niña —matizó Andrea—. No tiene más que siete años. Simonetta ya ha cumplido diecisiete y es dulce, encantadora y todo lo que debería ser una muchacha.

—También es muy crédula. Demasiado para su propia seguridad.

—No estoy aprovechándome de ella —aseguró Andrea poniéndose a la defensiva.

—¿No? Entonces ¿cómo se explica que una muchacha que hasta hace nada jugaba con nuestras muñecas se escape en plena noche para meterse en tu cama?

Su hermano pequeño no pudo evitarlo: en su boca apareció una sonrisa.

—Secreto profesional. —La expresión de Mario, no obstante, le hizo ponerse serio de nuevo—. La verdad es que no esperaba que esto te preocupara tanto. Por mucho que aprecies a Simonetta, no puede ser más diferente de ti: ella es una criatura sencilla a la que parece bastarle la luz del sol para ser feliz, mientras que tú..., bueno...

—A mí nada podría hacerme feliz, ¿verdad?

Andrea no supo qué responder, de manera que se limitó a quedarse mirando cómo su hermano —¿por qué había tardado tanto en darse cuenta de lo cansado que parecía?— clavaba de nuevo los ojos en la pequeña caja de resonancia.

—Tú mismo lo has dicho: es una persona sencilla y buena —añadió Mario mientras hurgaba con el punzón entre los minúsculos engranajes—, demasiado para convertirse en una muesca más en tu cabecero. No sabes la suerte que tienes de haber dado con alguien así.

Había un eco en sus palabras, una pátina de oscuridad, que hizo que Andrea se arrepintiera de haber dicho nada. Aunque Mario seguía inclinado sobre la mesa, no le costó captar el relámpago de dolor que encendió sus pupilas entre los mechones revueltos que le caían por la frente. Tras dudar unos segundos, Andrea le dio unas palmadas en el hombro.

—Voy a preparar más café. Esa taza tiene que estar helada y los dos lo necesitamos.

Cuando se encaminó hacia la cocina, con *Shylock* enroscándose alrededor de sus piernas, Mario cerró los ojos durante unos segundos antes de volverse hacia el escaparate de la tienda. Un ruidoso grupo de turistas se dirigía en manada hacia la plaza de San Marcos, casi todos caballeros con sombreros de copa y alguna que otra dama de esas a las que Andrea solía camelarse con la misma facilidad con la que respiraba. Pese a lo enfadado que seguía estando por el asunto de Simonetta, a Mario le temblaron las comisuras de la boca al acordarse de Anne Marie, una escocesa pecosa y pelirroja que la semana anterior se había marchado de la juguetería bañada en lágrimas —y cargada de muñecas para sus cinco sobrinas— asegurándole a Andrea, mientras él besaba ceremoniosamente su mano, que atesoraría toda su vida el recuerdo de aquel hijo del Adriático que le había dicho, palabra por palabra, lo que había soñado que le dirían los italianos. Con el dinero que se había gastado en la tienda, Andrea le había regalado a Mario una pitillera que no pensaba estrenar y se había llevado a las hijas de Scandellari a merendar pasteles.

—Tenemos que comprar más café. —La voz de su hermano atravesó sus pensamientos como hacía la luz de la mañana con los cristales—. Casi no nos queda, aunque es buena señal; significa que hemos hecho horas extra por la noche. Al menos, por tu parte.

Andrea dejó una nueva taza junto a Mario mientras se acercaba, con la suya humeándole entre los dedos, al escaparate detrás del cual se distinguía la popa del *Bucintoro*, la pequeña barca que había sido de Marco, el padre de los Corsini, y que seguían amarrando a un poste cercano.

—A propósito —continuó mientras aspiraba el reconfortante aroma del café—, me había olvidado de contarte el último cotilleo de Santa Croce. Menos mal que sigues sentado.

—Sorpréndeme. ¿Antonella ha sentado la cabeza? ¿Se va a casar?

Andrea soltó una carcajada que casi le hizo atragantarse con el café.

—El día en que Antonella se case, yo tomaré los hábitos en San Rocco.

—Cosas más raras han sucedido —le advirtió Mario—. ¿De qué se trata entonces? ¿Pietragnoli se ha muerto al morderse la lengua sin querer?

—Caliente, caliente. Tiene que ver con Pietragnoli, aunque esta vez su veneno no iba dirigido a nosotros, sino a unos desconocidos: los Montalbano.

Mario conocía lo suficiente al encajero del que hablaba Andrea, probablemente la persona más chismosa del distrito, para saber que merecía la pena escuchar aquello. Santa Croce era, en muchos aspectos, una segunda Venecia en miniatura, más parecida a un pueblo de pescadores en el que se conocía todo el mundo que a la ciudad legendaria con la que soñaban los poetas.

—¿Los Montalbano? ¿Quiénes son esos, unos forasteros?

—Bueno, no parecen los típicos ricos que adquieren un palacio en el Gran Canal para no visitarlo más que dos o tres veces en su vida. Se han hecho con la casa de las cabezas de piedra —Andrea dio un nuevo sorbo al café—, pero no se han limitado a alquilarla: según Pietragnoli, se la han comprado a su dueño hace un par de semanas.

Aquello sí espoleó la curiosidad de Mario. Sabía a qué edificio se refería su hermano, uno situado frente a la fondamenta Minotto con una hilera de cabezas en la fachada, provistas de cascos parecidos a los de los antiguos romanos, con las que los críos del vecindario solían practicar su puntería sirviéndose de tirachinas.

—¿Lo dices en serio? ¿La antigua casa de *herr* Grünwald, la del otro lado del canal?

—Exacto. Esa misma —Andrea señaló la calle con el mentón— que dábamos por hecho que se derrumbaría el día menos pensado. ¿A que es una primicia?

—No puede ser verdad. Está hecha una ruina… ¡Si apenas se mantiene en pie!

—Al parecer, pretenden restaurarla para que vuelva a ser habitable.

—¿Habitable? ¿Cómo que habitable? —Solo entonces, cuando Mario dejó la caja de resonancia sobre la mesa, se percató de lo agarrotados que tenía los dedos después de sujetarla durante horas—.

Nadie puede vivir allí sin que su salud corra peligro. Para que una familia la encontrara confortable, habría que hacer tantas reformas que casi saldría mejor echarla abajo.

Al reunirse con su hermano al lado del escaparate, vio que la casa situada en la fondamenta Gaffaro, separada de la Minotto por un estrecho canal, parecía más destartalada que nunca aquella mañana: la pintura estaba desprendiéndose como si tuviese la lepra, las contraventanas parecían a punto de desmoronarse y al balcón del primer piso, colonizado por las palomas, le faltaban unos balaustres que probablemente yacerían en el fondo del canal, entre escombros de antiguas obras y los restos del desayuno que alguna vecina acabara de arrojar desde su ventana. El edificio entero recordaba tanto a un pecio recubierto de plancton, caracolas y conchas marinas que Mario sacudió la cabeza.

—Tienen que estar locos. ¿Quién querría instalarse en ese cuchitril?

—Eso es lo más curioso; yo que tú me sentaría de nuevo. Por lo que me han dicho, son dos jugueteros de Florencia: un padre y una hija que siempre viajan juntos.

Mario se quedó contemplando a Andrea como si le hablara en otro idioma. Veía abrirse y cerrarse su boca mientras seguía diciéndole que *herr* Grünwald se había mostrado encantado de deshacerse de su antigua vivienda, pero su mente solo podía procesar una palabra: «Jugueteros»…

—Y ni siquiera han venido a ver la casa —prosiguió Andrea—. La han comprado casi a ciegas, sin consultar más que los planos. En Rialto circulan toda clase de rumores sobre ellos…

—Jugueteros —dijo Mario en voz baja—. Has dicho que es una pareja de jugueteros.

—Sí, eso he dicho. No es muy alentador. ¿Crees que nos darán problemas?

—Depende de si tienen pensado abrir un negocio en su casa. Si lo hacen, si quieren dedicar la planta baja a una juguetería... —Mario se pasó una mano por la frente para enjugarse el sudor. No podía creer que tuvieran tan mala suerte—. Una juguetería justo enfrente de Ca'Corsini —susurró—, como si todavía no pasásemos por suficientes apuros económicos...

—Oye, no te hagas mala sangre antes de tiempo —contestó Andrea, más desconcertado que alarmado por su reacción—. Aún no sabemos nada de esa gente.

—Oh, lo sabremos, eso dalo por hecho: nos enteraremos de todo lo relacionado con sus vidas. En cuanto nuestros vecinos comprendan que nos conducirán a la ruina, se dejarán caer por aquí con la excusa de ver cómo nos van las cosas y nos deleitarán con un rosario de anécdotas suyas. Nada atrae tanto a los buitres como el olor de la carroña. —Mario sacudió la cabeza sin dejar de mirar la casa recién comprada. Parecía retarla con su mirada a seguir manteniéndose en pie—. Sabes lo que significa esto, ¿no? El invierno está a la vuelta de la esquina, y las Navidades también. Tendremos que ponernos a trabajar más que nunca para demostrarles a los Montalbano que no nos dejaremos pisotear.

—Todavía no ha terminado septiembre —se horrorizó Andrea—. ¡No seas exagerado!

La única respuesta que obtuvo fue un trapo que le tiró a la cara. Mario regresó al taller mientras se subía las mangas de la camisa y se dejó caer en la silla.

—Al menos es una suerte que esto no nos haya pillado desprevenidos. Quién me iba a decir que acabaríamos debiéndole un favor a ese mal bicho de Pietragnoli...

—No sé para qué te he dicho nada —resopló Andrea mientras su hermano empuñaba las herramientas de relojería con un brío renovado—. Todo resultaba más cómodo cuando el mayor de mis problemas era que Scandellari me arrancase la piel a tiras por acostarme con su hija. Esto promete dolerme muchísimo más.

Capítulo II

La llegada del otoño trajo consigo toda clase de rumores sobre los forasteros que pensaban instalarse enfrente. Los vecinos parecían estar de acuerdo en que aquella noticia, teniendo en cuenta la fama de la que gozaban los productos de los Montalbano, caería como una bomba en casa de los Corsini y tomaron la decisión de dirigirse a Mario y a Andrea en un tono de voz que hacía pensar que se les había muerto alguien. Mientras tanto, el distrito entero de Santa Croce contenía el aliento observando cómo el edificio ruinoso comenzaba a renacer entre sus capas de mugre: se repararon los balaustres, se pusieron cristales nuevos, se limpiaron las altas chimeneas en las que las palomas habían construido su imperio y se cubrieron las ronchas de los muros con dos capas de pintura que hicieron relucir la casa como si acabaran de levantarla.

Entonces, cuando se convirtió en un auténtico hogar, le tocó el turno al local de la planta baja. Esas obras resultaron mucho más secretas, tanto que lo único que se distinguía desde la calle eran las carretadas de cascotes que salían del interior como si un ejército de enanos estuviera cavando una mina. Pronto los escaparates devolvieron los resplandores del sol y los nuevos marcos barnizados añadieron una nota de elegancia a la fachada, y hasta las cabezas de soldados parecían sostener la mirada a los curiosos como si una nueva vida asomara a sus ojos de piedra.

Finalmente, a comienzos de noviembre, dos pesadas barcazas de las que se conocían en Venecia como *topi* aparecieron por el río del Gaffaro. Venían tan cargadas de cajas de cartón y madera y de bultos atados con cuerdas que parecía un milagro no verlas zozobrar sobre las aguas estancadas. En la primera viajaban los Montalbano; Mario no pudo resistir la tentación de asomarse al escaparate de su tienda para echarles un vistazo, aunque la cantidad de gente que se había reunido para darles la bienvenida no le permitió atisbarlos.

—Los han ayudado a descargar sus cosas solo porque la hija de Montalbano ha resultado ser guapa —trató de tranquilizarle Andrea mientras su hermano se desahogaba dando martillazos a una plancha de aluminio que quería usar en un tiovivo—. Seguro que intentan caerle bien a su padre porque más de uno ya le ha echado el ojo.

A Mario le parecía ridículo que Montalbano tuviera que aprovecharse de la supuesta belleza de su hija para que les dieran un buen recibimiento. Todo eso era tan injusto que empezó a amargarse como nunca le había sucedido con nada relacionado con la juguetería y así se lo hizo saber a Benedetto Scandellari, el dueño de la cristalería situada al lado de su negocio con la que compartían un patio con geranios al que se accedía desde sus respectivos talleres.

—Estáis haciendo un desierto de un grano de arena —los regañó Scandellari cuando le contaron lo que sucedía. Se habían sentado cada uno en una silla de su taller, tan cerca del horno que casi sentían cómo unas lenguas de fuego invisibles les acariciaban la cara—. Varios vecinos han ido a visitarlos durante los últimos días y me han dicho que Gian Carlo Montalbano es de lo más agradable. No entiendo por qué os asusta tanto su llegada.

Scandellari se había hecho cargo de los Corsini cuando se quedaron huérfanos diez años atrás y aún actuaba como un padre con ellos. Era un hombre enorme, de brazos musculosos y manos tan grandes que costaba comprender cómo no se le rompían las delicadas piezas de cristal que sacaba del horno.

—Solo lo dices para tranquilizarnos, Benedetto —respondió Mario con aire resentido—, pero en el fondo sabes que tenemos razón. Que alguien inaugure una juguetería al otro lado del río del Gaffaro es la mayor desgracia que podría sobrevenirnos.

—Cuando la tomas con algo, eres incapaz de atender a razones —resopló su vecino—. Me recuerdas a tu padre más de lo que imaginas: detestaba las sorpresas tanto como tú.

—Esta sí que es buena. ¿Qué problema tengo yo con las sorpresas?

—Que siempre te sacan de quicio, y cada día más. Todavía me acuerdo de aquella vez que se te olvidó que era tu cumpleaños y nos encontraste escondidos a oscuras en el comedor. —Scandellari examinó la pasta de cristal de un rojo encendido a la que había dado forma soplando a través de una caña—. Estuviste toda la velada con cara de haber mordido un limón.

—Tenía mucho que hacer y pensaba pasarme la noche trabajando —contestó Mario—. Los planes deben conocerse de antemano para que uno pueda hacerse su composición de lugar…

—Pero la tuya, todos lo sabemos, consiste en trabajar, trabajar y trabajar. Cuando quieras darte cuenta, serás un cincuentón como yo y te arrepentirás de no haber disfrutado de la vida a los veintisiete…, aunque supongo que este lo hace por los dos. —Señaló a Andrea con el extremo de la caña y el muchacho puso una cara angelical—. En cualquier caso, y volviendo a lo que nos ocupaba, no entiendo por qué consideráis esto una amenaza.

—Mario piensa que, con una nueva juguetería abierta tan cerca de la nuestra, perderemos clientes a mansalva —explicó Andrea.

—Eso no tiene por qué ser así. —Scandellari colocó de nuevo la caña dentro del horno y la giró despacio para que alcanzara la temperatura deseada—. Cuando el gobierno veneciano decretó que los talleres de los cristaleros deberían trasladarse a Murano, por miedo a que las estructuras de madera de las casas ardieran debido a los hornos, los artesanos de mi gremio temieron lo mismo que Mario: que, al estar concentrados en la isla tantos negocios iguales, se fueran todos a pique. ¿Y creéis que sucedió lo que temían?

—Parece que no —comentó Andrea. Había apoyado su silla sobre las patas traseras y se balanceaba adelante y atrás—. ¡De hecho, les vino bien estar juntos!

—A eso me refiero. Uno no tiene que hacer bien su trabajo solo para ser el mejor. A veces es necesario apoyarse en los compañeros para alcanzar un objetivo común. ¿Quién os ha dicho que no sacaréis nada aprovechándoos de los Montalbano?

—No tengo la menor intención de aprovecharme de ellos —rezongó Mario—. Después de los años que llevamos al frente de Ca'Corsini, podemos capear solos cualquier temporal.

—Creo que no me has comprendido —dijo Scandellari—. No he dicho que os aprovechéis de los Montalbano en el sentido de robar sus ideas. He dicho que a lo mejor os vendría bien contar con unos aliados que tengan los mismos intereses que vosotros. Es estupendo eso de pretender ganarse la vida uno mismo…, pero a menudo la unión hace la fuerza.

Mientras miraba cómo Scandellari volvía a sacar la caña del horno y, con ayuda de unas herramientas alargadas, realizaba una abertura en la masa gelatinosa para convertirla en la boca de un jarrón, Mario no pudo dejar de envidiar la libertad de la que gozaba su vecino. Al ser uno de los pocos cristaleros que residían por entonces en Santa Croce, no tenía que preocuparse de que nadie le hiciera la competencia ni de que dejasen de considerarle el mejor en lo suyo.

—Los Montalbano me caerán bien cuando regresen a su condenada Florencia —dijo entre dientes después de que Scandellari se encaminara a la trastienda—. Ojalá lo hagan pronto.

—Pues yo creo que tiene bastante razón —repuso Andrea sin dejar de balancearse—. Estoy seguro de que padre nos diría lo mismo si siguiera con vida, así que deberías hacerle caso.

—Y tú deberías alejarte un poco de su hija, sobre todo por las noches, si quieres evitar que te parta la cara cuando lo descubra.

Mario acababa de decir esto cuando la puerta de la cristalería se abrió y dio paso a las jóvenes Scandellari. Las dos traían los ojos brillantes y parecían muy acaloradas, como si hubieran cruzado a todo correr el puente que enlazaba las orillas del canal.

—¡Ya han abierto la juguetería! —exclamó Emilia—. ¡Es preciosa y enorme y está llena de juguetes que parecen mágicos! ¡Había niños por todas partes y música y cosas que se movían…!

A Mario le hizo sentirse peor aquella emoción por parte de la niña que cualquier comentario de sus vecinos. Sus trenzas castañas se balanceaban con cada salto que daba.

—Había una bailarina como las de las cajas de música que hacéis vosotros, aunque mucho más grande, casi como una persona de verdad. Y la falda era rosa y tenía perlas cosidas y el pelo rubio en un moño con una flor…

—Era impresionante —reconoció su hermana Simonetta—, pero no os preocupéis: esto solo es una novedad. Pronto la gente se habrá acostumbrado a sus juguetes. Siempre es así.

Acababa de cumplir diecisiete años y muchos vecinos decían que con sus ojos brillantes, su cara en forma de corazón y su oscuro cabello recogido en una trenza alrededor de la cabeza era la belleza indiscutible de Santa Croce. Las sospechas de Mario se disolvieron en cuanto la vio cruzar una mirada cómplice con Andrea: a esa primera noche en casa de los Corsini habían seguido muchas más, probablemente demasiadas.

—¿Había conocidos nuestros en la juguetería? —quiso saber.

—Unos cuantos. Estaban el panadero Luciano con sus sobrinas y también las hijas de Pietragnoli. Fue Antonella quien nos llevó a ver la bailarina cuando nos encontramos.

—Pues Pietragnoli ya puede ponerse a ahorrar si pretende regalársela —comentó Andrea—. No quiero ni imaginarme cuánto costarán esos juguetes.

—Había cuatro cifras en las etiquetas de las muñecas de porcelana más sencillas —dijo Simonetta mientras se desprendía de su chal—, pero dudo que eso suponga un problema para los Montalbano. Nuestros vecinos no deben de ser la clase de clientes en los que piensan: solo los ricos del Gran Canal podrían permitirse caprichos como esos.

—Entonces, que trabajen para ellos. Así nuestras ventas seguirán siendo las mismas.

—¿Y qué tienes ahí? —preguntó Mario al ver que Emilia llevaba una bolsa en la mano.

—¡Caramelos! —exclamó la niña, muy contenta—. ¡Me los dio el propio Montalbano! ¡Y son más de diez! —Mario no pudo evitar sonreír por frustrado que se sintiera; Emilia aún no había aprendido a contar más allá del diez—. Espera, te daré uno. Verás lo ricos que están.

Fue a sentarse sobre las rodillas de Mario mientras abría la bolsa de papel. A este le sorprendió encontrarse con una textura gomosa recubierta de azúcar que no tenía nada que ver con los dulces de los confiteros de Venecia.

—Qué sabor más raro. —Mario frunció el ceño—. ¿De qué son?

—No lo sé —la niña sonrió—, pero eso es lo mejor. ¡Es lo que les da misterio!

—Pues si a Montalbano le sale bien esta táctica, tendremos que empezar a usar caramelos como reclamo. Cualquiera diría que sus juguetes no son lo bastante interesantes por sí mismos…

—Sí que lo son —Emilia se puso seria—, aunque yo prefiero lo que hacéis vosotros. —Se estiró para besar ruidosamente a Mario en la mejilla—. ¿Me regalaréis una muñeca de trapo por mi cumpleaños? La que tengo está rota y se le sale el relleno. Necesito una nueva.

Mario le prometió que tendría la muñeca de trapo más bonita de Venecia y Emilia saltó sobre sus rodillas antes de ir en busca de su padre para enseñarle lo que le habían dado.

—Cada día que pasa está más enamorada de ti —dijo Simonetta, y Andrea se rio de buena gana—. A mí no ha querido regalarme ni un solo caramelo y eso que llevo pidiéndoselos desde que nos marchamos de la tienda.

—Ya me encargaré yo de darte alguna cosa dulce —le prometió Andrea mientras rodeaba su cintura con un brazo para sentarla también sobre sus rodillas.

La muchacha dejó escapar una exclamación mezcla de sorpresa y regodeo, pero Mario prefirió marcharse a casa antes de que corriera la sangre. Nada más abandonar la cristalería, sin embargo, sintió cómo el corazón le daba un vuelco: la orilla de enfrente se encontraba aún más atestada de curiosos que antes. Muchos vestían de manera demasiado elegante para formar parte del vecindario —seguramente Simonetta estaba en lo cierto en cuanto a la clase de clientela que los Montalbano debían de tener en mente—, pero en la muchedumbre seguía habiendo tantas caras conocidas que Mario tardó en notar la fuerza con la que apretaba los puños.

«Scandellari tenía razón: odio las sorpresas». Obligándose a apartar la mirada del escaparate, apenas distinguible entre las cabezas tocadas tanto con boinas como con sombreros de plumas, se encaminó a la puerta de su propia tienda y la abrió con tanta rabia que casi arrancó la hoja de los goznes. «Pero una cosa es tener que asistir a una cena inesperada sin que te apetezca y otra, que echen por tierra la labor de tu vida. Ojalá estuvieras aquí, padre. —Sintió un nudo en el estómago al contemplar, desperdigadas sobre la mesa del taller, las herramientas con las que lo había visto trabajar día tras día cuando era niño y que, desde que Marco Corsini murió, habían pasado a formar parte de sus propias manos—. Al menos no has tenido que presenciar cómo tu negocio, después de tantos años de sacrificios, se iba a pique por encontrarme yo al frente».

Pero lo peor, aunque Mario aún no fuera capaz de imaginarlo, estaba todavía por llamar a las puertas de Ca'Corsini y, con ello, un encuentro que daría la vuelta a su universo.

Llegó con un sombrero de paja adornado con plumas de gorrión, un vestido de organdí con mangas abullonadas y una capa blanca que caía sobre sus hombros como las alas de un querubín. Exactamente el mismo aspecto con el que Mario había imaginado lo que les sobrevendría en los siguientes días: la Fatalidad.

—¡*Herr* Wittmann! —oyó exclamar una tarde a su hermano mientras estrechaba la mano del caballero que acababa de entrar. Tenía el cabello repeinado con mucha gomina y un elegante bigotito—. ¡Qué placer volver a verlo! ¡Ya creíamos que nos había olvidado!

—Señor Corsini —contestó Wittmann mientras se quitaba el sombrero—. Y señor Corsini —repitió sonriendo en la dirección en la que se encontraba la puerta del taller. Mario apenas hizo un movimiento con la barbilla—. Siento haberlos desatendido durante tanto tiempo, pero los últimos meses han sido una locura. ¿Se enteró de lo que le sucedió a mi suegro este verano? Seguro que sí, toda Venecia debe de estar hablando de lo mismo…

—Algo he oído al respecto —corroboró Andrea, quien le había puesto varios meses antes un periódico a su hermano en la cara con un «más dinero para nosotros».

· —Sufrió una apoplejía fulminante al poco de que regresáramos a la ciudad. Habíamos pasado cuatro meses con él en su casa de campo de Salzburgo y nada nos había hecho pensar que fuera a ocurrir algo así. Por suerte, mis abogados supieron hacerse cargo de la situación…

—¿No han traído más juguetes de hojalata? —le interrumpió su pequeña acompañante—. Ya tenemos en casa todos estos. ¿Qué ha pasado con el tiovivo del que nos hablaron?

La hija del embajador austríaco se había apoyado en el mostrador para contemplar los juguetes de hojalata que Andrea acababa de abrillantar. Edelweiss Wittmann aún no había cumplido ocho años, pero ya era una réplica en miniatura de su aristocrática madre, desde la punta de la nariz alzada hacia el techo hasta los pesados tirabuzones rubios.

—Tenemos los polluelos, las ranas saltarinas y el cocodrilo que se acaba de comer al explorador, y también el columpio, la noria y el tranvía —siguió enumerando—. Pero me falta el tiovivo que prometieron traer de Alemania. Me dijeron que lo tendrían en otoño.

—Cariño, ¿qué modales son esos? —la regañó *herr* Wittmann, aunque no había dejado de sonreír—. ¿No te das cuenta de lo ocupados que están estos señores?

Edelweiss levantó hacia su padre unos ojos de la tonalidad de los glaciares al deshelarse. Con aquella mirada siempre conseguía todo cuanto se le antojaba.

—Claudia ya tiene su tiovivo. Me lo enseñó cuando merendé en su casa.

—A tu amiguita se lo trajo su padre de su último viaje a Núremberg. Ha sido un regalo especial y por eso es normal que quisiera enseñártelo. No tienes que enfadarte con ella…

—¡Mañana merendará conmigo! —protestó Edelweiss—. ¡Por eso necesito el mío!

Herr Wittmann suspiró. Andrea dudó un segundo antes de decirle a la niña:

—En realidad, señorita Wittmann, tuvimos el tiovivo que nos encargó, una preciosa pieza de George Carette, pero como no volvimos a saber de ustedes… me temo que lo vendimos.

«Mal hecho, Andrea —se alarmó Mario al ver que las mejillas de Edelweiss se ponían del color de las amapolas—. Parece mentira que aún no sepas cómo funciona la mente de esa cría».

—Sin duda encontraremos otro juguete que puedas llevarte a casa. Ya sé lo que te voy a comprar: una muñeca. —*Herr* Wittmann acarició los tirabuzones de Edelweiss en un intento por tranquilizarla—. Eso sí te haría ilusión, ¿verdad? ¿Una muñeca de porcelana nueva?

—Tengo muchas. —La niña apartó de un manotazo los dedos de su padre—. Y las muñecas de porcelana ya no le interesan a nadie. Ahora las mejores son las parlantes.

—Entonces estamos de suerte. Precisamente nos han enviado hace un par de meses…

Andrea se alejó de los Wittmann para entrar en el taller y, tras intercambiar con Mario una mirada de exasperación absoluta, cogió de una alacena el juguete en cuya caja de resonancia había estado trabajando su hermano cuando descubrió la existencia de los Montalbano: una muñeca conocida en los catálogos de Armand Marseille como Reina Luisa con cabello castaño de mohair y una capota rosa con flores de terciopelo.

—Es una de las últimas creaciones de la casa Marseille, una pequeña joya digna de una pequeña emperatriz. Según tenemos entendido, ha causado furor en París este verano.

Mario cruzó los dedos para que a la señorita Wittmann nunca se le ocurriera arrancarle el pelo a la Reina Luisa. Si lo hacía, encontraría la firma de Marseille en la parte posterior de su cráneo junto con el año en que salió de su fábrica de Köpperlsdorf. Y Edelweiss Wittmann nunca aceptaría un juguete que pudiera superarla en edad; las cosas pasadas de moda le arrancaban una mueca de asco.

—La cabeza y las extremidades son de biscuit de la mejor calidad, así que no correrá el riesgo de que se rompa —prosiguió Andrea mientras ponía a la muñeca de pie sobre el mostrador—. Se le puede cambiar la ropa gracias a estos pasadores que recorren la parte posterior del vestido. Y aquí, saliendo del costado…

Tiró de un cordel que apenas podía distinguirse entre los lazos rosados. La boca de la Reina Luisa se abrió despacio y una vocecita salió de su interior: «¡Mamá! ¡Mamá!».

La señorita Wittmann no pareció muy impresionada. Por el contrario, se quedó mirando fríamente la lengua de terciopelo que asomaba entre los dientes cuadrados de la muñeca.

—¿Y eso es todo lo que sabe decir? ¿Nada más que «mamá»?

Andrea tardó un par de segundos en reaccionar.

—Claro que no, señorita Wittmann; no era más que una demostración. —Sujetó a la muñeca para mostrarle un segundo cordel—. Si se tira de este, también dice «papá». Y si se la tumba en una cuna, en esta posición…

—Lo mismo que hacen todas las que tengo —repuso Edelweiss antes de alzar la mirada hacia su padre—. Te dije que sería mejor quedarnos en la juguetería de enfrente. A la muñeca que nos han enseñado no hacía falta tirarle de ninguna cuerda, y además —arrugó la nariz mientras miraba la ropa de la Reina Luisa— iba vestida como una dama de verdad y no como un bebé.

A Andrea casi se le cayó la muñeca sobre el mostrador y *herr* Wittmann, que empezaba a parecer incómodo, se pasó los dedos por el engominado bigote.

—Pero bueno, Edelweiss, creía que había quedado claro. Esa muñeca es muy cara para que te la regalemos sin que sea tu cumpleaños. Los juguetes de los Montalbano…

—Son los que me gustan. —Edelweiss apoyó las manos en su cintura—. Son los que quiero a partir de ahora. No importa lo que cuesten porque, con el dinero del abuelo, tendremos de sobra para comprarlos, y me prometiste una muñeca nueva al marcharnos del cementerio. Me dijiste que tendría la mejor para que dejara de llorar. ¡Mamá ya me la habría comprado!

A Mario le llevó un momento darse cuenta de que estaba estrujando entre los dedos la casaca de seda azul de la marioneta en la que trabajaba. *Herr* Wittmann suspiró, se puso el sombrero y recogió el bastón que había dejado apoyado contra el mostrador.

—Siento haberles hecho perder tanto tiempo, señores, pero ya saben quién es la que manda en casa. —Puso una mano sobre el hombro de Edelweiss—. No es nada personal por mi parte…

—Lo sabemos, señor —contestó Andrea—, no se preocupe por eso.

—Supongo que volveremos a vernos dentro de poco. El mes que viene será Navidad y estoy seguro de que, por entonces, mi princesa no se conformará con una sola gama de productos. —Sonrió en señal de disculpa—. Ni siquiera con los de los Montalbano.

Edelweiss se rio de una manera que dejaba demasiado claro lo que pensaba, aunque no dijo nada más ni se despidió de ellos: solo salió de la juguetería dando unos saltitos que hacían ondear la capa a sus espaldas mientras su padre la regañaba en voz baja.

—Asquerosa niña consentida —murmuró Andrea. Volvió al taller con la Reina Luisa y la devolvió a su alacena, cerrando la puerta con un suspiro de cansancio.

—Hoy ha sido peor de lo que esperaba —reconoció Mario—. Peor que ningún otro día.

—Te lo juro por Dios: si alguna vez tengo una hija como Edelweiss, me pegaré un tiro. ¿Cómo puede pensar su padre que es un angelito si solo le faltan los cuernos y un tridente?

En vez de responder, Mario cerró uno a uno los botes de pintura, arrojó a la papelera el cartón en el que había hecho las mezclas de colores y colocó la marioneta sobre la mesa.

—Hablar con ella siempre acaba haciendo que me estalle la cabeza. —Andrea hundió la cara entre las manos—. Creo que me acostaré antes esta noche, necesito… ¿Adónde vas?

—A la tienda de los Montalbano —contestó Mario mientras recogía su chaqueta.

—Quc…, ¿qué? —preguntó Andrea con los ojos muy abiertos, pero su hermano no se inmutó—. ¿Vas a presentarte en casa de los competidores a los que tanto odias?

—Eso es justo lo que voy a hacer: ver con mis propios ojos lo que se traen entre manos. —Se puso la chaqueta con una rabia visible en la crispación de sus dedos—. No podemos seguir así, Andrea. Es una locura.

—Pero ya escuchaste a Simonetta: siempre pasan estas cosas cuando abren un nuevo negocio. La gente se acostumbrará enseguida…

—Yo no me acostumbraré a quedarme en la ruina —le aseguró Mario—. Ni a ver cómo lo que construyeron nuestros padres se viene abajo por un par de oportunistas.

Abandonó el taller tan deprisa que estuvo a punto de llevarse por delante a *Shylock*. El gato dejó escapar un maullido mientras se escondía detrás de unas cajas con máscaras de Carnaval y Andrea se apresuraba a alcanzar a su hermano.

—Oye, las cosas no se solucionan de este modo. No conseguirás nada montando un escándalo: sería como darles la razón a los que aseguran que estamos desfasados.

—No seas idiota: no voy a ponerme a dar gritos. Soy lo bastante adulto como para saber lo que conviene hacer. Aunque no lo creas, tengo mucha mano izquierda.

Andrea luchó contra la tentación de decirle a Mario que lo suyo no era la diplomacia, sino la mecánica, la relojería y la construcción de cajas musicales, pero sabía que no serviría de nada. «Le habría ido mejor escuchando mis consejos cuando tuvo la oportunidad —pensó mientras contemplaba la nariz rota de su hermano mayor—, y no solo en lo profesional… Ha pasado demasiado tiempo desde que decidió declararle la guerra al mundo».

—¿Qué excusa piensas darles cuando te reconozcan? —preguntó aun así—. ¿Que te parecía de mala educación no cruzar el canal para recibirles como se merecen?

—No sería tan extraño. Ya sabes que casi todos los vecinos lo han hecho.

Los demás vecinos no tienen una juguetería justo enfrente —le recordó Andrea—. Tú sabrás dónde te estás metiendo, pero te recuerdo que, si no vas con cuidado, esto solo servirá para declararles la guerra.

—Deja de preocuparte tanto. Dicen que tiene una hija, ¿verdad? ¿Acaso te imaginas a Scandellari enzarzándose en una discusión delante de Simonetta y de Emilia? —Mario sacudió la cabeza mientras abría la puerta de la calle—. Los oídos de una muchacha son demasiado delicados para escuchar las cosas que Montalbano probablemente me diría en otro momento.

Salió a la fondamenta Minotto mientras Andrea se quedaba de pie en el umbral de Ca'Corsini observando cómo se encaminaba al puente Marcello, cruzaba la descascarillada estructura de ladrillo y alcanzaba la fondamenta de enfrente, la Gaffaro, en la que se situaba la nueva tienda. Cualquiera habría pensado que salía de paseo después de trabajar todo el día, pero su hermano reconoció en sus pasos la determinación de un depredador que, después de muchos años siendo el soberano de su propia selva, ve amenazado su territorio…

Capítulo III

Había una enseña encima de la puerta: un escudo familiar con un ave fénix elevándose entre lenguas de fuego. Las letras del nombre de la tienda, La Grotta della Fenice, también parecían hechas de fuego, porque relucían sobre el fondo dorado como carbones al rojo vivo.

Los Wittmann aún seguían en la juguetería cuando Mario la alcanzó; la majestuosa góndola que los había traído desde su palacio del Gran Canal aguardaba al pie de unos escalones que el *acqua alta* había tapizado de algas. El gondolero se entretenía mirando unos escaparates que, para sorpresa de Mario, se hallaban vacíos: no había ni una muñeca de porcelana ni un animalito de madera ni un simple peluche al otro lado de los cristales, ni se colaba el menor dedo de luz entre los resquicios de unas colgaduras. Si no fuera un despropósito, habría acabado sospechando que ese local ni siquiera se había rehabilitado por dentro.

También el gondolero parecía extrañado por aquella sobriedad, pero tuvo que regresar a la embarcación cuando la puerta se abrió y los Wittmann abandonaron la juguetería. Mario se dio la vuelta para que no le reconocieran pese a encontrarse ocupados hablando.

—Esta misma tarde, mi vida, ya te lo he dicho. En cuanto lleguemos a casa, haré que Fritz se acerque con su barca para traértela. ¡Es mucho más grande de lo que creía!

—¡Es preciosa! —Edelweiss dio una vuelta completa sobre sus talones con su capa girando alrededor—. ¡Es lo más bonito que he tenido nunca! ¡Pero no podremos colocarla con las demás, necesitará una cama al lado de la mía, y muchísima ropa!

Le habría gustado seguir escuchando lo que decían, pero el gondolero tomó a Edelweiss en sus brazos para subirla a la embarcación, *herr* Wittmann colocó su bastón sobre uno de los asientos y, mientras le pasaba un brazo sobre los hombros a su pequeña, la góndola comenzó a alejarse hacia el Gran Canal entre las miradas de admiración de los vecinos de Santa Croce. Solo cuando Mario tuvo la seguridad de que nadie le prestaba atención a él abrió la puerta, procurando no hacer demasiado ruido, y se adentró en La Grotta della Fenice.

Le recibió una luminosidad muy distinta de la que había imaginado, procedente de un centenar de farolillos suspendidos sobre su cabeza, pero no pudo prestar atención a los detalles: acababa de dar un paso hacia dentro cuando algo enorme se precipitó desde las alturas envuelto en una ráfaga de plumas. Cuando se apartó a toda prisa, conteniendo un grito, comprendió con perplejidad que se trataba de un ave fénix —«Del autómata de un ave fénix», se corrigió a sí mismo con el corazón desbocado—, tan grande que apenas conseguiría abarcar su envergadura con los brazos. Su cuerpo estaba cubierto de terciopelo rojo y sus ojos, pese a lo rápido que sobrevolaba la habitación, le recordaron al azul de un océano desconocido por los hombres.

Mario tuvo que esperar a que el autómata se escondiera entre unas hojas de hiedra que debían de servirle como nido, sacudiendo su larga cola en un arpegio de escarlatas, naranjas y amarillos, antes de darse la vuelta. Como había imaginado, no había ninguna campanilla colgando sobre el umbral: aquel artefacto era lo que los Montalbano usaban para saber si acababa de entrar un cliente. «Lo que nos faltaba —se lamentó Mario—; nos han salido barrocos».

Al pasear la mirada a su alrededor, descubrió con creciente congoja que aquel local casi triplicaba el tamaño de Ca'Corsini. Se parecía al interior de una gruta debido al cartón rugoso que recubría las paredes, salpicadas de protuberancias rocosas, musgo artificial y piedras preciosas que centelleaban bajo los farolillos suspendidos de un mar de hojas secas. Una delicada escalera de hierro forjado ascendía hasta lo alto, donde el ave fénix, acomodado en su nido, abría y cerraba su pico metálico en silencio, y una miríada de ojos de cristal —Mario no pudo reprimir un extraño escalofrío al fijarse en ellos— parecía devolverle la mirada desde cada uno de los rincones.

Había docenas de hadas de resina balanceándose de las alturas, al extremo de unas cuerdas casi invisibles; unas máscaras de Carnaval parpadeaban desde las paredes como si debajo del papel maché hubiera unas pupilas de verdad; una colección de marionetas de los personajes de la *Commedia dell'Arte* se sentaba ceremoniosamente sobre las estanterías. Mario se adentró más en la tienda sin saber en qué dirección mirar, porque cualquier cosa que veía resultaba más impresionante que la anterior. En una de las paredes había una vitrina con teatros de cartón en miniatura que reproducían las escenografías de las óperas más aclamadas. Grandes bolas de cristal rellenas de nieve asomaban entre las hojas de hiedra, como frutos que acabaran de nacer ante sus ojos. Tras esquivar con cuidado un pequeño tranvía que recorría el entarimado, el joven cogió una de esas esferas para contemplar cómo la nieve del interior, tan fina como el azúcar,

se movía entre sus paredes sin necesidad de que le diera la vuelta. Danzaba en remolinos alrededor de un palacio de cuento de hadas como si un fantasma acabara de ponerla bocabajo.

«Es peor de lo que creía, muchísimo peor», pensó antes de reconocer, un poco más allá, a la bailarina de la que les había hablado Emilia. Era casi de tamaño natural, un maniquí que representaba a una muchacha de unos dieciséis años ataviada como si estuviera a punto de debutar en la Ópera Garnier. Tenía las zapatillas de satén apoyadas sobre una esfera que daba vueltas sobre su eje, haciendo que los pies de la bailarina se desplazaran cada pocos segundos, acompañados por un chirriar de ruedas apenas perceptible, para mantener el equilibrio. Cerca de ella, el pequeño autómata de una cortesana con peluca blanca, polvos de arroz sobre la cara y un lunar en forma de corazón sostenía una máscara en la mano que acercaba y alejaba de su rostro; y cada vez que lo hacía, su cabeza de porcelana giraba para mostrar una expresión distinta. Otro escalofrío recorrió la espalda de Mario cuando su sonrisa dio paso a una mueca de malicia, con una boca de la que sobresalían unos colmillos ensangrentados, antes de mostrar un tercer semblante, esta vez compungido, por el que resbalaban unas lágrimas de cristal. «Debería decirle a Andrea que hiciésemos las maletas de inmediato», se dijo Mario con una desazón que se convirtió en perplejidad al reparar en otra de las muñecas cercanas.

A diferencia de las anteriores, se encontraba recostada en una silla y sostenía en sus manos un ejemplar en miniatura del *Manual de la mujer elegante*, de la Baronesa de Orchamps. Un sombrero con plumas ensombrecía sus facciones, pero, al inclinarse para poder mirarla a la cara, se dio cuenta de que esta pertenecía a una chiquilla, con labios del color de las cerezas y unos ojos rodeados por pestañas tan negras como sus tirabuzones. Unos ojos que, cuando los de Mario estuvieron a centímetros de distancia, abandonaron el manual y posaron sus pupilas en él.

—Discúlpeme; me parece que no nos han presentado. —Entonces cerró el libro sobre su regazo y le tendió su pequeña mano. Tenía los mismos dedos regordetes con hoyuelos que las muñecas que Mario vendía—. Soy *miss* Jane Doe. ¿Y usted es...?

El joven se había quedado tan aterrado que ni siquiera notó que la muñeca agitaba un poco los dedos, como para llamar su atención sobre algo que parecía obvio, antes de dejar caer la mano con un resoplido de disgusto.

—Ya veo que sus modales se han quedado al otro lado de la puerta. —Ahora su voz sonaba ofendida—. Debería aprender del caballero que acaba de estar aquí. *Herr* Wittmann se mostró encantado de conocerme y hasta me besó la mano, y dijo que esta tarde me recibiría en su palacio con todos los honores.

Cuando se movía, hacía un ruido muy parecido al de la bailarina. «Tiene articulaciones de bola fija —comprendió Mario en medio de su parálisis—, por eso sus gestos se parecen tanto a los nuestros. Cuentan casi con trescientos sesenta grados de movilidad...».

—Antipático —murmuró *miss* Jane Doe mientras abría de nuevo su libro, aunque no tuvo tiempo de decir nada más: una segunda voz sonó, en ese momento, a espaldas de Mario.

—Le ruego que me perdone. —Esta vez no era ninguna muñeca, sino alguien que acababa de entrar en el local—. ¡No he oído el sonido del ave fénix desde el taller!

Al volverse se topó con un par de ojos azules que sonreían sobre la montura plateada de unas gafas. Su propietario debía de tener unos cincuenta años, aunque su cabello, largo y lustroso, casi era tan blanco como la nieve, al igual que su poblada barba. Llevaba un chaleco de corte militar de cuyos bolsillos salían varias cadenas: una pertenecía a un reloj suizo; otra, a un segundo reloj con carcasa de cristal; y la última, a algo parecido a una brújula en miniatura.

El recién llegado le tendió una mano como había hecho *miss* Jane Doe y, a juzgar por cómo se acentuó su sonrisa, había visto lo mucho que acababa de confundirle aquel saludo.

—Espero que mi pequeña no le haya hecho sentir incómodo. A veces me da la impresión de que es demasiado presumida… Nada le gusta tanto como atraer la atención de cuantos la rodean.

Mario seguía tan confundido que estrechó su mano sin darse cuenta. Aquel hombre tenía unos dedos que irradiaban confianza al apretarlos, cálidos y robustos.

—Gian Carlo Montalbano —se presentó—. Me siento muy honrado de que haya decidido visitar mi negocio. ¿Había pensado en algo concreto?

—No he venido a comprar —contestó Mario—. En realidad, solo quería…

La voz de Andrea resonó dentro de su cabeza. «Diplomacia —le advertía en un tono demasiado parecido al que habría empleado su padre—. ¡Sé diplomático por una vez!».

—Quería darles la bienvenida… a Venecia… y a Santa Croce. Soy uno de sus nuevos vecinos. Mi tienda está al otro lado del canal, en la fondamenta Minotto. Es…

—¡Ah —exclamó Montalbano—, de modo que es usted! ¡Un Corsini, uno de los jugueteros de enfrente! ¡Cuánto me alegro de conocerle por fin! —Le estrechó de nuevo la mano con un vigor que iba más allá de la simple cortesía—. Me han contado muchas cosas sobre su hermano y sobre usted. Si quiere que le diga la verdad, estaba deseando visitarlos yo mismo, pero, con todo el trabajo que hemos tenido, no he podido encontrar la ocasión. ¿Le apetecería tomar algo conmigo?

—Muy amable por su parte..., aunque en este momento... ¿Cómo demonios lo ha hecho? —Mario, sin poder contenerse, regresó junto a *miss* Jane Doe—. ¿Cómo ha conseguido que sus discos sonoros sean capaces de reproducir tantas frases? ¡No he visto nada igual en mi vida!

Gian Carlo Montalbano se rio entre dientes.

—Me alegro de que le haya gustado mi última creación. Estoy bastante orgulloso de ella —apoyó una mano sobre el respaldo de la silla de la muñeca—, aunque su personalidad, como acabo de decirle, resulte más arrolladora de lo que había imaginado.

Cuando estiró los dedos para rozarle la cara, la lengua de terciopelo de *miss* Jane Doe hizo un ruido semejante a un chasquido contra sus dientes de porcelana.

—Ahora no, Gian Carlo... ¡No hasta que termine de estudiar estos patrones!

—Por algún motivo que no acierto a comprender, se niega a llamarme «papá». —Mario sabía que lo que decía Montalbano, pese a su gesto de fingida tristeza, era imposible. ¿Cómo no iba a conocer el contenido de los discos que él mismo había metido en su caja torácica?—. Es impresionante, ¿verdad? Aunque lo será todavía más cuando la haya perfeccionado. De momento, sigue siendo un prototipo.

—No creo que quede mucho por perfeccionar —murmuró Mario—. Es lo más extraordinario que he visto... ¡Reconoce dónde estamos en todo momento!

—Pero casi no puede moverse —le advirtió Montalbano.

Se agachó para levantar un poco las enaguas de *miss* Jane Doe —«¡Pero qué modales son esos!», protestó escandalizada— y Mario vio que las articulaciones de sus rodillas eran mucho más sencillas que las de su cuello y sus muñecas.

—Al poseer un mecanismo parlante tan complicado, no he podido dotarla de la misma anatomía que a sus compañeras. La caja de resonancia era demasiado grande para estar oculta dentro de su pecho, así que se extiende por la parte baja de su cabeza, sus brazos y casi la totalidad de sus piernas. Tiene cientos de minúsculos resortes que le permiten mantener una conversación como la que ha presenciado, pero apenas puede caminar por sí misma sin una niña que la agarre de la mano. Es algo que espero poder mejorar en un futuro, aunque el comienzo es prometedor. Muchas familias nos la han encargado ya.

Miss Jane Doe no dejó de atravesarlos con sus ojos de cristal hasta que Montalbano soltó sus enaguas; Mario tragó saliva.

—Pero basta de hablar de mis creaciones. —Montalbano lo agarró del brazo para alejarle de la muñeca—. Tiene mucho que contarme sobre su hermano y usted. Podemos aprovechar que no hay clientes para tomarnos dos buenas tazas de café.

—No querría robarle tanto tiempo, Montalbano. Debe de estar muy ocupado…

—Uno nunca está demasiado ocupado para relacionarse con sus vecinos. A día de hoy, es el único de mi gremio que se ha molestado en pasarse por mi casa para darme la bienvenida y nunca me olvidaré de este detalle. Aunque sea un lobo solitario, valoro mucho la camaradería.

Le condujo hasta una puerta situada a la izquierda del mostrador desde donde se accedía a una estancia mucho más modesta. Una sucesión de cristaleras abiertas a la fondamenta Gaffaro dejaba a la vista, en la parte superior de una pared, los tobillos de quienes pasaban por la calle; desde allí se oían las risas de los niños que jugaban en el puente cercano y el sonido de las góndolas que recorrían el canal. Las otras paredes, acariciadas por unos haces de luz dorada, se hallaban cubiertas de estanterías con toda clase de herramientas, algunas tan complicadas que Mario no pudo ni empezar a imaginar para qué servían, mezcladas con cientos de cabezas de porcelana, gruesos matojos de cabello destinados a pelucas, rollos de tela de todos los colores para hacer vestidos y docenas de tarros similares a los que Simonetta usaba para guardar la mermelada, pero en este caso repletos de ojos de cristal que parecían seguirles a ambos con la mirada.

En el extremo más alejado había una mesa y, en la mesa, alguien que levantó la cabeza al oírles entrar. Por un segundo, Mario pensó que se trataría de otro prodigio de la mecánica, pero enseguida comprendió que se equivocaba: aquella sí era una persona de carne y hueso.

—Mi hija, Silvana —dijo Montalbano con ternura—. Cariño, te presento a uno de nuestros vecinos, el señor Corsini. Trabaja en la juguetería del otro lado del canal.

Lo único que se distinguía de ella eran la nariz y la boca; el resto de su cabeza estaba cubierto por un casquete de cuero provisto de unas enormes lentes de aumento. Mario inclinó la cabeza a modo de saludo, pero la joven, sin prestarle atención, volvió a concentrarse en el torno mecánico con el que estaba trabajando, colocado al lado de una campana de cristal en cuyo interior revoloteaba algo multicolor que no pudo identificar.

—Está de suerte: he preparado café hace nada. —Montalbano agarró una jarra que había sobre la mesa y un par de tazas—. ¿Cómo lo quiere? ¿Con leche?

—No, gracias. Siempre lo tomo solo. Me ayuda a mantenerme despierto.

—Conozco esa sensación. —Montalbano sonrió. Cogió unas pinzas para echar un azucarillo en cada taza—. Cuando tenía su edad, también me parecía que dormir era una pérdida de tiempo. Había tantas creaciones bullendo en mi cabeza que no estaba dispuesto a desperdiciar ni un minuto fuera de mi taller. A veces sigue sucediéndome lo mismo, pero ya no puedo permitirme pasar la noche en vela y esperar que mis ojos estén en plena forma por la mañana. —Le alargó a Mario una taza de la que se elevaba un caprichoso penacho de humo—. Aunque le confesaré —añadió en un tono más confidencial— que, cuando creé a *miss* Jane Doe, estuve tres noches seguidas sin dormir. Fue una auténtica pesadilla, una pesadilla deliciosa, si puede existir algo así, instalar una caja de resonancia con tantos resortes y pequeñas palancas que…

—Necesito más bolas de plomo para los contrapesos —le cortó la señorita Montalbano—. ¿Siguen con las demás cosas sin desembalar?

Algo en su voz hizo pensar a Mario que la chica estaba deseando verle fuera de su taller. Parecía temer que su padre pudiera irse de la lengua en cualquier momento.

—Pues ahora que lo dices…, sí, creo que están en una de las cajas de debajo del mostrador —contestó Montalbano después de dudar unos segundos—. Ve a buscarlas y, de paso, trae otro juego de destornilladores. Estos están cada vez más mellados.

La señorita Montalbano se levantó de la silla, pasó junto a su padre lanzándole una mirada de elocuente advertencia y salió del taller sin hacer más ruido que el gato *Shylock*.

—Tiene que haber sido bastante pesado —dijo Mario después de que desapareciera— arrastrar todo este equipaje de una ciudad a otra. Me dijeron que, antes de instalarse en Venecia, estuvieron en la Toscana.

—Al lado de la catedral de Florencia —asintió Montalbano—, en una de las callejuelas que comunican con la piazza della Signoria. Fueron cinco…, no, seis años inolvidables.

—¿De manera que no son florentinos? —se extrañó Mario—. Qué curioso. Es la primera vez que los rumores de Santa Croce apuntan en la dirección equivocada.

—Hemos viajado tanto que a veces me cuesta recordar si tenemos raíces en algún sitio. Antes de estar en Florencia nos dedicamos a deambular por buena parte del Lacio. En Roma pasamos casi tres años, en un local encantador que nos alquilaron al lado de la fontana di Trevi. Y antes, cuando mi hija todavía era una niña, estuvimos en un pueblecito de la costa amalfitana. La marcha es lo que le da la vida a la gente. Estamos acostumbrados a esto.

Mario escondió una sonrisa de alivio dentro de su taza. No todo estaba perdido: no había nada que temer de unos nómadas que se marcharían de Venecia cuando menos lo esperaran.

—Me imagino que su hija estará encantada con la idea de recorrer el mundo.

—Ah, ella es más bien… hogareña —contestó Montalbano tras un instante de vacilación—. Nada le gusta más que quedarse trabajando conmigo, y yo se lo agradezco con toda mi alma. Ella es mi muñeca, la niña de mis ojos. —Lo observó con atención—. ¿Tiene usted hijas, Corsini?

—No, ninguna. Solo una vecina de siete años a la que quiero como si fuese mía.

—La niña de Scandellari, el cristalero —adivinó Montalbano—. Vino a visitarnos con su hermana mayor cuando inauguramos la tienda. Una chica muy guapa con unos ojos enormes…

Pero Mario no tuvo ocasión de seguir indagando: un revuelo de plumas en la juguetería, acompañado por un rechinar de piezas metálicas, les informó de que alguien acababa de entrar.

—Deben de ser los criados de los Wittmann. Había olvidado que tenía que empaquetar a *miss* Jane Doe antes de que se la lleven… Si me disculpa, Corsini, serán solo unos minutos.

Cuando Mario se quedó a solas, no pudo reprimir un suspiro. Era cierto, ahora sabía lo que sus competidores eran capaces de hacer, pero también que no serían unos enemigos dignos de tener en cuenta. «Cuando se marchen de Venecia, nadie recordará que demostraron ser los mejores». De repente, todo lo que había a su alrededor resultaba más agradable, incluso las cabezas de porcelana sin ojos que antes le habían parecido tan siniestras. «Será como si nunca hubieran puesto un pie en la ciudad, un mal sueño del que acabaremos despertando».

Mientras oía a Montalbano hablar con los hombres de *herr* Wittmann, su hija regresó con unas cajas que fue a colocar sobre la mesa. Llevaba una falda marrón que barría las virutas del suelo, una sencilla blusa blanca y un cinturón de cuero del que colgaba una bolsa de herramientas. En sus muñecas había unos anchos brazales, también de cuero, de los que sobresalían los mangos de unos utensilios diminutos como agujas de coser.

—¿Ha tenido tiempo para curiosear entre nuestras cosas? —Pese a haberle dado la espalda, debía de sentir la mirada de Mario en su nuca. Sacó un minúsculo cortaplumas de una de sus muñequeras y lo levantó hacia la ventana más cercana para examinar su filo—. Ha sido un golpe de suerte para usted que alguien apareciera de repente, ¿verdad?

Mario se detuvo con la taza a punto de rozar sus labios.

—Perdone, pero creo que no la he entendido.

—Ah, yo diría que lo ha hecho de maravilla. —La voz de la muchacha, pese a lo tajante de sus palabras, era curiosamente inexpresiva—. No se haga el tonto conmigo.

—¿Que no me haga…? ¿De qué está hablando?

—¿Cree que no veo lo que planea? Se ha presentado en nuestra tienda con la intención de hacerse amigo de mi padre cuando todo Santa Croce sabe que le considera su enemigo. ¿De verdad piensa que somos tan estúpidos como para tragárnoslo?

—Yo no he venido hasta aquí para… —Mario sintió cómo se le encendían las mejillas al comprender que no estaba diciendo más que la verdad—. Solo quería presentarle mis respetos.

—Bueno, pues ya lo ha hecho, así que puede marcharse cuanto antes. No conseguirá nada revoloteando a su alrededor para sonsacarle todo lo relacionado con esa muñeca de fuera.

Mientras decía esto, la señorita Montalbano se llevó las manos a la cabeza para desabrochar las hebillas de su casquete. Una melena interminable brotó de su interior, una cascada de un dorado oscuro que hizo pensar a Mario en los mosaicos de la entrada de San Marcos. No era lo que habitualmente se llamaba «cabello de oro» y que, en muchas ocasiones, se parecía más al amarillo del trigo que al metal precioso que revestía la basílica veneciana, como si el rey Midas hubiera deslizado las manos por sus adornos de mármol. Cuando se pasó una mano por el pelo para apartárselo de la cara, Mario tuvo que reconocer que los ojos azules y la piel marfileña le sentaban demasiado bien a la propietaria de aquella melena relumbrante.

—Sé que debe de pensar que somos un castigo del cielo —continuó la muchacha— y, en cierto modo, puede que sea verdad, pero no pretenda que nos quedemos de brazos cruzados por el hecho de que al otro lado del canal haya una juguetería como la nuestra. No es tanto una cuestión de supervivencia como de vocación: no vamos a dejar de trabajar por su culpa.

—Y yo no les he pedido en ningún momento que lo hagan —le recordó Mario. Puede que fuera hermosa (demonios, esa palabra se quedaba corta), pero tenía una lengua más afilada que las herramientas que estaba manejando—. Aun así, estará de acuerdo en que su presencia ha trastocado nuestra situación.

—No sabía que la competencia hubiera dejado de ser un sano estímulo a la hora de superarse a uno mismo. Quién sabe… Es posible que algún día acabe dándonos las gracias.

Sin dejar de hablar, Silvana Montalbano levantó unos milímetros la campana de cristal, sacó uno de los objetos del interior y lo arrojó hacia lo alto. Mario distinguió la textura de la madera pintada de azul antes de que ascendiera hacia las vigas del techo como si no pesara más que una hoja seca arrastrada por el aire. Al cabo de unos instantes, para su sorpresa, el pequeño objeto comenzó a descender, subió de nuevo hacia las ventanas, planeó sobre sus cabezas…

—Santo Dios, ¿qué se supone que es eso?

—Mariposas voladoras —respondió la señorita Montalbano—. Pequeños divertimentos que me dedico a hacer en mis ratos libres. Parece que los niños venecianos las adoran.

«No me extraña», pensó Mario con la boca entreabierta. La mariposa siguió revoloteando unos segundos antes de posarse en sus manos con la delicadeza con la que una flor se desprende de su rama. Despacio, como si temiera hacerle daño, la acercó a su rostro y descubrió que cuatro láminas de madera conformaban sus alas rematadas en punta.

—Es un diseño muy sencillo —continuó ella—, casi ridículo comparado con las creaciones de mi padre. Pero, por ahora, se venden bastante bien.

—No lo entiendo —murmuró Mario. La madera era tan delgada como una hoja de papel y el juguete no pesaba más que un insecto—. No entiendo cómo pueden moverse sin que se les dé cuerda. Ni siquiera tienen espacio para esconder dentro un pequeño motor...

—Tampoco lo tienen las mariposas de verdad —apuntó Silvana Montalbano— ni los pájaros que, aun así, son capaces de volar. Esto no es mecánica, sino ciencia. Pura biología.

Había unos bocetos desperdigados junto a la campana de cristal y Mario, al echarles un vistazo, reconoció el esquema anatómico de una mariposa rodeado por palabras conectadas mediante pequeñas flechas: «lúnulas», «ocelos», «franjas marginales, subapicales y dorsales»...

—Ya veo... Es su propia configuración la que las hace revolotear. —Antes de que pudiera fijarse en nada más, la chica se apresuró a darle la vuelta al papel—. No desconfíe tanto de mí; tengo muy mala memoria visual. Así que es una cuestión de... ¿aerodinámica?

—Aerodinámica, naturaleza, llámelo como más le guste. Le aseguro que no hay más magia en nuestra casa que la que pueda encontrar ahí fuera, en su mundo. Hasta un niño sería capaz de superar nuestras creaciones si de verdad quisiera hacernos la competencia.

Mario, que acababa de lanzar la mariposa de nuevo, entornó los ojos mientras esta volvía a revolotear por el taller hasta posarse en un hombro de Montalbano, quien acababa de regresar al taller. Los criados de los Wittmann ya debían de haberse llevado a *miss* Jane Doe al palacio del Gran Canal de sus nuevos amos.

—¿Ha visto? —exclamó Montalbano mientras recogía el juguete—. Es increíble, ¿verdad? Fue idea de mi Silvana. Es toda una artista. Vino un día a verme con unos diseños que se le habían ocurrido mientras veía revolotear a las mariposas en nuestro patio de Amalfi...

—En realidad —contestó la muchacha—, me parece que fue en Florencia.

—Solo eran unas pocas anotaciones por aquel entonces, pero me di cuenta, nada más ponerles los ojos encima, del potencial que tenían. Igual que mi pequeña.

La señorita Montalbano parecía incómoda, pero se limitó a dejarse caer sobre la silla y regresar a lo que estaba haciendo poco antes en el torno mecánico.

—He pensado que podríamos aprovechar este buen tiempo para dar una vuelta por el barrio —continuó Montalbano. Mario se giró hacia él, sorprendido—. Deje que lo invite a tomar algo en una taberna de la que me hablaron ayer. Me vendrá bien respirar algo de aire fresco.

También la señorita Montalbano pareció quedarse atónita. Su mirada azul se posó en su padre antes de regresar a Mario, quien sonrió ante su desconcierto.

—¿Me dará permiso su hija para acaparar su atención durante un rato? —En esta ocasión, fue ella quien entrecerró los ojos—. Le prometo que regresará sano y salvo y que no me serviré del vino para tratar de sonsacarle ningún secreto profesional.

Montalbano se rio de buena gana, pero el desdén con el que la muchacha se dio la vuelta hizo sonreír más a Mario. Al menos le quedaba el consuelo de haber ganado el segundo asalto.

—Vámonos, pues. No me prepares nada para cenar, Silvana, y no te preocupes por los clientes. —Su padre echó un vistazo a un reloj de pared—. Un cuarto de hora más y podrás echar el cierre para que nadie te moleste.

Recogió del perchero del taller una levita gris, besó a su hija en la mejilla y agarró a Mario de un hombro para guiarlo hasta la puerta.

Antes de abandonar el taller, este se dio la vuelta para despedirse de la muchacha con una inclinación de cabeza, pero Silvana no respondió a su gesto. De repente parecía pequeña y vulnerable, una niña grande en medio de unos juguetes que nunca le pertenecerían, y a Mario, sin saber muy bien por qué, le asaltó la repentina certeza de que se sentía tan encerrada allí dentro como las mariposas de la campana de cristal, dando vueltas sin cesar de un lado a otro sin conseguir encontrar nunca la salida.

Capítulo IV

Mario no regresó a su casa hasta que la noche se hallaba bastante avanzada. Estuvo bebiendo con Montalbano en una de las tabernas de la cercana plaza de San Rocco, al lado de la iglesia del mismo nombre. Durante casi tres horas, mientras paladeaban unas espumosas copas de prosecco, el hombre al que seguía considerando su rival se embarcó en unas disquisiciones interminables sobre los prodigios de la mecánica que se habían dado a conocer en la Feria Mundial de los Estados Unidos y las Exposiciones Universales a las que había acudido en París, Londres y Edimburgo. Habló de los dirigibles construidos por pioneros como Giffard y Dupuy de Lôme, de las luminarias fluorescentes de Nikola Tesla, de las proyecciones cinematográficas de los Lumière y de un curioso autómata, conocido como El Turco, que en el siglo XVIII había traído de cabeza a toda Europa por ser capaz de ganar al ajedrez a cualquier persona que quisiera retarle. Habló de la transmisión de ondas de radio a través del Atlántico llevada a cabo por Marconi con una emoción que hacía pensar que su creador era, como mínimo, primo hermano suyo. Le relucían los ojos a medida que apuraba el vino, aunque no mostró signos de ebriedad. Saltaba a la vista que se sentía complacido de tener a alguien con quien hablar de lo que más amaba en el mundo aparte de su Silvana.

En un par de ocasiones, Mario intentó desviar la conversación hacia la señorita Montalbano, pero, cuando esto sucedía, su interlocutor se limitaba a sonreír. Su hija era sagrada para él y de las cosas sagradas no se podía hablar tan alegremente como de las polémicas patentes de Tesla y Marconi. Lo único que consiguió sonsacarle fue que su madre había fallecido muchos años antes y que no tenían a nadie más en el mundo. No era una perspectiva muy alentadora para los numerosos pretendientes que, según Andrea, le habían salido en Santa Croce desde el instante en que desembarcaron ante su nueva casa.

En el fondo, Mario sabía que tendría que haber disfrutado más de la velada. Montalbano era un pozo de sabiduría y poseía los modales de un caballero aderezados con el entusiasmo de un científico loco, pero el joven no conseguía apartar de sí la idea de que esa misma genialidad acabaría conduciéndolo a la ruina. Había demasiados prodigios madurando en su cabeza, demasiadas creaciones maravillosas luchando por salir de los dedos que estrecharon los suyos cuando se despidieron en el puente que comunicaba las dos orillas del canal. Mientras lo veía avanzar bajo los balcones de piedra, tarareando para sí mismo, casi esperaba que Silvana se asomara a una de las ventanas para arrojarle a su padre su cabellera recogida en una trenza. La idea de esa princesa de cuento de hadas encerrada en una torre le habría resultado muy romántica de no haber sabido el mal carácter que tenía la condenada.

—¿Qué crees que hará todo el día ahí metida? —preguntó Andrea dos semanas después.

Mario levantó la vista del tiovivo que estaba reparando, sorprendido al comprobar que, por una vez, los pensamientos de su hermano seguían la misma línea que los suyos. Andrea se había atrincherado tras las cortinas del comedor y observaba cómo Silvana, acodada en el balcón de enfrente, alimentaba con migas de pan a las palomas de la fondamenta Gaffaro.

Se había anudado un batín de color crema encima de un camisón de encaje y parecía perdida en su propio mundo. Sus ojos apenas se movían mientras las aves pasaban volando a su alrededor rozándole casi la cara con las alas.

—Nunca sale a la calle —continuó Andrea, intrigado—. Simonetta y sus amigas dicen que es un bicho raro. No la han visto comprar ropa ni comida en el mercado.

La señorita Montalbano sacudió las manos para limpiarse las últimas migas. Los rayos de sol arrancaban destellos dorados a algo en lo que Mario ya se había fijado: un pequeño reloj de bolsillo que llevaba colgado del cuello con una cadenita.

—Deja de mirarla así —repuso—. Parece que vas a comértela.

Andrea negó con la cabeza mientras la veían desaparecer detrás de las cortinas.

—No es… normal. No es como Simonetta —aseguró—. Puede que las vecinas tengan razón y se encuentre enferma. Eso explicaría por qué ni siquiera la hemos visto en la iglesia. ¿Qué clase de muchacha se encerraría voluntariamente en casa?

—Que tú no sepas lo que es recogerse a una hora decente no significa nada —le recordó su hermano—. Siempre has sido un bala perdida.

—¿Qué clase de muchacha se resistiría a hacer amigas de su edad? —insistió Andrea—. ¿Sabías que Antonella y su hermana se presentaron anteayer en la tienda? Querían invitarla a dar un paseo hasta Rialto, pero Montalbano no dejó que la vieran. Dijo que a su hija le dolía la cabeza y no estaba en condiciones de salir.

—A lo mejor era verdad —comentó Mario, dubitativo.

—De eso nada —objetó Andrea—. Antonella volvió a pasar por la fondamenta Gaffaro al regresar a casa y la vio por una ventana del entresuelo. Estaba en el taller, trabajando con sus mecanismos, como siempre. Y tan fresca como una lechuga.

Mario no supo qué decir. Se acercó a la mesa para coger un pincel con el que acabar de pintar las bridas de uno de los caballos del tiovivo.

—Me da mucha pena —suspiró su hermano—. Debe de estar chiflada si lo único que le interesa es la relojería. Por eso me parece perfecta para ti.

—¿Qué demonios significa eso? —saltó Mario en el acto—. Mi mundo no se limita a la relojería. Lo que pasa es que, a diferencia de otros, me tomo muy en serio mi trabajo.

—Igual que la señorita Montalbano. —Andrea no se molestó en reprimir una sonrisa—. Vuestros engranajes encajarían de maravilla. La erótica de la mecánica llevada a su máxima expresión…

—Lo más erótico que se me ocurriría hacer con ella sería mantenerme a cien kilómetros de distancia. Es capaz de degollarme con un destornillador si me acerco más de lo debido.

El pulso de Mario, no obstante, era tan inestable al decir aquello que un grueso lagrimón morado se extendió sobre la cabeza del caballo. «No me puedo creer que al final sea esto, pensar demasiado en esa chica, lo que más esté perjudicando a mi trabajo», pensó rabioso.

—Crees que…, ¿crees que debería cruzar el canal para arreglar nuestras diferencias?

—Los dos sabemos que estás deseando que te diga que sí. —Su hermano dio un tirón a las cortinas para cerrarlas—. Admítelo: te mueres por volver a hablar con ella.

—Eres la vieja más chismosa de todas las viejas chismosas de Venecia, Andrea. Si acabo regresando a ese sitio, será para quitarle de la cabeza la idea de que solo soy un patán con complejo persecutorio. Es una cuestión de amor propio más que de…, bueno, de amor de otro tipo.

—Espera, esto se pone interesante. Que yo recuerde, nadie había metido el amor en…

Pero Mario, en vez de responder, dejó sobre la mesa las piezas del tiovivo y se marchó antes de que Andrea pudiera tomarle más el pelo. «Es la majadería más grande que ha dicho en lo que llevamos de año, y eso que el listón estaba alto —pensó mientras bajaba la escalera que conducía al taller, más enfadado consigo mismo que con Andrea—. En cuanto me viera entrar en la tienda, se me echaría encima como ese pájaro del demonio para sacarme los ojos. Tendría que estar loco para planteármelo».

Tardó menos de veinticuatro horas en hacerlo. Era un auténtico récord teniendo en cuenta que, cada vez que se abría la puerta de Ca'Corsini, apartaba la vista de lo que se traía entre manos para comprobar si los Montalbano habían decidido devolverle la visita, pese a saber que estaban tan atareados con los encargos que les llegaban de los seis distritos de Venecia que no tenían tiempo para nada más. Finalmente, aprovechando que Andrea había anunciado que se quedaría en la juguetería con las hijas de Scandellari, Mario se escabulló con la excusa de hacer un par de recados y, tras cruzar el puente Marcello con el corazón menos firme de lo que habría deseado, se armó de valor y empujó la puerta de La Grotta della Fenice.

—¿Hola? —Algo enorme volvió a echarse sobre él, pero esta vez estaba preparado y, por suerte o por desgracia, no se trataba de Silvana—. ¿Hay alguien ahí? —llamó—. ¿Montalbano?

Le sorprendió que nadie hubiera oído los graznidos del autómata al descender en picado desde su nido. Las siniestras muñecas mecánicas le miraron desde sus respectivas mesas; la cabeza de la cortesana dio una vuelta completa para dedicarle su sonrisa más maligna y, al tender la vista sobre ella, Mario descubrió que la puerta del taller se encontraba entreabierta. Algo brillaba como el oro incluso desde allí —el cabello de Silvana, sentada tras la mesa de costumbre— y, al dar unos pasos en su dirección, vio que por una vez no estaba trabajando: lo que parecía tener ante ella, apoyado entre los componentes de un caleidoscopio, era un libro.

Sus ojos recorrían la página con una atención que le hizo comprender por qué ni siquiera había oído el ruido. A Mario le sorprendió darse cuenta de que, mientras leía, su rostro parecía muy diferente, como si le costara contener las emociones que sentía…, algo que le hizo fijarse en un detalle que había pasado por alto la vez anterior: lo inexpresivo que se había mantenido su semblante incluso mientras le vapuleaba. Le había parecido hermoso —de acuerdo, lo admitía; no se hundiría Venecia por ello— aunque desprovisto de alma; la belleza de esa chica resultaba abrumadora pero imperfecta porque apenas había vida en sus rasgos. Un pintor podría haberla capturado en un retrato titulado *Naturaleza muerta*; ahora, por el contrario…

Antes de que pudiera decir nada, Silvana pasó una página de la novela y, al apartar los ojos de las letras impresas, captó la silueta de Mario en el límite de su campo visual. Aquello la hizo enderezarse como si la hubieran pinchado y cerrar el libro a toda prisa.

—Lo siento —se disculpó él, señalando con el pulgar hacia la tienda—. La puerta estaba entornada y pensé que podría...

—No sabía que fuera costumbre en este barrio irrumpir alegremente en hogares ajenos —replicó la muchacha. No parecía tener cerca destornilladores susceptibles de acabar en su cuello, comprobó Mario con cierto alivio—. Mi padre no está en casa. ¿Quería hablar con él?

—Venía a pedirle un favor, pero puede esperar. ¿Se ha ido de Venecia?

—Más quisiera usted. —Silvana se apartó un mechón de pelo de la cara—. Sigue en Venecia, aunque no en la ciudad. Se ha marchado al cementerio para asistir al entierro de la niña de los Wittmann.

Mario se había acercado a la mesa para echar un vistazo a los espejos del caleidoscopio, pero aquello le hizo detenerse en seco.

—¿Se refiere a Edelweiss Wittmann, la hija del embajador austríaco?

—La misma. La que fue una de sus mejores clientas —apostilló Silvana— antes de descubrir nuestros productos, una decisión que nadie podría echarle en cara.

—¡Si no tenía más que ocho años! ¿Qué le ha pasado?

—No tengo la menor idea. Puede haber sido cualquier cosa. Un resfriado, un trastorno estomacal... Aunque la verdad es que no parecía enferma cuando la vimos por última vez.

—No me lo puedo creer. —Mario sacudió la cabeza, cada vez más desconcertado—. Nadie en Santa Croce parece haberse enterado de esto. Deben de tener una relación bastante estrecha con los Wittmann si han decidido avisarles de lo ocurrido...

—«Teníamos» sería un término más correcto. Ahora que Edelweiss ha muerto, dudo que recibamos muchos más encargos de sus padres. Puede descorchar champán si le apetece celebrarlo.

Mario, no obstante, seguía tan confundido que no supo cómo contraatacar. Nunca habría imaginado que la insoportable Edelweiss Wittmann, a la que su familia mantenía entre algodones, pudiera abandonar el mundo con tanta rapidez como los pequeños mendigos que temblaban de noche bajo los puentes de la ciudad. ¿De qué habían servido todos los caprichos que le habían dado sus padres, todos esos juguetes con los que habían intentado comprar su cariño?

—Me imagino que lo que le ha traído hasta aquí no tendrá nada que ver con la tasa de mortalidad de nuestra clientela. —Silvana no parecía haberse perdido ni una de las expresiones que se pasearon por su rostro—. ¿Qué es ese favor que quería pedirle a mi padre?

—Solo que me prestara una, eh…, una herramienta. Un calibrador para llaves de relojería.

Silvana enarcó una ceja tan rubia como su pelo.

—No sabía que de repente fuéramos los mejores colegas del mundo. Ni que un juguetero tan experimentado como usted no cuente en su taller con los más…

—Esta bien, lo reconozco —la interrumpió Mario—, no he venido por eso. Al menos, no solo por eso. Si quiere que sea sincero, esperaba reconciliarme con usted. Sé que no empezamos con buen pie el otro día, aunque empiezo a sospechar que he pecado de optimista.

Debería haberle exasperado el modo en que ella enarcó aún más la ceja. Debería haberle hecho marcharse de allí renunciando a enterrar el hacha de guerra en vez de…, bueno, de lo que le hizo sentir en realidad. «Santo Dios, Andrea, menos mal que no puedes leerme la mente».

—¿Eso es lo que piensa de mí, Corsini? ¿Que soy una arpía malencarada?

—Haga el favor de no poner en mi boca cosas que no he dicho. No pretendía insultarla, pero estará de acuerdo en que sonreír, aunque sea de vez en cuando y por pura educación, no le hace daño a nadie. Es usted demasiado joven para estar tan…

Pensaba decir «enfadada con el mundo» o incluso «amargada», pero la palabra que acudió a su cabeza, «sola», hizo que le embargara la culpa. Silvana soltó un resoplido.

—Ah, por supuesto, de eso se trata: «Estaría usted mucho más guapa si sonriera». No sabe la cantidad de personas, concretamente hombres, que me lo han dicho a lo largo de los años.

—Oiga, no saque las cosas de quicio. Lo último que quería insinuar…

Algo acudió entonces al rescate de Mario: el ruido de la puerta al abrirse, los chirridos del ave fénix descendiendo de su nido y unos grititos emocionados. Al volverse al mismo tiempo, vieron entrar en la juguetería a dos pequeñas acompañadas de su niñera y Silvana, con una mirada que dejaba bien claro cuánto se fiaba de él, se apartó de su lado para atenderlas.

Hasta que no se reunió con las clientas, Mario no fue consciente de que la habitación ahora parecía más oscura, como si se hubiera llevado parte de la luz con ella. «Qué ridiculez», pensó mientras se sentaba tentativamente en otra silla, sin tener claro si su vecina esperaba que se largase del taller o que la aguardase para recibir, por puro deporte, dos o tres pullas más. Tras pasear la mirada en torno a él, Mario se puso a juguetear con unos abalorios de colores (probablemente, para el caleidoscopio a medio construir), inspeccionó uno de los espejitos destinados al interior del artilugio y acababa de devolverlo a la mesa cuando en una esquina, cerca de la novela que la joven había estado leyendo (*Frankenstein o el moderno Prometeo*), distinguió una precaria pila de lo que parecían unos manoseados cuadernos de notas.

Aquello le hizo dejar de tamborilear con los dedos sobre la mesa. Tras unos segundos de vacilación, se giró hacia la puerta y vio a Silvana arrodillada delante de una caja enorme, con la falda desplegada a su alrededor y las chiquillas observando ansiosas el caballo mecánico que se disponía a desempaquetar. Mario volvió a prestar atención a los cuadernos y se percató de que todos, menos el colocado en la parte superior de la pila, tenían tapas de cuero negro; las del último, por el contrario, eran de cartón y sin más adornos que una única letra: una M mayúscula.

De nuevo se quedó inmóvil y hasta su respiración pareció detenerse. Sabía que lo que se le acababa de pasar por la cabeza estaba mal; si a alguien se le ocurriera curiosear entre sus cosas —y no a una persona cualquiera, sino encima a un rival de su profesión— montaría en cólera. Aun así, su mano acabó ganando la batalla contra su conciencia y, cuando quiso darse cuenta, había abierto el cuadernito para descubrir algo sorprendente: no había nada escrito en él.

Una arruga apareció entre sus cejas mientras se apresuraba a pasar las páginas. En efecto, el contenido consistía en esquemas, diagramas y bocetos garabateados con carboncillo, tan abstrusos que le llevó casi un minuto entender a qué se referían. Solo lo consiguió al alcanzar una de las últimas páginas y encontrar en ella, al lado de unas complicadas anotaciones matemáticas, el esquema anatómico de una muñeca en la que reconoció de inmediato a *miss* Jane Doe.

En la quietud del taller, Mario pudo oírse tragar saliva a sí mismo, aunque la sorpresa no le permitió advertir que, de hecho, había demasiado silencio. Las clientas acababan de abandonar La Grotta della Fenice y Silvana regresaba de la juguetería arremangándose la camisa.

—Espero que seis minutos y medio no hayan bastado para permitirle sabotear la mitad de nuestra maquinaria. —Su falda marrón susurraba al rozar las virutas del suelo, como tirabuzones arrancados de la cabeza de una mujer. Él se dio tanta prisa en esconder el cuaderno a su espalda que casi se le cayó—. ¿Ha cogido ya ese calibrador que necesitaba?

—Por supuesto que no. —Mario se esforzó por mostrarse ofendido—. No tengo tan poca vergüenza como para ponerme a rebuscar entre sus cosas.

«Además de mentiroso —se reprochó a sí mismo—, eres un cínico. Te está bien empleado que no quiera verte ni en pintura».

—Pues siento decirle que no se le presentará una oportunidad mejor. En fin, en ese caso…

Tal vez fueran imaginaciones de Mario, pero una sombra de culpabilidad, tan fugaz como una nube pasando ante el sol, pareció atravesar el rostro de Silvana. Ver una emoción así en un rostro tan inexpresivo le hizo sentirse más avergonzado si cabe.

—Supongo que echarle una mano no será la mayor imprudencia del mundo —se resignó la muchacha mientras se acercaba a la pared. Un tablero de madera la recorría de un lado a otro y sobre él, cuidadosamente alineadas, había una colección de herramientas—. Tenemos cuatro calibradores, uno de ellos diseñado por mí. Cuenta con dos diámetros más de lo habitual.

—Eso parece muy útil —se sorprendió Mario—. Nunca había oído algo así.

—Viene de maravilla para los mecanismos más intrincados de nuestros autómatas. Mi padre siempre dice que, con un artilugio como ese, podríamos operar de cataratas a un mosquito.

Mientras la observaba trastear entre bruñidores, escariadores y brocas de todos los tamaños imaginables, Mario deslizó el cuaderno de Montalbano dentro de uno de sus bolsillos mientras rezaba para no parecer tan abatido como se sentía.

«Esto está mal —pensó—, está peor que mal, pero ella misma lo ha dicho… ¿Cuándo volveré a tener una oportunidad así?».

—Ah, aquí está. —Silvana se incorporó con un pequeño instrumento en la mano—. Haga el favor de devolvérmelo pronto —se acercó a él— o se acordará de mí.

—Descuide —asintió Mario. Si hacía lo mismo con el cuaderno, aunque fuera a escondidas, aquello no tendría por qué ser considerado un crimen… o al menos eso quiso creer—. Mañana mismo lo tendrá aquí —añadió en un impulso— con la condición de que me deje compensarla de algún modo. Puedo invitarla a un café, acompañarla a dar un paseo…, lo que más le apetezca.

Las cejas de Silvana, tan rubias que parecían de pan de oro, temblaron un instante.

—Solo se lo propongo para que pueda seguir practicando su deporte preferido: afilarse las garras conmigo —aseguró Mario—. Sé que es demasiado pedir que me vea como a un amigo.

—No he hecho un solo amigo en mi vida —Silvana pareció tan sorprendida como él ante sus propias palabras— y no veo por qué usted debería ser una excepción. Por no hablar de…

Cuando Mario recogió el calibrador, sus dedos entraron en contacto con los de ella en un roce que lo sacudió como una descarga eléctrica. Su piel era tan fría que podría haber pertenecido a una de las muñecas del taller, y sus ojos, ahora que la tenía frente a él, de un azul oscuro que tardó en comprender a qué le recordaba: al de las pupilas del ave fénix que se le había echado encima la primera vez que la visitó, dos cielos en miniatura imposibles de alcanzar.

—… de que no depende de mí —añadió en voz baja, y apartó la mirada—. Hace mucho que dejó de depender de mí. Hágame caso, Corsini: no le conviene tenerme cerca.

Al apartarse de su lado, Mario distinguió un detalle que antes le había pasado inadvertido: el reloj que Silvana llevaba al cuello no mostraba la hora real, a juzgar por las últimas campanadas de San Rocco, sino las seis menos veinte. Que alguien rodeado día y noche por herramientas de relojería no hubiera corregido aquel error le hizo fruncir el ceño, pero para entonces Silvana ya había regresado a la juguetería, cuya puerta abrió sin añadir una palabra, y el joven solo pudo despedirse de ella mientras se preguntaba cuánto tiempo habría pasado desde que la tocó alguien que no fuera Montalbano.

Capítulo V

Sabía que no podía regresar tan pronto a Ca'Corsini. Andrea le interrogaría acerca de su encuentro con Silvana, Simonetta le presionaría para que les diera más detalles y en cualquier momento, nada más descubrir lo que había hecho, la propia Silvana se presentaría en su taller reclamando el cuaderno de su padre y la cabeza de Mario en una bandeja de plata. Lo más prudente, por no decir lo más cobarde, era alejarse de Santa Croce hasta haberlo inspeccionado a sus anchas, de modo que hundió las manos en los bolsillos de su chaqueta mientras se encaminaba hacia el puente de Rialto sintiéndose como un criminal recién escapado de la cárcel.

La diadema de piedra del puente parecía a punto de derrumbarse sobre el canal debido a la cantidad de turistas reunidos en él, tantos que Mario tuvo que abrirse camino a base de codazos para alcanzar la otra orilla. Durante todo el tiempo que tardó en descender por el Gran Canal, en paralelo a los *vaporetti* que se dirigían a los hoteles del Lido, sus dedos no dejaron de apretar las tapas del cuaderno pese a que el eco del tacto de Silvana apenas le permitiera reconocer el del cartón. Estaba tan abstraído en sus pensamientos que tardó en darse cuenta de que había desembocado delante de la iglesia de Santa Maria della Salute, cuya estructura parecía flotar sobre la laguna mientras la rara alquimia que solo Venecia sabía realizar convertía la superficie del agua en un espejo de oro y fuego surcado por las sombras de las gaviotas.

Allí también había bastantes turistas, pero casi todos estaban retirándose hacia zonas más populosas de la ciudad y Mario aprovechó para sentarse en un escalón de la iglesia. El ruido de las embarcaciones llegaba atenuado a sus oídos junto con el murmullo de un violín procedente del palacio de los Dario, del que se decía que estaba maldito. «Puede que las leyendas sean ciertas —pensó mientras sacaba el cuaderno—. Puede que Venecia esté tan condenada como las almas que la habitan y que, cuando nos arrastre a todos a las profundidades, nos esté bien empleado».

Al abrirlo sobre sus rodillas, vio que no se había equivocado con respecto al contenido. En su taller también tenía anotaciones sobre los complicados mecanismos de las muñecas parlantes, pero las de Montalbano eran tan detalladas que casi las convertían en simples garabatos. En una de las primeras páginas aparecía un cuerpo de niña de proporciones parecidas a las de *miss* Jane Doe, con las manos abiertas a ambos lados, los ojos cerrados como si estuviera durmiendo y un complejo entramado de arterias interconectadas recorriendo el interior de su cuerpo.

«Esto debe de ser lo que las hace moverse como personas de carne y hueso», pensó mientras recorría con un dedo una de esas líneas. Las siguientes páginas parecían contener más detalles del mismo diseño: los miembros de la muñeca atravesados por ramificaciones como si el metal hubiera sustituido no solo el esqueleto, sino también los músculos, los nervios y los vasos sanguíneos, acompañado

todo ello por complicadas anotaciones matemáticas relacionadas con los ángulos adecuados para permitir el movimiento de las distintas partes del cuerpo.

Cuando pasó una página más, encontró otro boceto que corroboró su teoría: la espalda de la muñeca cubierta por una plancha metálica que permitía acceder a la cámara en la que se concentraban sus resortes. Y allí, justo en el centro…

—¿Qué es esto? —se preguntó Mario en voz baja, aunque tuvo que cerrar la boca cuando un sacerdote que salía de Santa Maria della Salute pasó junto a él. «¿Una caja de resonancia?».

Había una pieza especialmente compleja donde debería estar el corazón de una niña humana. Tenía el tamaño de un puño y a Mario le recordó a una extraña rosa mecánica debido a la cantidad de capas superpuestas de metal que la conformaban. Un centenar de cables conectaba aquel artilugio con las demás ruedas y engranajes que había dentro de la cavidad de la espalda.

«Es la pieza que sirve para dotarlas de voz —dedujo cada vez más intrigado—, lo que les permite hablar con cualquiera que se les acerca…, pero aún me queda averiguar el mayor misterio de todos: cómo Montalbano hace que una muñeca sea capaz de reconocer nuestra presencia».

No se trataba de que deseara copiar sus diseños —Mario respetaba demasiado su profesión para hacer algo así—, sino de reconciliarse con el hecho de haber sido superado por un rival; de algún modo parecía más sencillo hacerlo cuando uno había entendido dónde residía exactamente el talento ajeno. Mientras permanecía sentado en el escalón, casi se había hecho de noche y las estrellas empezaban a salpicar el agua recorrida por las estelas de las góndolas, de modo que se resignó a dejar el resto del cuaderno para más adelante y, tras devolverlo a su bolsillo, se sumergió en la riada de turistas que se dirigían a los cercanos cafés de la plaza de San Marcos.

Las campanas de San Rocco acababan de dar las ocho cuando desembocó en el río del Gaffaro, donde el *Bucintoro* se mecía suavemente con una brisa que hacía crujir su soga. Muchas ventanas se habían apagado ya, pero en casa de los Montalbano seguía reluciendo una luz en lo que creía haber identificado como el dormitorio de Silvana. Mario la observó de reojo mientras introducía la llave en la cerradura, pero ninguna cara apareció tras los cristales ni vio moverse ninguna sombra entre las cortinas, así que se conformó con dejar el cuaderno sobre la mesa del taller, salir al patio que compartían con los Scandellari y subir con desgana al primer piso.

Al abrir la puerta de la casa, lo recibió un aroma a pasta recién hecha que consiguió desviar sus pensamientos a cuestiones más mundanas. Encontró a Simonetta canturreando en la cocina con un delantal a la cintura mientras removía el contenido de una olla con un cucharón.

—¿Qué haces tú aquí? —se sorprendió Mario.

—Yo también me alegro de verte —contestó ella con un gracioso mohín—. He venido para echaros una mano con la cena. Te gusta la carbonara, ¿verdad?

—Sabes de sobra que sí. —Mario tuvo que esquivarla para sentarse en una silla; la cocina era tan pequeña que apenas cabían dos personas en ella—. ¿No deberías estar con tu padre?

—Hoy no se encuentra en casa. Se ha marchado a Murano después de la siesta.

Sus manos parecían volar mientras cortaba una cebolla en rodajas y, más tarde, en pedazos más pequeños.

—Tenía una reunión con sus compañeros —prosiguió—, los demás vidrieros de la isla. Me dijo que prefería quedarse a dormir en Murano para no despertarnos a Emilia y a mí.

«Y eso te ha venido de perlas —pensó Mario mientras la veía apartarse de la cara un mechón de pelo castaño—. Seguro que ha sido el propio Andrea quien ha convencido a Scandellari para que os dejara solas esta noche. Os conozco demasiado bien».

Como respondiendo a su pensamiento, Andrea apareció en la puerta para echar un vistazo a lo que se traía entre manos.

—Esto huele que alimenta. ¿Te falta mucho?

—Estará listo en un cuarto de hora —canturreó Simonetta.

Andrea miró un momento a Mario antes de abrirse camino hacia ella, pero su hermano ni siquiera se fijó en cómo le rodeaba la cintura con los brazos. Acababa de acordarse de algo importante de lo que aún no había hablado con él.

—Edelweiss Wittmann ha muerto. La han llevado esta tarde a la isla de San Michele.

Simonetta se quedó estupefacta. Andrea se volvió hacia él con expresión perpleja.

—¿Edelweiss Wittmann? ¿Esa déspota en miniatura que casi nos escupió en la cara la última vez que vino?

—Esa misma. No me han dicho qué le ha pasado —Mario se encogió de hombros—, pero debe de haber sido algo inesperado.

En pocas palabras les transmitió lo que Silvana le había contado al respecto. Simonetta estuvo a punto de dejar que se le quemara la cebolla por prestar atención.

—Pobre niña —susurró—. Puede que fuera insoportable, pero no se merecía algo así.

—En circunstancias distintas, te habría preguntado en qué estabas pensando para dedicarte a hablar de niñas muertas con la Montalbano en vez de hacer otras cosas —apuntó Andrea; Mario le dirigió una mala mirada—, pero la verdad es que la ausencia de su padre da que pensar.

—¿Qué quieres decir con eso? —se extrañó Simonetta.

—Sé a qué te refieres. —Mario se inclinó hacia delante en la silla—. A Montalbano le ha dado tiempo a establecer una red de contactos sorprendente teniendo en cuenta el poco tiempo que llevan aquí. Nadie había oído hablar de ellos hasta hace unas semanas y, de la noche a la mañana, se hace íntimo de los Wittmann hasta el punto de enterarse, antes que ninguna otra persona del barrio, de la muerte de su heredera. Es más, me parece haber entendido que *herr* Wittmann decidió invitarlo al entierro…

Hubo un momento de silencio. Andrea se rascó la cabeza con el ceño fruncido y Simonetta, después de retirar la olla del fuego, se desató las cintas del delantal.

—Tengo que irme —les dijo— antes de que Emilia me acuse de dejarla abandonada. Se ha quejado de que le dolía la cabeza, pero sé que solo lo hace para llamar la atención. A veces se comporta como un bebé. —Tras besar discretamente a Andrea, señaló la olla con la barbilla—. Comeos eso antes de que se enfríe o no volveré a cocinar para vosotros.

La inquietud de Mario, por desgracia, no le permitió disfrutar de las dotes culinarias de su vecina. Después de dejar que Andrea monopolizara la conversación hablándole de los últimos modelos automovilísticos de la casa Ford, ambos recogieron los platos de la cena y Mario, argumentando que tenía mucho trabajo pendiente, se encerró en el taller del piso de abajo para intentar recrear con sus herramientas alguno de los diseños de Montalbano.

Pero daba lo mismo lo mucho que se esforzase: nada de lo que creaba se parecía a lo que su vecino había dibujado. Nadie le había explicado tampoco cómo se suponía que tenían que encajar las piezas ni cómo había que activar su funcionamiento. Sabía que lo que había en medio del mecanismo central era una caja de resonancia, pero por mucho que daba vueltas a su propio modelo de madera, escarbando para que se pareciera a lo que recogía el cuaderno, seguía estando tan lejos de alcanzar a Montalbano como un inexperto aprendiz de carpintería: las capas de madera que recubrían el núcleo del mecanismo debían de estar conectadas de un modo que no era capaz de descifrar por mucho que se dejase los ojos estudiando sus esquemas.

Los párpados, poco a poco, acabaron cayéndole sobre los ojos y el cansancio se impuso a la frustración que empezaba a experimentar. Cuando comprendió que solo estaba perdiendo el tiempo, apagó la lámpara de gas colocada sobre la mesa y, de mala gana, deslizó el prototipo de madera y el cuaderno de Montalbano entre unos rollos de cachemira y terciopelo con los que confeccionaban los vestidos de las muñecas antes de encaminarse, medio dormido, a su habitación del piso superior.

Las campanas de San Rocco estaban dando las dos cuando se deslizó a tientas por el pasillo. Al pasar por delante de la puerta de Andrea con una mano contra la pared, captó algo que le hizo detenerse: el rítmico golpeteo de un cabecero de madera acompañado por unos suspiros a los que, a esas alturas, se encontraba más acostumbrado de lo que querría. «Está visto que me ha tocado ser el hermano idiota», pensó de mal humor mientras entraba en su propio cuarto y se dejaba caer, sin quitarse siquiera la ropa, sobre el colchón de lana.

Nunca supo cuánto tiempo consiguió dormir esa noche, pero aún no había amanecido cuando un nuevo ruido lo despertó. Mario emergió de un sueño tachonado de engranajes, con dientes puntiagudos como colmillos, maldiciendo en todos los idiomas a Andrea y Simonetta.

—Esto ya pasa de castaño oscuro —rezongó en voz alta, aunque se quedó callado al caer en que lo que acababa de despabilarle no procedía del dormitorio contiguo.

Las respiraciones de los muchachos eran lo único que se oía detrás de la pared, pero bajo la habitación de Mario sonaba un ruido muy distinto: el eco de unos pasos recorriendo poco a poco el taller. El desconcierto que sintió al percatarse de aquello no tardó en ser sustituido por una rabia que le hizo levantarse de un salto y encaminarse hacia la escalera.

Nada más desembocar en el patio, sus pies chocaron contra algo blando que casi le hizo soltar un grito. La pálida luz de las estrellas le permitió distinguir la silueta de *Shylock* acurrucado entre dos macetas con el cuerpo tan arqueado como una de las cúpulas de San Marcos.

«Esto sí que es extraño —pensó con creciente inquietud—. Nunca he visto a este gato asustarse de nada, ni siquiera de los críos más gamberros». Fue en ese momento, cuando acababa de alargar una mano para tranquilizarlo, cuando reparó en dos cosas que le hicieron detenerse: la primera, la rendija de luz procedente de la puerta de la juguetería, y la segunda, la llave que aún seguía donde la había dejado, en la puerta que comunicaba el patio con el taller. Dos detalles que solo podían significar que quien estaba allí dentro, aprovechando que los Corsini dormían, tenía que haberse colado desde el edificio.

Los dedos casi le temblaban de rabia al empujar la puerta, pero el interior del taller también continuaba como antes: las muñecas a medio decorar sentadas en sus estanterías, los móviles de hojalata suspendidos del techo, sus herramientas de carpintería sobre la mesa…, y al otro lado de esta, delante de las alacenas, había una silueta agachada envuelta en una capa de viaje.

Antes de que pudiera advertir su presencia, Mario agarró con una mano una de las badilas del brasero y, con la otra, la lámpara de gas que el desconocido había vuelto a encender. No iba a darle la oportunidad de que la apagara para escapar en la oscuridad.

—Muy bien, se ha acabado el registro —anunció en voz alta—. Me da igual quién seas, pero vas a largarte de aquí si no quieres que avise a la policía de…

—Me parece una idea estupenda. Yo también tengo cosas interesantes que contarles.

Unas manos echaron hacia atrás la capucha marrón y a Mario se le abrió la boca como a una gárgola medieval. La melena de Silvana Montalbano resbaló sobre los pliegues de su ropa mientras se ponía en pie torciendo el gesto.

—Haga el favor de apartar esa luz, Corsini. De lo contrario, me dejará ciega.

«Debo de estar soñando —pensó Mario mientras dejaba caer la badila de la impresión—. Sí, seguro que solo es eso: un mal sueño. Demasiada carbonara antes de irme a la cama».

—¿Qué está haciendo aquí, señorita Montalbano?

—Allanar su tienda, como salta a la vista. Le creía más perspicaz.

—¿Cómo demonios ha entrado? —Mario se volvió hacia la juguetería, pero no se había equivocado: esas ventanas también estaban cerradas—. ¿Ha saltado desde el tejado del patio?

Por toda respuesta, Silvana se abrió la capa para mostrarle algo que tardó unos segundos en reconocer: seguía llevando puestas sus muñequeras de cuero.

—Ahora mismo tengo suficientes alambres encima como para escapar de la prisión en la que encerraron a Casanova. Se sorprendería si me viera en acción.

«No lo dudo», pensó Mario sin dejar de contemplarla. Nunca había conocido a nadie más potencialmente peligroso que ella; la creía capaz de abrirle en canal con una horquilla para el pelo.

—Me he llevado una sorpresa esta noche —continuó la muchacha. Pasó una mano por encima de la mesa para barrer los restos de serrín diseminados por su superficie—. Me sentía un poco culpable por el modo en que lo había tratado, y la culpabilidad, por si aún no se ha dado cuenta, es un sentimiento con el que no estoy muy familiarizada.

—No me diga —comentó Mario—. Nunca se me habría ocurrido.

—Pensé que tal vez había malinterpretado sus intenciones, que había demostrado ser un caballero al acercarse a nuestra casa y que no había actuado del todo bien con usted… —Guardó silencio, pero Mario no se atrevió a decir nada. La mano con la que sujetaba la lámpara le tembló al dejarla sobre la mesa. La voz de Silvana era dura como el acero—. Pero de repente —continuó— vuelvo a nuestro taller para recoger la novela que estaba leyendo y descubro que las cosas de mi mesa están desordenadas.

—Lo siento muchísimo —confesó Mario—. Nunca quise que…

—Me mintió. —Silvana se abrió camino entre unos cestos rebosantes de muñecas de trapo a medio coser y miembros amputados de tela—. Puede que sus artimañas le sirvan con mi padre, pero no piense siquiera que yo estoy dispuesta a perdonarle algo así. Después de los años que ha pasado trabajando en esos diseños, de cómo sus cuadernos se habían convertido para él…

Bajó la vista cuando algo se deslizó entre los pies de ambos. *Shylock* seguía con el lomo tan erizado como un alfiletero y gruñía de un modo extraño.

—Tenga cuidado —le advirtió Mario—. Le morderá si se me sigue acercando.

—Ah, ya lo hizo cuando abrí la puerta del taller —Silvana se cruzó de brazos sin apartar los ojos del animal—, pero no creo que le queden ganas de volver a intentarlo. No le he hecho nada —añadió después de que Mario, mientras agarraba al gato para devolverlo al patio, frunciera el ceño—, es solo que no les gusto a los gatos. Ni a los animales en general.

Dicho esto, le tendió la mano derecha con la palma hacia arriba. Mario tardó en entender qué quería decirle, pero acabó acercándose a la alacena en la que había ocultado el cuaderno.

—Si le sirve de consuelo, solo he conseguido perder el tiempo. —Apartó los pesados rollos de tela con los que lo había envuelto—. Nunca había visto unos esquemas tan complicados.

—Ya me lo imaginaba. No es que le esté llamando estúpido aunque se lo merezca —Silvana le arrebató el cuaderno en cuanto se lo alargó—, solo que sé muy bien cómo funciona la mente de mi padre. Ni los cien mejores jugueteros del mundo trabajando a la vez podrían…

Pero su voz se apagó poco a poco, como la de una muñeca a la que se le hubiera acabado la cuerda, y cuando Mario giró sobre sus talones, extrañado, comprendió que acababa de reparar en el pequeño prototipo de madera que también había ocultado entre las telas.

—Ah, eso. —Estupendo: aún podía sentirse más abochornado—. Solo es un modelo con el que intenté reproducir uno de los diseños de su padre. Aparecía en el cuaderno al lado de los esquemas anatómicos de esa muñeca parlante, *miss* Doe o *miss* Joe o como se llame…

A Silvana se le abrió la boca mientras Mario depositaba la esfera en su mano. La observaba como si se tratase de una bomba de relojería capaz de destruir Venecia entera en un segundo.

—¿Me está diciendo que se ha atrevido a…? ¿Ha reproducido esto sin saber…?

—Solo es una caja de resonancia —la extrañeza de Mario aumentaba por momentos—, uno de esos mecanismos que hacen que las muñecas puedan hablar. Por muy compleja que sea, no se diferencia mucho de los modelos que mi hermano y yo implantamos en nuestros juguetes.

Pero entonces sucedió algo que lo descolocó más que ninguna otra cosa: a la muchacha le empezaron a temblar tanto las piernas que tuvo que agarrarse a una esquina de la mesa.

—¡Señorita Montalbano! —exclamó Mario mientras se apresuraba a sostenerla. Sus ojos azules seguían contemplando la esfera como si fuera el Anticristo—. ¿Qué le pasa?

—Tengo que marcharme a casa —murmuró ella.

—¿Qué está diciendo? ¿Cómo voy a dejar que se vaya de esta manera?

—Tengo que marcharme ahora mismo —insistió Silvana. Se soltó bruscamente de Mario cuando intentó conducirla hasta una silla y, guardándose el cuaderno y el prototipo de madera en el interior de la capa, abandonó el taller a toda prisa—. No debería haber salido a la calle y menos aún a escondidas. Venir aquí sin que lo supiera mi padre ha sido… un terrible error.

Mario todavía intentó hacerla entrar en razón mientras la seguía, a través de la juguetería esmaltada por el resplandor de las estrellas, hasta la desierta fondamenta Minotto. La capa de la muchacha se le escurrió entre los dedos cuando se precipitó fuera, sin dirigirle una mirada más ni despedirse de él, para encaminarse hacia el puente que comunicaba ambas orillas. Una brisa helada corría por el canal como un séquito de almas en pena, pero no fue capaz de apartarse de allí hasta que Silvana, tras echar mano de una llave, desapareció dentro de La Grotta della Fenice.

Para cuando Mario regresó a su propio dormitorio, una tenue luz acababa de aparecer en el entresuelo de la juguetería —Silvana, probablemente, había decidido devolver el cuaderno al taller antes que nada— para apagarse y reaparecer, unos minutos más tarde, en su habitación del primer piso. Las cortinas no estaban echadas y Mario, al asomarse entre las suyas, la vio deambular de un lado a otro del cuarto; se había desprendido de la capa de viaje y sostenía una palmatoria tan temblorosa que su propia sombra parecía bailar una tarantela a su alrededor.

«No entiendo nada —pensó cada vez más desconcertado mientras Silvana se detenía por fin junto a la cama. Incluso a la distancia a la que se encontraba, vio que tenía la mirada perdida—. Debería haberse enfurecido conmigo, pero lo que ha hecho ha sido asustarse. Casi aterrorizarse…».

En ese momento, como acababa de ocurrir en Ca'Corsini, las piernas de Silvana dejaron de sostenerla, aunque esta vez no pudo mantener el equilibrio. A Mario se le escapó un grito cuando el cuerpo de la muchacha se derrumbó sobre el borde de la cama y, desde ahí, resbaló hasta la alfombra. El alféizar de la ventana le impedía distinguir nada más que la curvatura de su cadera, de modo que no podía verle la cara ni saber siquiera si seguía respirando.

«Tengo que avisar a Montalbano ahora mismo», fue lo primero que acudió a su mente, pero otro pensamiento lo sustituyó casi en el acto: «La culpa de esto es mía. ¡He sido yo quien la ha alterado tanto!». Estaba a punto de apartarse de la ventana cuando la puerta de Silvana se abrió y su padre, en bata y zapatillas, entró en la estancia con una segunda palmatoria.

El sobresalto casi le hizo soltarla sobre la alfombra. Desde el otro lado del canal, Mario solo pudo presenciar, reducido a la inmovilidad, cómo los labios de Montalbano articulaban sin cesar el nombre de su hija mientras trataba de incorporarla sobre la alfombra. Cuando por fin lo logró, el joven tuvo un atisbo de su rostro a través de la cascada de pelo dorado y entonces se llevó la mayor sorpresa de todas: Silvana, pese a haberse desmayado, seguía con los ojos abiertos.

Su expresión no era de dolor, ni siquiera de confusión; solo se había quedado tan paralizada como una estatua. Montalbano consiguió sentarla en el suelo, con la espalda contra una pata de la cama, y se arrodilló ante ella para moverle suavemente la cabeza a izquierda y derecha. Pese a estar a centímetros de distancia, Silvana no dio muestras de reconocerlo: sus ojos continuaron contemplando el vacío sin parpadear hasta que su padre, tras apoyar su frente en la de ella en un desconcertante gesto de resignación, se puso en pie para correr las cortinas. Desaparecieron de la vista de Mario igual que habían entrado en su mundo, con más interrogantes de los que habría sido capaz de formular y un silencio que pareció descender sobre Venecia como una mortaja.

Capítulo VI

Aquel fue el comienzo de uno de los días de los que Mario nunca podría olvidarse, y no solo por lo preocupado que se sentía por la salud de Silvana. La noche anterior no había podido imaginar lo que se les venía encima, pero las siguientes horas lo devolverían a un infierno por el que solo había tenido que transitar durante las confusas semanas que siguieron a la muerte de sus padres.

Mientras permanecía de pie ante la ventana de su habitación, contemplando con el corazón en un puño las cortinas cerradas de la de Silvana, había oído a Simonetta despedirse de su hermano en susurros. La había oído cerrar la puerta de los Corsini, salir al patio que compartían con los Scandellari y subir en silencio la escalera que conducía a su casa. Fue allí, al entrar en su propio cuarto sin hacer ruido, donde encontró a la pequeña Emilia hecha un ovillo entre las sábanas, exactamente como la había dejado salvo por el hecho de que la respiración había cesado de acariciar sus labios. Debía de haber muerto en algún momento de la noche, sola después de que su hermana abandonara la cama que compartían para acudir a escondidas a la de su vecino.

Los alaridos de Simonetta despertaron a casi toda la fondamenta Minotto y no tardaron en sumárseles los de Scandellari cuando regresó de Murano. Mario y Andrea fueron los primeros en acudir en su auxilio y, apenas unos minutos más tarde, empezaron a hacerlo los demás vecinos, preguntándose unos a otros qué estaría sucediendo en el hogar del cristalero. La noticia de que habían encontrado muerta a Emilia Scandellari corrió como la pólvora y las orillas del canal se llenaron de caras consternadas. Nadie podía creer lo ocurrido hasta que uno de los médicos de Santa Croce confirmó el fallecimiento de la niña. Al parecer, había sido algo fulminante…

—Uno de esos casos de muerte súbita que siempre sorprenden por ser más frecuentes de lo que pensamos —le dijo en voz baja a Scandellari. Las lágrimas que le corrían por la cara habían dejado unos gruesos surcos rojos a su paso—. Conozco a más de un joven que se metió en la cama sano como una manzana y no volvió a ver la luz del día. —El doctor cubrió delicadamente el cuerpo de Emilia con la sábana—. Por lo menos, le queda el consuelo de saber que no sufrió.

Scandellari, incapaz de responder, se tapó la cara con las manos. Mario cruzó una mirada de preocupación con Andrea antes de que su hermano se arrodillara al lado de Simonetta. La muchacha había hundido el rostro en la sábana de Emilia y sollozaba sobre la tela.

—La he matado —la oyó gemir Mario cuando estaba a punto de seguir a Scandellari fuera del cuarto—. Ha sido porque… la dejé sola toda la noche. Si me hubiera quedado con ella…

Andrea la atrajo hacia sí para besarla en la frente. Mario no necesitó distinguir más que la primera lágrima para comprender que Simonetta no era la única martirizada por el sentimiento de culpa.

Nunca había visto llorar así a su hermano, ni siquiera el día en que enterraron a su madre poco después de hacer lo mismo con su padre, pues Andrea aún era demasiado pequeño para darse cuenta de lo que sucedía. «No has sido tú sola —le oyó susurrar a Simonetta—; hemos sido los dos».

Mario tuvo que dejarlos solos mientras comprendía, sintiéndose la persona más inútil del mundo, que ninguno de sus consejos había servido para nada. No había conseguido que Andrea madurase en su momento y ahora tendría que hacerlo de la manera más cruel: llevando en su conciencia, tanto si era cierto como si no, la muerte de una de las personas a las que más habían querido y de la que ni siquiera habían tenido oportunidad de despedirse.

Venecia no entierra a sus muertos en tierra firme. Cuando Napoleón acabó con los trece siglos de independencia de la ciudad, alarmado al comprobar que estaba a punto de hundirse en la laguna debido a la abundancia de tumbas en las iglesias, decretó la construcción de un cementerio en una de las islas cercanas. El recinto de San Michele no podía ser alcanzado más que en una de las góndolas que partían de la Sacca della Misericordia, un pequeño puerto al norte de la judería en el que se organizaban las comitivas para los funerales. De allí partió la que llevaría a Emilia Scandellari a la sepultura en la que su madre, Isabella, la esperaba desde hacía siete años.

La plataforma de madera se levantaba sobre el borde del agua y la embarcación que contenía su ataúd se mecía como una cuna, sujeta por una soga a su correspondiente poste. Había tanta gente deseosa de acompañar a los Scandellari que a Mario no le costó pasar desapercibido cuando se separó de la muchedumbre. Sabía que su obligación moral era permanecer al lado de su vecino en aquellas circunstancias, pero no se sentía con fuerzas para darle un último adiós a Emilia. Había, además, otro asunto en el que no podía dejar de pensar.

—Discúlpame ante Scandellari si pregunta por mí —le susurró a su hermano cuando este se disponía a acompañar a una Simonetta medio postrada por el dolor al interior de una de las góndolas—. Tengo que asegurarme de algo antes de que empiece el funeral.

—¿No puede ser en otro momento? —preguntó el muchacho con el ceño fruncido.

—Se trata de la señorita Montalbano, Andrea. Temo que le haya sucedido algo malo anoche y si también la acaban llevando a la Isla de los Muertos sin que me dé tiempo a pedirle perdón… —Mario sacudió la cabeza—. No podré vivir en paz si eso sucede.

—Cualquiera diría que no tenemos suficientes sufrimientos. Mira quién ha aparecido…

Cuando Mario se dio la vuelta, vio que Montalbano se acercaba a la Sacca della Misericordia con uno de los matrimonios que vivían en su misma calle. Vestía de negro de los pies a la cabeza, con una levita parecida a la que Mario le había visto en otras ocasiones, y saludó a los Corsini con un pesaroso movimiento de su sombrero antes de estrecharle la mano a Scandellari.

—No estaría aquí si hubiera experimentado una gran pérdida, ¿verdad? —comentó Andrea en voz baja, y se apartó de su hermano para sentarse al lado de la sollozante Simonetta.

A Mario se le aceleró el corazón al comprender que había dejado sola a Silvana. Tuvo que armarse de paciencia para no escabullirse antes de que las embarcaciones se hicieran pequeñas en el horizonte, pero cuando la de Montalbano desapareció tras un recodo, dejando una estela en el agua parecida a una cicatriz, no pudo resistirlo más y echó a correr hasta su casa.

Casi se había quedado sin respiración al alcanzar La Grotta della Fenice. Empujó la puerta con una mano, entró en la juguetería como una exhalación, esquivó al pájaro mecánico antes de que pudiera cegarlo con sus plumas… y encontró a Silvana sentada en la escalera de hierro que se alzaba en espirales en medio de la congregación de autómatas, aprovechando que no había clientes para trastear dentro del cilindro de una caja de música con uno de sus utensilios.

—Antes de que dé un paso más —saludó sin apartar la mirada de lo que estaba haciendo—, le advierto que tengo contadas todas nuestras herramientas, cada uno de los engranajes y ruedas del taller y hasta la cubertería del comedor. —Sopló dentro del cilindro para eliminar los residuos metálicos—. Si se le ocurre robarme algo, le juro por Nikola Tesla que mi venganza será terrible.

«Sigue siendo toda dulzura y delicadeza», se dijo Mario, aunque estaba demasiado aliviado de verla respirar con normalidad para tomarse en serio sus amenazas. Sabía, no obstante, que tenía todo el derecho a estar dolida; se había comportado como un cretino el día anterior.

—No he venido para… Solo quería saber si se encontraba sana y salva.

Esta vez Silvana, aunque a regañadientes, sí enderezó la cabeza.

—He estado pensando en usted todo el tiempo —continuó Mario, pero al ver cómo seguía mirándole, con una mezcla de sorpresa y desconfianza, se dio la vuelta para hacer como que buscaba a alguien más—. Su padre no está en casa ahora, ¿verdad?

—Se ha marchado hace un rato y, por lo que me ha dicho, no volverá hasta la hora de la cena. —La muchacha se quitó las hebillas con las que sujetaba sus lentes para dejarlas sobre un escalón—. Tenía que acudir a una cita con el resto del vecindario, aunque seguro que sabe de qué le estoy hablando. El funeral de una niña a la que usted dijo querer como si fuera suya.

Aquel golpe bajo hizo sentirse a Mario aún más culpable que antes. Durante los segundos en los que tardó en responder, Silvana guardó en la bolsa de cuero que le colgaba de la cintura, sin quitarle ojo de encima, el mecanismo de la caja de música junto con las lentes.

—Debería haberles acompañado yo también —dijo por fin—, pero estaba seguro de que no me sentiría en paz conmigo mismo hasta hablar con usted. Quería…, no, necesitaba disculparme.

—Una excusa sorprendente para no asistir a un entierro. ¿A qué viene eso exactamente?

—Creí que estaría esperando que lo hiciera. —A Mario le costó disimular su estupor—. A juzgar por las cosas que me echó en cara, y con toda la razón, cuando se presentó en mi tienda…

—No me malinterprete: por supuesto que lo sé. Lo que quiero es oírselo decir en voz alta.

Mario tardó en darse cuenta de que su extrañeza se estaba convirtiendo en exasperación y, por mucho que le fastidiara reconocerlo, también en una pizca de diversión. Silvana no sonreía —empezaba a preguntarse si lo habría hecho alguna vez—, pero su mirada era de puro sarcasmo.

—¿Esa será su venganza, entonces? ¿Hacer que me arrastre a sus pies suplicando perdón?

—De rodillas, en efecto. No, mejor de bruces, y en la parte más sucia del local. —Silvana señaló la puerta del taller con la barbilla—. Aún no me ha dado tiempo a barrer el serrín de hoy, así que supongo que servirá. Y, con suerte, tendremos algunas cadenas que podrá echarse encima.

—Pues debería guardarse alguna para usted. Reconozco que no estuvo bien robarle ese condenado cuaderno, pero el cerrojo de mi juguetería no se abrió por sí solo anoche…

—Casi le faltó poco para hacerlo. Colocar algo tan simplón en tu puerta es ir provocando.

Oír cómo le tuteaba, aunque su voz siguiera siendo igual de cortante, hizo que a Mario le temblasen las comisuras. «El maldito Andrea va a acabar teniendo el don de la premonición».

—Eres absolutamente insoportable, Silvana Montalbano. Tanto que no me explico por qué demonios disfruto de tal modo discutiendo contigo. —Se acercó a la escalera, apoyó un pie en el primer peldaño y le tendió la mano—. Si no tenemos derecho a reprocharnos nada, podríamos dejar de perder el tiempo y empezar de cero. Quién sabe, quizás acabemos siendo amigos.

Pese a la ligereza con la que lo dijo, Mario pudo sentir cómo se le aceleraba el corazón. Su mano, sin embargo, descendió poco a poco cuando ella se quedó mirándola antes de mirarle a él.

—El otro día, cuando te presentaste aquí —contestó en voz baja—, te dije que no he tenido un solo amigo en mi vida. De hecho, recuerdo que te advertí que no te convenía acercarte a mí.

—Y yo debería haberte hecho caso —contestó Mario—, pero estaba demasiado intrigado para echarme atrás. Quise creer que era por lo que tu padre se traía entre manos, por las creaciones que estaba llevando a cabo, pero… acabé comprendiendo que era por ti. Porque los dos somos igual de orgullosos, desconfiados y cabezotas y… —Algo regresó en ese momento a su memoria—. En el fondo, somos demasiado parecidos: nuestros engranajes encajan a la perfección.

Una parte suya se alegró de no haberse afeitado; le ardía tanto la cara que debía de tenerla como una amapola. Los ojos de la muchacha, al escuchar esto, se convirtieron en dos rendijas.

—Si eso ha pretendido ser un piropo, Casanova debe de estar revolviéndose en su tumba.

—Es una frase que mi hermano Andrea usó cuando le hablé de ti. —Al parecer, aún podía ponerse más rojo—. Lo siento, estas cosas nunca se me han dado bien; siempre ha sido él quien…

—Tu hermano Andrea no sabe nada de mis… engranajes. —Aquello hizo que Mario, que había clavado los ojos en unas muñecas cercanas, se atreviera a mirarla. La expresión de Silvana seguía siendo la misma (su ausencia de expresión, mejor dicho), pero la arruga que había aparecido entre sus cejas ya no estaba allí—. Hay un error de principiante que a ningún relojero se le ocurriría cometer: hacer encajar a la fuerza dos piezas que no fueron creadas con ese fin. Puede que nosotros nos parezcamos, pero seguimos siendo esas dos piezas, Mario. Nada de lo que hagamos podrá cambiar nuestra realidad.

—Pero es que yo no quiero cambiarla —¿cómo podía sonar su nombre tan distinto en los labios de ella?— ni me arrepiento de nada. Solo de lo que te ocurrió anoche por mi culpa.

Silvana, que se disponía a incorporarse, se detuvo con la mano sobre uno de los escalones.

—¿Qué quieres decir con eso? —Parecía genuinamente perpleja—. ¿Qué ocurrió anoche?

—No hace falta que intentes disimular conmigo: te recuerdo que mi dormitorio está enfrente del tuyo. Pude ver desde el otro lado del Gaffaro cómo te ponías enferma.

Una góndola pasó por delantee de la juguetería y la canción de un gondolero se mezcló con el cloqueo del agua, pero la muchacha no dio muestras de haberlo oído.

—Pero… si yo no me puse enferma. No entiendo de qué estás…

—Silvana. —Cuando Mario subió un escalón, ella hizo lo propio para que la distancia que los separaba siguiera siendo la misma—. Te estoy diciendo que lo vi todo entre las cortinas.

—Y yo te estoy diciendo que no sé a qué te refieres. Si me sucedió algo raro, se ha borrado de mi mente. Es decir, sí que recuerdo algunas cosas, como nuestra conversación… —Pronunció aquellas palabras muy despacio, con el ceño fruncido de nuevo, y Mario sintió una punzada de preocupación al comprender que estaba diciéndoselas a sí misma en vez de a él—. Recuerdo haber cruzado el canal para colarme en tu taller. Que me sorprendiste cuando estaba hurgando en una alacena, que me devolviste el cuaderno de mi padre y entonces… —Sus dedos apretaron la barandilla de la escalera como si quisiera asegurarse de que seguía siendo real—. Me acuerdo de haber subido por estos peldaños, de haber entrado en mi dormitorio…, pero lo siguiente que me viene a la cabeza es estar ayudando a mi padre por la mañana a ponerse la levita mientras me contaba que la niña de Scandellari acababa de morir.

—Sabes que no es verdad, Silvana. Nada más entrar en tu cuarto, sufriste un desvanecimiento y te caíste al suelo. Estuviste tirada sobre la alfombra hasta que apareció Montalbano.

Ahora la muchacha estaba igual de confundida que él, tanto que ni siquiera pareció fijarse en cómo los dedos de Mario, deslizándose sobre la barandilla, se posaban sobre los suyos.

—Espera, hay algo más. Esta mañana, antes de marcharse al cementerio, mi padre comentó algo sobre mi salud. Dijo que tenía que guardar reposo, como las otras veces, para no volver a…

Pero las palabras, poco a poco, murieron en sus labios.

—¿Las otras veces? —repitió Mario sin soltarle la mano.

—Oh, Dios, ahora lo entiendo. Tuvo que ser por nuestra discusión. Cuando estábamos en tu taller, antes de que me devolvieras el cuaderno, descubrí algo. —Silvana apartó los dedos como si su contacto le hubiera quemado—. El prototipo de madera que le copiaste a mi padre.

De no haber estado tan preocupado, se habría sentido aplastado por la vergüenza.

—Me preguntaste —contestó él— si me había atrevido a reproducirlo sin tener ni idea de lo que era. Eso fue lo que me hizo darme cuenta de que estaba equivocado sobre esa pieza.

—¿De qué equivocación estás hablando?

—Su función no era la que yo imaginaba; nunca te habrías puesto tan nerviosa si se tratara de una simple caja de resonancia. Sé que tiene que ser algo mucho más complicado, pero también más importante para ti… y que probablemente no tiene nada que ver con *miss* Jane Doe.

Llevaba tantas horas pensando en ello, mientras el mundo entero parecía desmoronarse en torno al pequeño cuerpo de Emilia, que expresarlo en voz alta supuso una liberación. Mario comprendió, nada más hacerlo, que acababa de dar en el clavo: la nada que había anidado en los ojos de Silvana se desvaneció como una humareda disuelta a manotazos, aunque no respondió de inmediato. No hasta que hizo amago de apretar más su mano y ella, deslizando los dedos entre los suyos, le dio la espalda con un «ven conmigo; necesito enseñarte algo» y empezó a ascender por una escalera de caracol demasiado parecida a un remolino capaz de arrastrarlos a ambos.

Capítulo VII

Los peldaños de hierro chirriaban bajo sus pies y los crujidos de la tarima los acompañaron durante el recorrido por la casa de Montalbano. Mario se sentía demasiado aturdido para prestar atención a su distribución, pero no le costó comprender que la habitación a la que le condujeron, situada al lado del saloncito con el único balcón de la vivienda, era el dormitorio de Silvana.

Las cortinas se encontraban corridas, pero la claridad que se filtraba entre ellas bastaba para contemplar lo que había a su alrededor. Parecía un dormitorio normal con una cama antigua, una alfombra deshilachada, un armario con unas lunas salpicadas de manchas y un tocador donde no había tarros de crema ni perfumes. Lo que abarrotaba la habitación de Silvana eran libros, cientos de libros colocados sobre el cobertor de la cama (Mario estuvo a punto de dar una patada a una primera edición de H. G. Wells), amontonados sobre la repisa de la ventana (las obras de Jules Verne al lado de un vaso de cristal con una rosa marchita), en equilibrio precario sobre el aguamanil (*El hombre de arena*, de Hoffmann)…, y junto a este último, en uno de los escasos huecos de la improvisada biblioteca, brillaba un objeto que tardó en reconocer: un astrolabio de fabricación casera en cuyos anillos habían prendido unos papeles con minúsculas anotaciones.

—Eres una caja de sorpresas —reconoció Mario. Cuando extendió un dedo hacia el dorado instrumento, los círculos concéntricos se movieron como en un baile planetario—. ¿Es esto lo que querías que viera? ¿Te interesa tanto la astronomía como…? —Pero casi se le olvidó cómo se hablaba cuando se dio la vuelta y descubrió que Silvana, que acababa de cerrar la puerta, había empezado a desabrocharse la blusa—. Espera, espera un momento… ¿Qué demonios estás…?

—Olvídate de eso —contestó ella sin levantar la cabeza de su pecho—. Ahora mismo tenemos entre manos asuntos más apremiantes que la conjunción de las estrellas.

Cuando los últimos botones dejaron de cumplir su función, Silvana se desprendió de la blusa para arrojarla sobre la cama cubierta de libros. No llevaba más que un corpiño blanco que realzaba sus pequeños senos, sobre los cuales se balanceaba la cadena dorada de su reloj. Sin dejar de sostenerle la mirada, tomó en su mano la de Mario para atraerla hacia su escote.

—Tócame —susurró apretando sus dedos—. Tócame… y dime qué sientes.

«Algo que había jurado, hace mucho tiempo, no volver a sentir nunca más». Mario notó temblar su propia mano por algo que no se creía capaz de etiquetar. ¿Era miedo? ¿Era deseo? ¿No llevaba sintiendo las dos cosas, pese a haber tratado de ignorarlo, desde que la conoció? La muchacha había cerrado los ojos y, mientras Mario percibía los latidos de su corazón contra los dedos, la necesidad de dar un paso adelante para apoderarse de sus labios lo zarandeó de tal modo que tardó en comprender que algo no iba bien.

Había pasado por alto el detalle de que lo que estaba sintiendo, bajo esa piel tersa como la porcelana y casi tan fría como el hielo, no eran latidos.

—Has tardado más de lo que imaginaba en darte cuenta —susurró Silvana.

Aún seguía con los ojos cerrados. Mario levantó la mirada hacia su rostro, cada vez más confundido, y después volvió a posarla en su escote. Lo único que notaba bajo los dedos era un estremecimiento pausado, chirriante, que se propagaba por dentro de su cuerpo, un traqueteo de engranajes apenas atenuado por la piel que los cubría.

—¿Qué significa esto? —consiguió articular—. ¿Qué es lo que hace este ruido?

—Mi corazón. El mismo que tuviste toda una noche dentro de una de tus alacenas.

Mario se apartó de Silvana como si lo hubiera alcanzado un rayo. Pálido y desencajado, se quedó de pie en medio del dormitorio con la misma cara que pondría un hombre después de haber visto un fantasma. Un hermoso fantasma de cabellos de oro.

—Eso no es cierto. Era un prototipo para una de esas muñecas mecánicas…

—Era un corazón artificial idéntico al que acabas de oír moverse dentro de mí.

—Pero tenía el mismo aspecto que… —El joven notó cómo se le cubría la frente con una capa de sudor helado. Lo que antes le había parecido un sueño tenía que ser una pesadilla—. Parecía una de esas piezas que las hacen moverse… como a *miss* Jane Doe…

Silvana sacudió la cabeza como una madre tratando de explicar a su hijo que dos y dos son cuatro.

—Lo que intentaste reproducir esa noche —dijo más bajito— era el mecanismo de relojería más complicado que ha visto nunca un ser humano. El movimiento continuo…

—Eso solo es un mito con el que sueñan los científicos desde hace siglos.

—También lo era la posibilidad de resucitar a los muertos… y siento decir que lo que ahora mismo tienes ante ti no es más que un cadáver reanimado.

Durante los segundos que siguieron a esto, no se oyó otra cosa que el pausado entrechocar de las piezas de aquel mecanismo. Del pecho de Silvana surgía un sonido parecido al de las cajas de música momentos antes de que los cilindros comiencen a desgranar sus melodías.

—Eres…, ¿eres una autómata, entonces? ¿Una muñeca que puede hablar…, pensar…?

—Soy una persona, o al menos lo fui hace tiempo. Mi padre me convirtió en lo que ves: un amasijo de hierros, engranajes y ruedas recubierto por una piel como la tuya. —Le cogió las manos para colocarlas sobre sus mejillas—. Es suave, aunque muy fría, ¿verdad? Pero es una piel tan real como la de Simonetta Scandellari y el resto de tus vecinas. Por fuera somos idénticas.

—Además, eres capaz de expresarte como una persona de carne y hueso. —Mario no había salido aún de su estupor ni creía poder hacerlo nunca—. Tienes un alma dentro de…, de…

—De eso no estoy segura —reconoció Silvana—. Teóricamente sí, la tengo. Porque soy capaz de discurrir, imaginar cosas, llegar a conclusiones y tomar mis propias decisiones sobre lo que quiero hacer. ¿Tienen alma las muñecas que los dos fabricamos para nuestros clientes? Por supuesto que no, porque sus actos obedecen a mecanismos implantados por nosotros. ¿Dónde está mi alma, entonces? ¿Dentro de mi cabeza? ¿Dentro de este corazón de hierro que mantiene en movimiento mis demás dispositivos?

Silvana se llevó una mano al pecho, extendiendo los dedos sobre la parte del escote que Mario había tocado poco antes. No le costó comprender que estaba intentando expresar unos pensamientos que llevaban mucho tiempo dando vueltas por su mente.

—Me encantaría saber dónde se encuentra mi esencia —prosiguió en voz baja—. Lo que soy… más allá de esta maquinaria. Pero entiendo que estés aterrado. —Silvana dejó caer la mano de Mario que, durante todo ese rato, había mantenido apretada contra su rostro—. Siento haberte asustado. No era mi intención hacerlo. Pensé que merecías saber qué clase de ser era yo antes de poder cometer cualquier locura…, como sentir algo por mí.

Concluyó la frase con una incomodidad que la hizo parecer más joven de repente. Mario negó con la cabeza, aunque seguía sin ser capaz de hablar. «Es demasiado tarde —debería haberle respondido—, demasiado tarde para olvidarme de ti. Para dejar de sentir lo que ya siento».

Pero no se atrevió a hacerlo. Le había asegurado que tenía un alma y Mario la había creído: aún quedaba algo humano dentro de la mujer de la que —no tenía sentido continuar engañándose a sí mismo— se había enamorado, algo que le hacía aferrarse a la posibilidad de que Silvana, fuera quien fuera, o lo que fuera, acabara correspondiéndole algún día. Y aquella esperanza era lo que Mario encontraba más preocupante, incluso más que la revelación sobre sus ruedas y engranajes. Ningún otro hombre en Venecia sería tan estúpido, o se sentiría tan abrumado por haber encontrado a su igual, como para albergar sentimientos de esa clase por una autómata.

—Me imagino que tu desmayo tendrá que ver con la… maquinaria de la que estás hablando. ¿Ha habido algún fallo en tu funcionamiento?

—Eso parece. —Silvana se encogió de hombros—. Ya te dije que no ha sido la primera vez que me ocurre. Normalmente no suelo acordarme de lo que me hace perder el conocimiento: solo me quedo quieta como las muñecas andadoras cuando se les acaba la cuerda. Mi padre cree que puede deberse a mi reacción ante las emociones fuertes. Al ser solo un prototipo…

Su voz se atenuó poco a poco, pero el joven tardó unos segundos en reconocer el sonido que la había puesto en alerta: un revuelo de plumas acompañado de unos fuertes graznidos.

—El fénix ha echado a volar. ¡Mi padre ha vuelto antes de tiempo!

Mario se encontró, de pronto, agarrado por un brazo con una fuerza inesperada, arrastrado hasta el armario que había en el rincón y empujado a su interior.

—No digas ni una palabra. Si se entera de que te he traído aquí arriba…

—¡Silvana! —les llegó entonces la voz de Montalbano—. ¿Estás en tu habitación?

Hubo un renquear de pasos en el piso de abajo y un chirriar de la escalera, el mismo que Mario había oído bajo sus propios pies. Silvana forcejeó con él hasta conseguir que se agachara entre su ropa, impregnada por un curioso aroma mezcla de madera y flores mustias.

—Vas a quedarte ahí callado hasta que se marche. Eres hombre muerto si se entera de que te lo he contado todo. —Recogió un par de medias y las arrojó dentro del armario, cerrando la puerta a continuación—. No hagas ruido —susurró a través de la cerradura—, solo serán unos minutos. Estoy segura de que enseguida volverá a marcharse y podrás salir.

Él no se sintió con ánimos para replicar: la cabeza le daba vueltas y las manos le temblaban al retroceder sobre ellas hacia el fondo del armario. Allí dentro, la única luz presente era la que se colaba por la cerradura, un delgado hilo dorado que solo permitía distinguir las sombras informes de la ropa de Silvana y más montones de libros a los que, según comprobó al tocarlos a ciegas, se les estaban desprendiendo las tapas. Tuvo que acurrucarse en un rincón y esperar en silencio mientras los pasos de Montalbano se acercaban por el pasillo.

—Silvana, ¿qué haces aquí? —le oyó decir antes de abrir la puerta—. ¿Va todo bien? Prometiste hacerte cargo de la tienda…

La falda de Silvana siseó sobre la tarima cuando se reunió con su padre.

—Lo siento. Pensaba hacerlo, pero me sentía algo… indispuesta.

—¿Has vuelto a marearte? —La voz de Montalbano dejaba traslucir una inconfundible preocupación. Mario tuvo que aguzar el oído para captar lo que decía—. No esperaba un nuevo desvanecimiento tan pronto. Debería haberte dedicado algo más de tiempo esta mañana.

—No te preocupes, solo estoy un poco cansada. Como esta tarde no hemos tenido demasiados clientes, se me ocurrió que podría tumbarme un rato…

Hubo un sonido de muelles mientras Mario se ponía de rodillas y acercaba un ojo a la cerradura. Vio a Silvana sentada sobre la cama con las manos enlazadas en el regazo y a Montalbano, con su larga levita y un sombrero, dándole la espalda al armario.

—Yo también me siento muy cansado, cariño, sobre todo al pensar en que tengo que volver a marcharme ahora mismo. Esto de los funerales no está hecho para mí.

—¿Cómo les ha ido a los Scandellari en la isla de San Michele?

—No muy bien, pero era de esperar. La hermana mayor no ha dejado de llorar durante toda la ceremonia y Scandellari no parecía capaz de reaccionar. —Montalbano sacudió la cabeza con aire comprensivo—. Pocas cosas hay más traumáticas que enterrar a una hija.

—Para Simonetta también debe de haber sido una experiencia terrible.

—A todos nos toca cargar con nuestra cruz. —Montalbano agarró la mano de Silvana para ponerla en pie y sacó del interior de su chaleco una navaja suiza, un juego de destornilladores en miniatura y, finalmente, lo que parecía ser una linterna de bolsillo—. Ahora quédate quieta para que te eche un vistazo. Solo será un examen rutinario; no debería hacerte ningún daño.

Sujetó la barbilla de Silvana para echarle la cabeza hacia atrás mientras, con la otra mano, le pasaba la linterna ante los ojos y examinaba sus pupilas. La muchacha mantenía la vista alzada, pero, cuando su padre la soltó, no pudo disimular una mueca de molestia. Este, tras asentir con satisfacción, procedió a darle la vuelta para que quedase de espaldas a él.

Conteniendo el aliento, Mario entornó los ojos en la penumbra. Había un espejo sobre el tocador y el pequeño marco le devolvió el reflejo de los ojos de Silvana clavados con aprensión en el armario mientras Montalbano comenzaba a deshacer las lazadas de su corpiño. Vio moverse las cintas a lo largo de su espalda, oyó el susurro del algodón al dejar de estar en contacto con su cuerpo y, cuando el anciano dejó la prenda sobre la cama, la respiración contenida de

Silvana. «Apártate el pelo», ordenó Montalbano entonces, y la chica obedeció sin pronunciar palabra.

A Mario estuvo a punto de escapársele un grito que lo habría delatado. Casi toda su espalda se hallaba cubierta por una plancha metálica horadada por pequeños resortes que los dedos de Montalbano empezaron a manipular como quien está acostumbrado a hacerlo a diario. Silvana, mientras tanto, permanecía silenciosa; se había echado el pelo hacia delante para que le cubriera el pecho desnudo, pero no parecía atreverse a mirar más al espejo.

Sin dejar de temblar, Mario se desplomó en silencio contra la pared del fondo del armario mientras todo a su alrededor se hundía en la oscuridad, una nada pegajosa y asfixiante que envolvió su conciencia para ahorrarle la angustia de tener que soportar más visiones de pesadilla.

Capítulo VIII

No habría sabido decir cuánto tiempo pasó en semejante estado; podrían haber sido unos minutos o tal vez un par de horas. En cualquier caso, la puerta del armario acabó abriéndose en cierto momento para que Silvana lo recibiese, de nuevo, en el mundo de los vivos.

De Montalbano no había ni rastro. Cuando la joven se arrodilló a su lado, vio que volvía a llevar ese corpiño blanco que cubría por entero la plancha metálica de su espalda.

—Mario. —Al comprobar que no se movía, le dio una palmada en la mejilla que lo envió contra el otro rincón del armario—. Perdona —se apresuró a decir ella—, creo que tengo un poco más de fuerza que tú… o que cualquier otra persona normal.

—«Un poco» se queda corto —murmuró Mario frotándose la cabeza.

—Empezaba a estar preocupada. No hiciste ningún ruido ni cuando te avisé de que mi padre acababa de marcharse… Vamos, deja que te ayude a salir de ahí.

Cuando tiró de su mano para sacarlo del armario, el joven trastabilló con sus propios pies y estuvo a punto de chocar con la cama.

«Será mejor que me acompañes», comentó Silvana; dicho esto, le hizo pasar un brazo sobre sus hombros y lo condujo, por el estrecho pasillo que habían seguido para llegar al dormitorio, hasta una habitación situada al otro lado de la casa. Mientras lo hacía sentarse en una silla, Mario tuvo una visión de muebles de madera restregados a conciencia, estantes abarrotados de tarros de cerámica y cristal y una colección de enseres metálicos, alineados sobre lo que aparentaba ser un horno, que le hizo deducir que estaban en una cocina.

—Lo siento mucho. —Pese a mantener la cabeza inclinada sobre una tetera, Mario percibió lo culpable que parecía sentirse Silvana—. Ha sido una imprudencia, no debería haberte…

—Se me pasará —contestó mientras se apretaba las sienes con las manos, aunque estaba convencido de que la imagen de su espalda atravesada por remaches metálicos lo acompañaría mientras siguiera respirando—. En el fondo, no es nada del otro mundo —musitó—, nada que uno no descubra cada tarde acerca de uno de sus vecinos. El día menos pensado me enteraré de que Scandellari es un golem y Pietragnoli, el encajero, un vampiro o algo así.

—Creo que mejor nos olvidamos del té —declaró Silvana, y apartó la tetera del fuego que acababa de encender—. Necesitas algo bastante más fuerte.

Unos momentos después, había puesto en su mano una copa de sambuca, un licor anisado que le había dado una resaca tremenda la única vez que lo probó, junto con cuatro granos de café. «Primero el café y luego la sambuca, de un trago», ordenó ella y Mario no se hizo de rogar: se metió los granos en la boca, los masticó unos segundos y, acto seguido, apuró la copa de un sorbo sintiendo cómo le abrasaba la garganta. Aquello sería capaz de resucitar a un muerto.

Bien pensado, no era nada del otro mundo: Montalbano también sabía hacerlo.

—¿Tú no puedes beber? —preguntó con una voz áspera como la lija.

—No lo necesito —respondió la muchacha—. Las emociones fuertes me afectan, pero no como suele ocurriros a vosotros, así que el alcohol no me sería de ninguna ayuda.

—Me refiero a si no puedes beber… nada. Ni siquiera un vaso de agua.

Silvana guardó silencio mientras apartaba otra silla para sentarse a la mesa.

—¿Le darías de beber agua a una de tus muñecas parlantes? No, porque no la necesitaría para cumplir con su función, ¿verdad? —Mario dudó un momento antes de negar con la cabeza—. Y de todos modos, ¿has visto lo que le sucede a un mecanismo al empaparlo?

—Más de una vez… Los niños venecianos son muy descuidados con sus juguetes. A menudo se reúnen en los puentes para pelearse y los vencedores acaban tirando al canal los tesoros favoritos de sus enemigos. Normalmente no hay manera de arreglarlos.

—Entonces no será necesario que responda a tu pregunta.

Aquello hizo comprender a Mario lo previsor que había sido Montalbano en la elección de su nuevo hogar. Una ciudad atravesada por canales en los que un simple resbalón podría reducirla a la inmovilidad resultaba lo más adecuado para convencer a su hija de que no pisara la calle.

—Esto, por supuesto, lo cambia todo. —Ella había clavado los ojos en sus delgadas manos cruzadas sobre la mesa—. Ya no me encuentras tan deseable como hace unas horas, ¿verdad?

Mario, que seguía sosteniendo la copa de sambuca, la dejó poco a poco ante sí. Había tantas cosas que habría querido contestarle, y sus pensamientos eran tan confusos al respecto, que no supo por dónde empezar. «Mi opinión sobre ti sigue siendo la misma», podría haberle dicho. «Tu padre es un perturbado —habría sido otra respuesta— y nunca le perdonaré lo que te ha hecho, pero nada de esto es culpa tuya». O sencillamente: «No creo que exista nadie tan estúpido como para dejar de desearte ni para tenerte miedo. Hay muchísima más luz en ti de lo que imaginas».

—«Todos los humanos odian a quienes son infelices» —susurró Silvana como si le hubiera leído la mente—. «¡Cuánto odio debo de despertar yo, que soy el más infeliz de los seres vivientes!».

Mario estuvo tentado de preguntar de dónde había sacado esa cita, pero no quería parecerle un ignorante después de haberse sincerado con él. No obstante, tampoco le hizo falta hacerlo.

—*Frankenstein* —prosiguió la muchacha—, mi novela favorita desde que la leí hace catorce años. Una historia conmovedora, aunque demasiado pueril. El monstruo era tan ingenuo como para confiar en que acabaría encontrando una compañera. Si hubiera aceptado la verdad a tiempo, le habría ahorrado mucho sufrimiento a su creador. Pero, claro, entonces no habría historia…

—¿Nunca te has parado a pensar —preguntó Mario— que tal vez su creador mereciera todo lo que le hizo? El monstruo…, la criatura —se apresuró a rectificar—, no le pidió que le diera la vida. Pero tú sigues permitiendo que Montalbano te manipule como si fueras suya.

Una mano de Silvana se cerró de manera instintiva alrededor del reloj que le colgaba de la garganta. El naranja que empezaba a deslizarse a través de la ventana de la cocina incidía sobre el cristal, pero el ángulo de las agujas, siempre el mismo, fue como una revelación para Mario.

—¿Significa algo para tu «padre» que permanezca parado a las seis menos veinte?

—Más para mí que para él —respondió Silvana dándole vueltas a la esfera—. Es la hora a la que le dijeron que había muerto. La hora que está a caballo entre la noche y el día.

—¿Qué fue lo que te sucedió? ¿Dónde consiguió dar contigo?

—Hubo una epidemia de peste en Civitavecchia en 1891. Me ha dicho que vivía allí con mis padres, pero no recuerdo nada, ni siquiera cómo se llamaban. Fui la última persona que murió y Montalbano me sacó de la enfermería antes de que me arrojaran a la fosa común con los demás.

»Me llevó a una pequeña casa que había alquilado en Positano, con un taller cuyas ventanas daban al Tirreno. El mar fue lo primero que vi al despertar sobre su mesa de operaciones. No sabía lo que me había pasado; no tenía ni idea de quién era ni de cuántos años tenía, ni mucho menos de qué hacía con un desconocido en la costa amalfitana. Pero Montalbano fue muy paciente conmigo y me aseguró que no tendría nada que temer mientras permaneciera a su lado. Dijo que no me quedaba nadie más en el mundo y que él cuidaría de mí. Dijo que me llamaría Silvana.

»Muchas veces me he preguntado cuál sería mi verdadero nombre, el que tenía en esa vida anterior de la que no consigo acordarme. Me imagino que no lo descubriré nunca. No existen nombres ni apellidos en una fosa común; nadie se acordaría de quién fui yo si Montalbano me hubiera dejado con los demás muertos. Sería como si no hubiera nacido jamás…

Cuando clavó la vista en la ventana, la luz del atardecer aclaró tanto sus ojos que casi parecieron transparentes. Mientras, Mario no hacía más que escuchar en su cabeza el eco de una misma idea: se había enamorado de una mujer que llevaba... ¿cuánto, diecisiete años muerta?

—Algo más tarde, cuando había pasado el peligro del contagio, regresamos a Civitavecchia y Montalbano me condujo a la fosa común. Se quedó allí conmigo, de pie en la parte más alta de la colina, agarrando mi mano mientras veíamos cómo una cuadrilla de obreros removía la tierra de la zona que habían destinado a parque público. Había restos de huesos mezclados con el barro, calaveras que parecían sonreír desde allí abajo y cajas torácicas envueltas en sábanas sucias. «Esto que ves», me susurró Montalbano, cogiéndome en brazos, «es lo que les sucede a los mortales tarde o temprano. Algo sucio y repugnante que, gracias a mí, nunca experimentarás». Y también dijo: «Los huesos de tus verdaderos padres reposan en ese montón, pero no tienes que pensar más en ellos; no debieron de quererte mucho». «¿Cómo lo sabes?», le pregunté. «Porque si lo hubieran hecho», me contestó, «nunca te habrían dejado morir. Yo no te dejaré morir».

»Entonces sacó un reloj en el que le había visto trabajar la noche anterior. Un reloj de caballero, de bolsillo, al que había añadido una cadena para convertirlo en un colgante. «Marca las seis menos veinte», me dijo, «porque es la hora exacta a la que moriste. He detenido su mecanismo para que nunca más pueda funcionar. Las agujas no pasarán de este ángulo, de este momento en que tu corazón tendría que haberse parado para siempre. Ahora yo te he dado un corazón nuevo y tú vas a prometerme que nunca te alejarás de mi lado».

»Me levantó el pelo con cuidado para apretar el cierre de la cadena y me pidió que le diera un abrazo. Yo lo hice porque aún no comprendía muy bien toda esa historia de la fosa. El reloj me parecía bonito y brillante y no me preocupaba nada más. Aunque me hubiera convertido en una criatura inmortal, seguía siendo demasiado pequeña para seguir su razonamiento, pero enseguida empecé a hacer grandes progresos. Montalbano me enseñó a mirar dentro de los mecanismos de relojería como si fueran un organismo vivo donde cada pequeña palanca, cada resorte y cada aguja formaban parte de un todo inmutable, indivisible. Cuanto más aprendía de maquinaria, más imperfectos me parecían los seres humanos comparados con las creaciones que salían de nuestra juguetería. Naturalmente, no eran más que divertimentos destinados a los niños, pero para mí cada nueva caja de música y cada muñeca parlante suponían un reto. Es una pasión por la que debo estarle agradecida..., por muy retorcido que parezca lo que me hizo.

Mientras hablaba, los dedos de Silvana no habían dejado de juguetear con el reloj. Mario se dio cuenta de que la parte trasera presentaba un elegante diseño de rosas.

—Podrías ponerlo en marcha... si quisieras —le sugirió—. Con lo bien que se te dan los mecanismos, no te costaría nada conseguir que las agujas volvieran a girar como antes.

—Las cosas no siempre se pueden arreglar —le recordó la joven—. A mí no se me puede arreglar. Seguiré siendo lo mismo dentro de muchos años: un ser incapaz de morir, pero cuya carne irá marchitándose sobre su esqueleto de hierro al convertirse en anciana. El movimiento continuo de mi corazón me impedirá apagarme, pero no envejecer. Nunca encontraré descanso, ni en esta vida ni en la siguiente. —Se detuvo un momento antes de añadir—: Por eso decidí continuar al lado de Montalbano. Es la única persona capaz de liberarme.

Un relámpago pareció atravesar la mente de Mario al comprender el significado de sus palabras. Al descubrir, por fin, qué era lo que la ataba a su creador.

—¿Vas a intentar convencerle de que detenga tu funcionamiento como haría con una de sus muñecas? ¿Quieres que te conceda la muerte…, igual que te concedió la vida?

—Es el único que puede ayudarme —insistió la muchacha. Sus manos se habían cerrado en torno a la copa de sambuca con tanta fuerza que Mario temió que la hiciese añicos—. No tienes idea de lo que supone esto para mí —continuó en un arrebato—, sobre todo cuanto te descubro mirándome desde el otro lado del canal. Te observo entre las cortinas sin que te des cuenta y me pregunto qué se sentirá al vivir la vida como una persona de carne y hueso. Me gustaría ser como Simonetta Scandellari: joven, despreocupada y llena de vida y energía. Siempre dispuesta a reír con vosotros sin que ningún pensamiento relacionado con la muerte la perturbe…

Mario estuvo tentado de responder que Simonetta, en aquel momento concreto de su vida, no era el mejor ejemplo, pero se sentía demasiado conmovido por lo que acababa de decirle. Qué fría parecía bajo la luz agonizante del sol…, casi como si estuviese hecha de mármol.

—Gracias por haber confiado en mí. —Era como Venecia entera: un hermoso espejismo atrapado en el tiempo, algo vivo y muerto a la vez—. Me alegro de que hayas compartido conmigo el peso de tu secreto, aunque tendrías que habérmelo contado antes. Te habría comprendido igual.

El reloj seguía balanceándose entre ambos y Mario, al ver que ella no decía nada, alargó la mano para agarrarlo. El cristal le devolvió el reflejo de su propio rostro.

—Para mí, nunca serás el monstruo de Frankenstein —añadió con los ojos clavados en los brazos abiertos de las agujas—, sino la obra de arte más perfecta que he visto. Una obra maestra.

—Todos tenemos nuestros secretos —sus últimas palabras parecían haberla turbado tanto que Silvana prefirió ignorarlas—, todos. Lo que sucede es que los de algunas personas son más escalofriantes de lo que podrían imaginar los demás. —Esta vez, fue ella quien extendió un dedo para colocarlo sobre la nariz de Mario—. Y ahora que te lo he contado todo, creo que a cambio podrías explicarme, por ejemplo, cómo te rompiste esto y por culpa de quién.

Cuando él enderezó la cabeza, tan rápido como si le hubieran sacudido, vio que sus rostros estaban tan cerca que su aliento podría haberse mezclado con el de Silvana si sus pulmones siguieran funcionando. La lengua se le trabó de tal modo que no pudo responder, y ella tampoco dijo nada más; y mientras el sol continuaba hundiéndose en la laguna, como un cuchillo asestando una nueva puñalada a Venecia, los dos siguieron observándose en la cocina en penumbras con la sensación de que ninguna palabra resultaría más elocuente que ese silencio compartido.

La de aquella noche fue la cena más triste de la que Mario podía acordarse. Cuando abandonó La Grotta della Fenice para reunirse con Andrea, con el recuerdo de los ojos de Silvana grabado en su retina como una marca al rojo, comprendió que ni siquiera eso bastaba para contrarrestar la pena producida por la muerte de Emilia. La casa de los Corsini resultaba sorprendentemente silenciosa sin que se oyeran a través de la pared sus risas ni sus correteos.

—Casi ha sido mejor que no vinieras —murmuró Andrea.

Llevaban sentados un largo rato en silencio delante de dos platos de *risotto* que hacía tiempo que se habían quedado fríos. Mario no había probado más que un par de cucharadas y Andrea se había limitado a dar vueltas al suyo mientras contemplaba una muñeca de trapo que había sobre una alacena, un juguete que habían prometido regalarle a Emilia por su cumpleaños. Andrea había tenido que recorrer varias mercerías para encontrar una madeja de lana del mismo color que sus trenzas porque Mario estaba empeñado en hacerle algo especial, una copia suya en miniatura.

Ahora no podrían entregársela nunca. La muñeca se quedaría sentada para siempre en su comedor como el recordatorio de una de las pérdidas más dolorosas que habían sufrido.

—Come —le aconsejó Mario—. Por suerte o por desgracia, la vida sigue adelante. Mañana tendremos que abrir la juguetería y no puedo dejar que te marees de hambre tras el mostrador.

Andrea se limitó a apartar el plato. Había unas sombras alrededor de sus ojos que nunca había percibido en él, siempre tan jovial como una cotorra.

—Scandellari estaba destrozado —contestó a media voz.

—No me extraña. Cualquiera lo estaría en su lugar.

—No dijo nada mientras bajaban el ataúd de Emilia a la fosa. Nada, absolutamente nada, y eso es lo que más pena me ha dado. No podía dejar de mirar a ese pobre hombre, grande como un oso, llorando en silencio mientras dejaba a su hija pequeña al lado de su madre. El agujero parecía tan grande para ella… ¡No tenía más que siete años!

A Mario le tembló la mano con la que agarró un vaso de agua al acordarse de otra niña que había muerto en Civitavecchia. Las fauces abiertas de la fosa que había estado a punto de tragarse a Silvana regresaban a su memoria casi tanto como sus ojos.

—¿Cómo está Simonetta? No pude verla cuando regresó del cementerio.

—Mal. Muy mal. Se desmayó cuando estábamos a punto de salir de San Michele y tuvimos que llevarla en brazos a la góndola. Y, al llegar a casa, Scandellari me pidió que lo ayudara a meterla en la cama, aunque no parecía consciente de que me encontraba a su lado.

—Dale un poco más de tiempo. La muerte de una hermana siempre resulta traumática y Emilia y Simonetta estaban muy unidas. Sabes que siempre fue como una madre para ella.

—No estoy seguro de que pueda recuperarse alguna vez de esto —declaró Andrea.

Mario se levantó de la mesa con los platos sucios y Andrea lo siguió hasta la cocina llevando los cubiertos, los vasos y el mantel. Al otro lado del canal, en casa de los Montalbano, había una luz encendida en la habitación de Silvana y Mario se odió por sentir un revuelo en el estómago al comprender que, aunque el universo se fuera a pique, ella seguiría estando allí.

—Para colmo, cuando salíamos del cementerio nos encontramos con *herr* Wittmann —dijo Andrea mientras su hermano comenzaba a fregar la vajilla—. Edelweiss está enterrada en el panteón que mandó construir para su familia cuando se trasladaron a la ciudad. Lo vi muy pálido, aunque su esposa parece estar mucho peor. Dice que, desde que murió su hija, un médico está atendiéndola noche y día. Le dan ataques de ansiedad, se desmaya por los rincones del palacio… —Se apoyó en la pared cruzado de brazos—. En cierto modo, es un consuelo saber que los ricos no tienen muchos más privilegios en cuanto al duelo. Sufren igual que nosotros.

—Somos humanos —respondió Mario, y puso los vasos bocabajo para que acabaran de secarse—. Nacemos para sufrir, aunque a veces se nos olvide. Y me atrevo a decir —añadió en un tono más quedo— que algunas personas lo considerarían una manera de sentirse vivas.

Andrea no pareció prestar atención a sus palabras. Seguía de pie con la mirada perdida y unas arrugas de preocupación en la frente que Mario no había percibido hasta entonces.

—Es curioso —susurró al cabo de un minuto—. Hace un par de meses, no hacías más que recriminarme que estuviera aprovechándome de Simonetta. Decías que se merecía algo mejor que ser mi amante y yo me reía porque no me entraba en la cabeza que pudiera interesarnos nada más a nuestra edad…, pero parece que nadie está a salvo a ninguna edad. Ahora veo lo imbécil que he sido. —Andrea guardó silencio mientras contemplaba sus propias manos, mucho menos callosas que las de su hermano—. La tuve cuando no hacía más que sonreír y amar y no fui consciente de que todo eso se acabaría algún día. Ahora, cuando no es más que la sombra de lo que era…, es cuando me doy cuenta de lo mucho que la he querido.

Costaba creer que aquel fuera el mismo muchacho al que Mario había tenido que llamar tantas veces al orden por su desenfreno. Como no se le ocurrió qué responder, le dio una torpe palmadita en el hombro que hizo sonreír a Andrea con una pizca de vergüenza.

—Bueno —dijo intentando impregnar a su voz de una mayor ligereza—, ¿y a ti qué tal te ha ido con la Montalbano? ¿Ha ocurrido algo interesante mientras estabas en su tienda?

«Nada digno de mención —pensó Mario mordiéndose los labios—. Solo me ha contado que murió hace diecisiete años, que su padre adoptivo la convirtió en una autómata y que quiere pedirle que la desconecte para marcharse ya de este mundo». Por lo menos, a Andrea le quedaba el consuelo de que Simonetta continuara siendo tan humana como él pese al dolor que pudiese sentir. No había un enjambre de articulaciones de hierro dentro de ese cuerpo que había estrechado tantas veces contra el suyo. No era una máquina.

«Me has dado una razón para vivir —le había dicho Silvana cuando se disponía a regresar a su casa—, al menos por ahora». Pero ¿qué duración tendría un «por ahora» para alguien con toda la eternidad por delante?

Capítulo IX

Noviembre se marchó envuelto en lluvia, diciembre descendió como una manta de bruma en la que apenas se distinguían los faroles de las góndolas y, antes de que nadie pudiera darse cuenta, Venecia se encontraba a las puertas de la Navidad. Las fiestas más importantes del año no venían nunca solas: traían tal cantidad de encargos que a sus artesanos no les daba tiempo a asomar la nariz fuera de sus negocios. Las plazas se llenaron de abetos decorados con relucientes bolas de cristal, los escaparates se adornaron con cadenetas de papel de seda y, en las puertas de las iglesias, pequeños grupos de cantores se afanaban con los villancicos preferidos de los venecianos. «Tu scendi dalle stelle» sustituyó al «O sole mio» de los gondoleros, quienes también se sumaron a la celebración general adornando sus sombreros de paja con ramitas de muérdago.

Casi era una suerte que los Scandellari tuvieran demasiado trabajo para seguir llorando sin cesar la desaparición de Emilia. Los hornos de la cristalería echaban humo desde que salía el sol hasta que se ponía. Los Corsini, encerrados en su juguetería, apenas tenían un momento para respirar, y en el taller de los Montalbano, las luces permanecían encendidas a cualquier hora del día y de la noche. Silvana no tenía que dormir como su padre, de modo que La Grotta della Fenice siempre contaba con un repertorio de juguetes preparados para ser adquiridos por las más importantes dinastías de Venecia. Sus mariposas mecánicas se convirtieron en la sensación del año y no había salón en los palacios del Gran Canal en el que no se las viera revolotear.

Mario hacía lo que podía para visitarla en las raras ocasiones en que su trabajo se lo permitía. Por desgracia, no tenía muchas oportunidades de quedarse a solas con ella, porque Montalbano ya no abandonaba la juguetería, y no solo por la cantidad de encargos que recibían. Se había roto una pierna a finales de noviembre (un mal paso en la escalera, le explicó a Mario) y permanecía desde entonces relegado a las profundidades de un sillón de orejas, con su pie sobre un taburete y media docena de mesitas alrededor en las que Silvana le iba colocando las piezas de relojería y las herramientas que necesitaba. La postración no parecía haber socavado su ánimo: hablaba por los codos cuando Mario arrastraba una silla hasta su rincón con un café entre las manos mientras sus ojos se desviaban, cada vez que Montalbano miraba en otra dirección, hacia la silenciosa silueta que merodeaba entretanto por el taller.

Costaba creer que aquel anciano tan afable pudiera haber realizado con el cadáver de una niña lo que Silvana le había contado. Pero aún seguía sintiendo en los dedos el tacto de la piel que recubría su esqueleto de hierro, y en una de esas visitas, cuando Silvana se inclinó a su lado para ofrecerle más café, creyó escuchar el ronroneo de los mecanismos que se escondían dentro de su pecho. Era desesperante tenerla tan cerca y, al mismo tiempo, comprender que no había posibilidad de comunicación entre ambos mientras Montalbano estuviera en la casa.

Hasta que a Silvana se le ocurrió una idea. Una noche, cuando Mario se disponía a correr las cortinas de su cuarto, captó un movimiento al otro lado del canal y descubrió que la muchacha había cambiado de sitio su tocador y empujaba la cama para que quedase pegada a la ventana. Al acabar, se quedó mirándole cruzada de brazos y Mario supo que estaba esperando que la imitara, así que sonrió mientras cambiaba la orientación de su propia cama para que su costado también quedase pegado a los cristales. Ahora pasaba bastante más frío por las noches, pero, cuando se retiraba a su dormitorio, sabía que ella estaría esperándole a quince metros de agua de distancia. Su rostro reclinado sobre una de sus manos era lo último que veía antes de dormir y lo primero cuando abría los ojos bajo el mortecino sol de invierno. Silvana siempre estaba consciente, contemplándole con la impasibilidad de una estatua a la que su creador no ha permitido cerrar los párpados; y, aun así, había en su mirada algo que, si no era amor, se le parecía demasiado. Mario no creía que los años convertida en una autómata le hubieran hecho olvidar los latidos de su antiguo corazón. Silvana tenía alma y era capaz de amar. Merecía ser amada a cambio.

Aún no podía imaginar que lo que trastocaría sus planes no sería la cólera de Montalbano si se enteraba de lo que estaban haciendo. Había una sombra más amenazadora planeando sobre su cabeza desde hacía años y ahora, cuando Mario empezaba a pensar que su vida volvía a tener sentido, se encontraba a punto de precipitarse sobre él.

Venecia se despertó el día de Navidad cubierta por una espesa capa de nieve que la tarde anterior había empezado a caer sobre la ciudad. Los copos se solidificaban apenas tocaban la superficie del agua, tapizando los canales con un terciopelo blanco que los niños atravesaban entre risas con espadas de madera, y Mario regresaba de la misa de rigor en la iglesia de San Rocco con la nariz inundada por el aroma de las flores de Pascua y los cientos de velas que atestaban la iglesia. Su hermano y él habían conseguido que Scandellari les acompañase, pero con Simonetta no tuvieron la misma suerte: la muchacha les había dicho que prefería quedarse en casa preparando la comida que los cuatro compartirían más tarde. Había adelgazado mucho en las últimas semanas, reflexionó Mario mientras se alejaba de los vecinos que seguían deseándose una feliz Navidad, y tenía los ojos tan apesadumbrados como si el invierno en persona se hubiera apoderado de su corazón.

Cuando desembocó en la fondamenta Minotto, vio que el *Bucintoro* casi había desaparecido bajo una acumulación de escarcha tan fina que parecía cristal. Los copos de nieve giraban en una loca danza alrededor de su cabeza sin permitirle distinguir a las únicas dos personas que había en la calle hasta que casi las tuvo al lado. Una niña permanecía de pie delante del escaparate de Ca'Corsini mientras una dama ataviada con gran elegancia, su madre probablemente, aguardaba sentada sobre un enorme baúl de cuero negro con remaches metálicos en las esquinas. Llevaba un abrigo de terciopelo verde oscuro ceñido en la cintura, con aparatosos ribetes de piel en las mangas y el cuello, y un manguito también de piel protegía sus manos del viento.

—Lo siento —las saludó Mario, sin molestarse en mirarlas, mientras introducía la llave en la cerradura—. Por si no se han dado cuenta, hoy es Navidad y...

—Pensé que podrías hacer una excepción por ser un día especial.

Esa voz irrumpió en sus pensamientos como un machete desbrozando las lianas de una selva. Mario se quedó tan paralizado que tardó en darse la vuelta, temiendo encontrar a sus espaldas lo que efectivamente encontró. La nieve seguía enmascarando su rostro casi tanto como las flores que resbalaban del ala de su sombrero, pero nunca podría olvidarse de esos rasgos.

Nunca, ni aunque pasara un siglo, porque se había obligado a odiarlos durante demasiadas noches en vela. Los ojos negros y grandes, rodeados por una empalizada de espesas pestañas. Los gruesos labios que se esforzaban por articular una sonrisa. El oscuro cabello que enmarcaba su frente, la barbilla con un hoyuelo; todas las pinceladas de un retrato que Mario había relegado al rincón más oscuro de su memoria como Dorian Gray con el peor de sus secretos.

—Gina. —Le costó murmurar su nombre mientras contemplaba, incapaz de creer que fuera cierto, cómo la mujer descendía del baúl—. Eres tú...

La sonrisa de ella se abrió poco a poco como los pétalos de una amapola.

—Mario —contestó—, me alegro de volver a verte. Ha pasado mucho tiempo.

«Seis años —pensó él mientras su desconcierto empezaba a tambalearse ante una ira temblorosa que le subía por el pecho—. Seis años desde que te marchaste de Venecia. Seis años en los que no he dejado de maldecir tu nombre por haberlo destrozado todo».

—¿Cuándo has venido? ¿Y qué haces aquí, si se puede saber?

—Hace dos horas y media. Reunirme con mi marido. Y por supuesto que se puede saber, sobre todo si eres tú quien lo pregunta. —La joven bajó los párpados haciendo que sus pestañas proyectaran una sombra de encaje sobre sus mejillas—. Por mucho que te cueste creerlo, todavía recuerdo cada uno de los votos nupciales que pronunciamos ante el altar.

—Tienes una curiosa forma de demostrarlo —replicó Mario.

Le temblaba la mano al sacar la llave de la cerradura. Después de todo lo que había ocurrido en las últimas semanas, de cuánto había cambiado su vida... Gina, una vez más.

—He terminado con Alessandro —prosiguió ella.

—¿Terminado? ¿Qué quieres decir con eso?

—Que hemos decidido recorrer caminos distintos. Nuestra… relación… ha acabado para siempre. —Gina dejó escapar un suspiro que ensanchó su amplio busto—. Estoy segura de que no querrá saber nada más de mí después de escuchar lo que le solté al abandonarle.

—Veo que has perfeccionado tu técnica. Antes preferías resolver las cosas mediante una carta dejada en la mesilla para evitar cualquier recriminación. ¡Bien hecho!

Gina siguió sosteniéndole la mirada durante unos segundos antes de apartarla.

—Todavía la guardo, ¿sabes? —continuó Mario—. Tuve que leerla una docena de veces para convencerme de que lo que decías era cierto. Podría repetirla palabra por palabra.

—¿De verdad has sido incapaz de perdonarme? —quiso saber Gina.

—Hablabas de soledad…, de que te sentías abandonada mientras me pasaba las mañanas en el taller. De que merecías algo más que la vida de la esposa de un juguetero… —Mario había dejado atrás el punto en que podría detenerse. Las palabras le ardían en la garganta—. Y hablabas de Alessandro. De todo lo que el Gran Amadio te había prometido si accedías a marcharte con él.

—Fui una estúpida al hacerle caso —admitió Gina, empezando a sonrojarse—. Alessandro se ha portado bien conmigo y ha sido muy generoso, pero no era lo que aparentaba ser…

—No creo que se pueda esperar otra cosa de un ilusionista que consiguió labrar su fortuna gracias a la credulidad de los demás. ¿Qué truco de magia usó para atraerte hasta su cama?

Dos ancianas que pasaban a su lado los miraron escandalizadas. Debieron de reconocer a Gina unos segundos después, porque se agarraron del brazo y, mientras se alejaban por la fondamenta Minotto, Mario las vio inclinarse la una hacia la otra para cuchichear.

—No sabes cómo me duele que me hables así. Si me creyeras cuando te digo que…

—Más me dolió a mí tu traición, por no hablar de ciertas secuelas físicas derivadas de tu escapada. —El joven señaló su propia nariz con un dedo—. Apuesto a que no tienes ni idea de lo que me hicieron cuando me presenté en el embarcadero para detenerte.

Por primera vez, Gina pareció reparar en su tabique roto.

—¿Te atacaron? —Se llevó las manos a la boca—. No puede ser. No me lo creo.

—Tu querido Alessandro —continuó Mario— encargó a cuatro hombres de su compañía que me pararan los pies cuando estaba a punto de alcanzar vuestro *vaporetto*.

—Pero si no te vi allí. No pensé que leerías mi carta tan pronto…

—Había echado a correr hacia San Marcos cuando vi que te habías ido y habría llegado a tiempo de no ser por tu Alessandro, quien me envió a sus matones nada más verme aparecer. Me dejaron tirado en el suelo contemplando cómo te marchabas con el más miserable de los hombres sin tener siquiera la decencia de darme una explicación cara a cara. Ahora sé que estaba pidiendo algo imposible: nunca ha habido la menor decencia en ti…

—No —le interrumpió Gina—, no se te ocurra hablarme así, Mario. Aunque tengas razón en todo, aunque sea tan odiosa como aseguras, no me digas esas cosas delante de mi hija.

Hasta entonces, Mario apenas había reparado en la pequeña figura que permanecía de pie a unos metros de distancia. Cuando

Gina la agarró de la mano para ponerla ante sí como un escudo humano, vio que no debía de tener más de cinco años, o incluso menos. Llevaba un abrigo muy parecido al de su madre, aunque tan grande que casi lo arrastraba sobre los adoquines, y su pálida carita daba la impresión de ser demasiado pequeña para contener sus enormes ojos oscuros.

—Se llama Marina —explicó Gina al ver que él no pensaba preguntar nada.

—Me da igual cuál sea su nombre. No deberías haberla traído contigo a Venecia sin decírselo antes a Alessandro. ¿O acaso lo has hecho contando con su beneplácito?

—Me ofreció una buena cantidad de dinero, pero no estaba dispuesta a aceptarlo. Quiero empezar de cero en mi ciudad natal sin tener que deberle nada a nadie. Especialmente a alguien que te ha causado tanto daño, Mario. En serio, si hubiera tenido la menor sospecha…

La niña hundió la cara en los faldones de su abrigo ahogando un tosido y Mario sintió una punzada en el corazón al ver las seductoras facciones de su esposa mezcladas con las del Gran Amadio. Los ojos eran los de Gina y el cabello negro también era el de Gina, pero el alma que anidaba bajo aquellos rasgos parecía tan diferente de la suya como la noche del día.

—Llévatela cuanto antes de aquí —le aconsejó— si no quieres que se ponga enferma. Este invierno está siendo el peor que hemos vivido desde que los ancianos tienen memoria.

—Esa era mi intención, pero… es Navidad y todos los hoteles de Venecia parecen estar llenos de turistas. No he encontrado habitación en ninguna parte… Por eso he venido aquí.

—Espera, tiene que ser una broma. Es imposible que hables en serio.

Si no hubiera estado hecho un basilisco, Mario casi se habría echado a reír ante lo absurdo de la situación. «No, eso sí que no. Estás muy equivocada si crees que morderé ese anzuelo».

—Solo te lo pido como una solución temporal —contestó Gina—. Las pensiones del Lido también están repletas, o eso me han dicho, y ni siquiera en las posadas de Mestre y Treviso… —La niña tosió de nuevo, aferrándose con los puños a su abrigo, y Mario sintió cómo la puñalada en su corazón se volvía más profunda aunque por motivos bastante distintos.

Aquella chiquilla estaba asustada y muerta de frío, y seguramente no entendía por qué su madre se la había llevado lejos de casa en vez de pasar la mañana de Navidad acurrucada al lado de una chimenea. Antes de que pudiera decir nada más, Gina agarró suavemente sus dedos.

—Deja que nos quedemos contigo, Mario. —Los ojos le brillaban como dos pedazos de azabache—. Si no quieres hacerlo por mí, hazlo por mi pequeña. Te prometo que no te dará ningún problema en la tienda, ni tampoco lo haré yo. No serán más que unos días…, lo que tarde en encontrar algún modo de ganarme la vida. Recuerda que… es Navidad…

Mario soltó un resoplido en el que parecía concentrarse toda su amargura.

—Lo sé. Es Navidad. Y este es el regalo que recibiré, al parecer. —Sacudió la cabeza con cansancio—. Debo de ser la peor persona del mundo para que mis estrellas se alineen así.

Bien pensado, lo que estaba sucediendo no era culpa de nadie más que de él. Se lo tenía bien empleado por haberse enamorado de Gina. Muchos vecinos, hasta Scandellari y la propia Simonetta, que no tenía más que diez años por entonces, le habían asegurado que no se merecía una mujer como aquella, aunque Mario se lo había tomado como un insulto.

Ahora sabía que tenían toda la razón. No le deseaba a nadie la desgracia de dar con una compañera como Gina. Había sido como una sanguijuela emocional para él.

—Entrad antes de que el resto del vecindario se entere de que estáis aquí. Ya me hiciste ser la comidilla de Santa Croce durante mucho tiempo. —El condenado baúl de Gina parecía contener piedras cuando lo arrastró, superando como pudo los escalones recubiertos de hielo, hasta el interior de Ca'Corsini—. Andrea me ayudará después a subirlo por la escalera. Lo importante es que esa cría se quite la ropa mojada... —Mario sacudió la cabeza al notar, una vez más, lo raquítica que estaba—. Y que coma un par de platos calientes, a poder ser.

Los cristales se encontraban tan empañados que, hasta que no encendió una lámpara, el interior de la juguetería continuó a oscuras. Mientras Gina desabrochaba, con un suspiro de alivio, la hilera de botones que recorría su abrigo, Mario agarró una muñeca cualquiera de las estanterías y la dejó con torpeza en los brazos de una sorprendida Marina. «Sígueme», le dijo a Gina de mal humor, y esta, tras pedirle a la niña que se portara bien, lo acompañó hasta el patio.

Era demasiado consciente de lo cerca que la tenía y eso no hacía más que aumentar su incomodidad. Todo se parecía dolorosamente a la primera vez que la había conducido por esa misma escalera, hasta la misma casa en la que su mujer se había instalado con él, hasta la misma habitación cuya puerta Mario empujó sin pronunciar palabra. Su dormitorio no podía tener menos en común con las palaciegas estancias por las que Gina y el Gran Amadio habían paseado sus amores, pero ella pareció curiosamente aliviada de que todo siguiera como lo había dejado.

—Cuántos recuerdos… —la oyó susurrar. Se había detenido en la puerta con una sonrisa nostálgica en los labios—. Es como si hubiera sucedido ayer. La ceremonia en San Rocco…

Dio unos cuantos pasos sobre la alfombra que había al pie de la cama y, cuando pasó los dedos por los barrotes de hierro de esta, a Mario no le costó adivinar lo que estaba pensando.

—Aún me cuesta creer que pudieras traerme en brazos por toda la fondamenta —siguió diciendo Gina—. Estabas empeñado en que mi vestido pesaba una tonelada. Y luego, cuando al fin cerramos la puerta de la juguetería, se me enganchó uno de los volantes en el picaporte…

—Y me hiciste prometer que lo llevaría a arreglar a la mañana siguiente aunque no pensaras ponértelo nunca más —replicó él—. Siempre has hecho conmigo lo que te ha venido en gana.

—No digas eso. Fuimos muy felices juntos, Mario. No hay ninguna razón para que…

—Dentro del armario encontrarás un par de mantas con las que abrigar a tu hija. Le pediré a Scandellari que te preste alguno de los vestidos que tiene en casa, aunque no creo que te acuerdes ni de quién es. —Dicho esto, el joven le dio la espalda para sacar unos pantalones, unas cuantas camisas y unos zapatos del interior del armario—. Ya sabes dónde está todo lo demás.

Gina, que se había sentado en la cama, lo siguió sorprendida con la mirada.

—¿Qué se supone que haces? ¿Adónde vas con toda esa ropa?

—¿No es evidente? Te estoy dejando espacio para que coloques tus cosas, aunque, si quieres un consejo, yo no me molestaría en deshacer el equipaje. Vas a largarte de aquí antes de lo que tú misma imaginas, así que hacerlo supondría una absurda pérdida de tiempo.

—Pero ¿qué dices? —Ella no parecía dar crédito a lo que escuchaba—. ¿Crees que voy a quedarme de brazos cruzados viéndote abandonar tu propia cama para dejármela a mí?

—A tu hija y a ti —le recordó él—, y no me vengas con melindres: has hecho cosas mucho peores que esto. Cuanta más distancia haya entre nosotros, mejor. Sé lo que me digo.

Mientras cerraba la puerta del armario, oyó chirriar los muelles de la cama y el rumor de los pasos de Gina sobre la alfombra, aunque no lo habría necesitado para saber que se había detenido a sus espaldas. Su aroma seguía siendo el mismo, más intenso que el de ningún perfume.

—Una parte de mí —dijo ella pasado un momento— temía que todo hubiera cambiado tanto entre nosotros que… te hubieras convertido en un desconocido para mí. En otra persona.

«Y así ha sido —pensó Mario—, tanto que ni yo mismo me reconozco por tu culpa».

—Pero estás reaccionando como, en el fondo, esperaba que lo hicieses: con tanto miedo que no te atreves ni a mirarme. Miedo de que la vida vuelva a escapar a tu control. —Una mano de Gina se posó en su hombro derecho—. ¿Sabes por qué adoras tu trabajo?

—Escucha, no sé a qué viene eso ahora, pero tu hija sigue ahí abajo. Deberíamos…

—Adoras la mecánica —continuó ella sin prestarle atención— porque es lo único incapaz de sorprenderte. Porque, cuando tú mismo das forma a algo, puedes prever de antemano cómo reaccionará ocurra lo que ocurra, sin ninguna perturbación ni sobresalto. Eso es lo único que te da auténtica seguridad: estar convencido de que tienes bajo control todo cuanto te rodea.

«Menuda majadería», estuvo a punto de responder Mario, pero no lo hizo. Si lo que decía ella era cierto, ¿no explicaría por qué le había perturbado tanto la aparición de Montalbano? ¿Por qué el hecho de no entender cómo hacía lo que hacía le había parecido la peor de las amenazas?

—Si de ti dependiese, el mundo entero sería un inmenso mecanismo —dijo Gina— donde las cosas sucederían dependiendo del resorte que apretásemos en cada momento. Pero la vida no atiende a ninguna lógica: es caótica, impredecible y… eso es lo que la vuelve tan hermosa. —Las manos de la joven se posaron en sus mejillas para hacer que la mirase—. Yo también era caótica e impredecible, y te enamoraste de mí por eso. Lo sabías desde el principio y no te importó.

«Hasta que tu caos hizo que todo saltase por los aires», estuvo a punto de responder Mario, pero no pudo hacerlo: nada más abrir la boca, su esposa se puso de puntillas para cerrársela.

De repente volvía a tener su cuerpo apretado contra el de él, sus brazos enroscados alrededor del cuello y aquel cabello negro que había acariciado tantas veces cosquilleándole la piel. «No te imaginas cuánto te he echado de menos», susurró ella contra sus labios antes de besarlo otra vez, presa de una sed que, de no haberse agarrado a la cama, habría hecho tambalearse a Mario.

En cierta ocasión, había escuchado decir a Scandellari que, donde ardió un fuego, siempre quedan brasas, pero en ese momento supo que no era cierto. Seis años antes, habría dado lo que fuera por uno solo de sus besos; ahora, al recordar que esa era la boca que había dicho «sí» al Gran Amadio cuando le propuso marcharse de Venecia, Mario sintió cómo el sabor de Gina se le convertía en hiel en los labios. «Basta», consiguió articular antes de apartarla de sí, pero acababa de hacerlo cuando percibió, por el rabillo del ojo, un movimiento al otro lado del canal.

Tampoco esta vez habría necesitado darse la vuelta para adivinar lo que era. De pie entre las cortinas del dormitorio, Silvana los contemplaba con las manos agarrotadas sobre los pliegues de la tela. Los cristales estaban demasiado empañados para que Mario distinguiese su expresión, si es que realmente tenía alguna, pero no tanto como para confiar en que no hubiese visto lo que acababa de pasar y, lo que era peor, para que no imaginase lo que tal vez pasaría más tarde.

Antes de que pudiera hacer nada, las cortinas volvieron a cerrarse de un tirón, Silvana se esfumó de su vista y la nieve siguió rizándose sobre la distancia que los separaba como si quisiera ocultarle una decepción más intensa que nada de lo que pudiese sentir un ser humano.

Capítulo X

El regreso de Gina Corsini supuso un auténtico regalo de Navidad para Santa Croce. Seis años después de su desaparición, ningún vecino ignoraba la historia de la disoluta esposa del juguetero que se había escapado con el ilusionista más famoso de Europa, pero nadie esperaba volver a saber de ella —«era lo que siempre había querido», decían algunos, «vivir rodeada de oropeles»— ni mucho menos volver a cruzársela en las mismas calles que solía recorrer, con una cesta de mimbre en la cadera, cuando aún era una más del barrio —«menuda humillación después de haberse creído la gran cosa»—. Todos estaban de acuerdo en que, con los aires que Gina solía darse, le estaba bien empleado haber tenido que regresar con el rabo entre las piernas pese a los problemas que eso pudiera acarrear a un marido que no se merecía pasar dos veces por la misma humillación.

Si a la joven le avergonzaba semejante caída en desgracia, se aseguró de no reconocerlo más que ante su propia conciencia. En lugar de encerrarse en casa, como esperaban de ella los vecinos, se puso manos a la obra nada más acabar la Navidad para retomar el contacto con unas amigas que tenían un puesto de baratijas en Rialto.

Fue allí donde acabó, tras casi una docena de visitas, la mayor parte de las cosas que había traído en su baúl: los escandalosos conjuntos que solía ponerse durante sus años con el Gran Amadio, unos medallones con camafeos de coral de Nápoles que este le había regalado, una pesada gargantilla de granates de Bohemia que, según la propia Gina, había sido un obsequio del archiduque Francisco Fernando. A Mario le sorprendió comprobar que había sido sincera en cuanto a sus planes de futuro, aunque los días continuaban pasando, envueltos en una oscuridad que, para él, no tenía nada que ver con el clima y su esposa seguía respondiendo «solo unos días más» cada vez que le dejaba caer que tenía que marcharse.

Si hubiera estado menos preocupado por la reacción de Silvana, tal vez se hubiera percatado de lo que Andrea y Simonetta, e incluso el propio Scandellari, dedujeron mucho antes: Gina no se había presentado en Venecia armada solo con un arsenal de disculpas. Lo había hecho con una campaña de reconquista perfectamente orquestada y, de no ser porque Mario la rehuía como a un doctor de la peste, se habría sentido abrumado por un despliegue de sonrisas, zalamerías, miradas incitantes y recetas exquisitas que no recordaba haber recibido ni siquiera durante la luna de miel.

—No me puedo creer lo que veo —le dijo Gina una mañana a Andrea mientras observaba las idas y venidas del vecindario a través de los cristales—. ¿Alguien se ha mudado frente a nosotros?

—Ah, es verdad —Andrea apartó la mirada de la carta que estaba escribiendo—, la casa de las cabezas. Cuando te marchaste de aquí, Julius Grünwald aún no la había mandado restaurar.

—Ni se me habría pasado por la mente que estuviera interesado en hacerlo. Parecía a punto de derrumbarse con todos esos desconchones… ¿Y qué ha pasado con el local de la planta baja?

—Esto te va a sorprender aún más: ahora es una juguetería. La mejor del barrio, de hecho.

Gina se giró tan deprisa hacia su cuñado que casi dio un latigazo a los cristales con su pelo.

—Se llama La Grotta della Fenice —continuó Andrea— y pertenece a los Montalbano, una familia que se mudó a Venecia hace unos meses. Lo cierto es que son muy buenos…, demasiado.

—Pues no me quiero ni imaginar cómo se tomó mi marido tener a la competencia enfrente.

A la joven no le pasó inadvertida la rapidez con la que Andrea apartó la mirada. Durante unos segundos, ambos guardaron silencio hasta que Gina, envolviéndose más en una toquilla, dijo:

—Esa chica que ha estado asomada al balcón hasta hace un rato… —Andrea se esforzó por seguir concentrado en su carta—. Qué aspecto tan raro tiene —comentó Gina—, ¿no te parece?

—No me he fijado —mintió Andrea—. No debe de ser muy sociable; nunca sale a la calle.

—Puede que se encuentre demasiado enferma para hacerlo. Se notaba lo delgada que está incluso desde aquí, y tan pálida como una muerta… Debe de tener intrigado a todo Santa Croce.

Andrea solo pudo agradecer que su hermano no estuviese presente, aunque tampoco habría esperado otra cosa: desde que Gina había regresado a sus vidas, Mario se había recluido aún más en el taller y solo lo abandonaba de noche para arrebujarse en uno de los divanes del salón. Como Gina y su hija continuaban en su cuarto, esa habitación había quedado clausurada para él y ya no tenía forma de saber si Silvana, al otro lado del río del Gaffaro, había seguido acudiendo a sus citas nocturnas o, lo que era bastante más probable, había optado por olvidarse de su existencia.

Cuando la situación empezó a prolongarse más de lo esperado —el concepto de Gina de «unos días más» era muy distinto del suyo—, Mario decidió armarse de valor y hacer una visita a La Grotta della Fenice para averiguar cómo reconciliarse con Silvana, aunque seguía sin tener claro cómo explicarle todo ese embrollo. Por desgracia, fue un fracaso estrepitoso: nada más entrar en la juguetería, le pareció oír unos pasos apresurados ascendiendo por la escalera de hierro y, al empujar la puerta del taller, no encontró más que a Montalbano en el interior.

Todavía tenía una pierna escayolada y su expresión era tan sombría que Mario comprendió que allí no era el único preocupado. Sujetaba entre los dedos un punzón con el que colocaba, a base de suaves toquecitos, un ojo de cristal verde dentro de la cuenca de una de sus muñecas.

—Me tiene un poco inquieto —reconoció cuando Mario, tras dar unos cuantos rodeos, decidió preguntarle por Silvana—. Lleva unas semanas bastante ausente, como con la mente en otra parte, y eso no es nada normal en ella. Nunca la he visto tan desganada. —Sobre sus cabezas, el silencio era absoluto: no se oía caminar a nadie en el piso de arriba—. Merodea por la casa como un fantasma —continuó el anciano—, como si ya no hubiera nada que le interesase... Ni siquiera ha vuelto a tocar sus libros. Mi Silvana adora leer, ¿sabe?

—Quizás esté agobiada por la cantidad de trabajo que han tenido —contestó Mario con un desagradable peso en el estómago—. La Navidad nunca resulta cómoda para los artesanos.

Pero Montalbano negó con la cabeza sin dejar de trastear dentro de la de la muñeca. Saltaba a la vista que nunca, desde que había creado a Silvana —el estómago se le encogió más al pensar en ello—, se había planteado que algo fuera capaz de entristecerla tanto como a un ser humano.

—Tonterías: en estas fechas era cuando se mostraba más enérgica. Terminar todos nuestros encargos a tiempo era una especie de reto para ella. Ahora, en cambio, casi parece… deprimida.

Mario no se atrevió a preguntarle si había sufrido otro desvanecimiento; no se creía capaz de vivir en paz con su conciencia si descubría que, por culpa suya y de Gina, la persona que más le importaba se hallaba en peligro. Montalbano dejó el punzón sobre la mesita que tenía al lado.

—A todo esto, Corsini, permita que le dé la enhorabuena. He oído decir que recuperó hace poco a su esposa y a su hija… No sabe cómo me alegro de que pudieran pasar la Navidad juntos.

—Marina no es nuestra hija. —La mirada de sorpresa de Montalbano le hizo ser consciente de lo brusco de su respuesta—. Quiero decir, no es hija mía, sino de Gina y el Gran Amadio, el hombre por el que me dejó hace seis años. Me imagino que de eso también se habrá enterado.

—Algo he oído —admitió Montalbano—, pero como se han instalado con usted…

—Porque estamos en pleno invierno y esa mocosa parece cualquier cosa menos saludable. Nunca podré perdonar a Gina por lo que me hizo, así que considérelo más bien un acto de caridad.

«Escúchame, por favor —pensó mientras clavaba los ojos en las vigas del techo. No le costó imaginarse a Silvana encogida entre las montañas de mamotretos de su cuarto con un oído atento a lo que hablaban en el piso de abajo—. Aunque no vuelvas a dirigirme la palabra, escucha lo que ha pasado en realidad». Montalbano, mientras tanto, dejó también la cabeza de la muñeca sobre la mesita cercana, donde permanecían abandonadas algunas de las mariposas de madera de Silvana.

Ni siquiera las brillantes tonalidades con las que las había coloreado las hacían parecer otra cosa que unas bolas de papel arrugado. Incluso las que había dentro de una campana de cristal, en el rincón en el que Mario la vio por primera vez, se mostraban más circunspectas en sus revoloteos.

—En ocasiones, Corsini —dijo Montalbano de pronto, sorprendiéndole—, lo más sensato es dejar atrás los rencores del pasado. Solo sirven para robarnos la felicidad del presente. —Había una pátina en sus ojos azules que Mario nunca había percibido en ellos, un pesar que lo hacía parecer mucho más anciano. De no haber sabido lo que sabía, casi le habría dado lástima—. He dedicado mi vida entera a perseguir el tiempo —prosiguió— y puedo asegurarle que no existe nada más precioso que el presente. Privarnos a nosotros mismos de un solo segundo de dicha al lado de los nuestros por un problemilla que podría solucionarse hablando...

—Pero es que yo no quiero solucionarlo, Montalbano. Ese «problemilla» al que se refiere me destrozó la vida. —Mario sacudió la cabeza—. Nos separó para siempre a Gina y a mí.

—Solo existe algo capaz de hacer eso —le recordó Montalbano—, algo irreversible que, por suerte para los dos, aún no ha sucedido. No sabe lo afortunado que es, muchacho, de que sea así.

Ahora su pesadumbre era tan palpable que Mario, por primera vez desde que lo conocía, se preguntó cómo habría sido su vida antes de lo único que sabía de ella: Silvana, el hospital de Civitavecchia, la fosa común de los apestados. Para cuando se despidió de Montalbano, el silencio en el piso de arriba se había vuelto tan elocuente que comprendió, mientras se encaminaba hacia el puente para regresar a su casa, que solo le quedaba una carta desesperada por jugar, de modo que se dirigió a la mesa del taller para hacerse con un trozo de papel y una pluma.

> Sé que no quieres saber nada más de mí, pero necesito hablar contigo cuanto antes. No quiero que sean los rumores de los vecinos los que te hagan saber lo que ocurre en mi casa. Estoy atrapado entre estas paredes y lo único que consigue aliviar mi tristeza es la esperanza de volver a verte. Mis sentimientos no han cambiado: sigues siendo una obra maestra con la que no puedo dejar de soñar.
>
> Mañana por la noche, a las once, te esperaré en el callejón que sale de la fondamenta Gaffaro poco antes de alcanzar el puente. Ve a reunirte conmigo, por favor: te necesito.

Una vez que hubo garabateado esto, Mario dobló el papel hasta dejarlo reducido a un minúsculo cuadrado que puso en la mano de un Andrea más receloso de lo que recordaba haberlo visto nunca.

—A ver si lo he comprendido —repitió su hermano mientras observaba la misiva como si temiera que pudiera arderle entre los dedos—. Mañana tengo que ir a La Grotta della Fenice para devolverle a la señorita Montalbano un calibrador para llaves de relojería. La encontraré en el taller con su padre, al que le preguntaré por su pierna y en cuanto vea que está despistado…

—En cuanto te hayas asegurado de que ella está sola —le corrigió Mario—. No puedo dejar que Montalbano se entere de esto, Andrea. Sé que no la dejaría hablar conmigo nunca más.

Andrea metió con cuidado la nota dentro del bolsillo de su pantalón y, cuando se encaró con su hermano mayor, lo hizo como si lo estuviera viendo bajo una nueva luz.

—Hace unos meses me echabas en cara que persiguiera a Simonetta —le contestó— y justo ahora, cuando Gina por fin ha regresado y puedes recuperar tu antigua vida, me pides que haga de mensajero sin que tu esposa ni el padre de tu enamorada se enteren de lo que tramas. —Andrea sacudió la cabeza con algo que Mario no supo si era admiración o reproche—. Empiezo a pensar que nos equivocamos al repartirnos los papeles: eres más romántico de lo que imaginas.

Las siguientes horas se le hicieron interminables, pero a la noche siguiente, después de tomarse un cuenco de sopa en la soledad del taller —Gina ya había desistido de intentar convencerle para que cenase con Andrea y con ella—, Mario agarró su desgastada chaqueta y se escabulló a la calle sin que nadie se diera cuenta. Las campanas de San Rocco dejaron escapar once trémulos golpes de bronce cuando alcanzó el callejón en el que había citado a Silvana, una estrecha hendidura entre la manzana de los Montalbano y la colindante. Alguien tocaba el piano con más entusiasmo que talento en una casa cercana y, cada pocos segundos, una cascada de carcajadas caía sobre el canal.

«No va a venir —pensó mientras se resguardaba como podía de las corrientes de aire helado detrás de unos contenedores de basura. Tal vez no fuera el lugar más encantador de Venecia, pero sí el más discreto que se le ocurrió para poder hablar a solas con ella—. Quizás Montalbano ha descubierto la carta y le ha prohibido salir, aunque no tendría por qué saber que es mía. A menos que la propia Silvana se lo haya dicho si le traigo sin cuidado… No, eso no puede ser».

San Rocco anunció las once y cuarto; Mario dio unas cuantas patadas para calentarse los pies. Empezaba a pensar en la posibilidad de arrojar piedrecitas contra su ventana cuando oyó un ruido de pasos y distinguió, en medio de aquella niebla que desdibujaba Venecia, una silueta envuelta en un chal que se acercaba al callejón bajo las cornisas de la fondamenta Gaffaro.

La brisa procedente de la laguna convertía su pelo en una llamarada, lo único luminoso que parecía quedar en el mundo. Al joven le costó reprimir un suspiro de alivio al ser consciente de que por fin, después de tantos días alejado de ella, volvía a estar al alcance de sus dedos.

—Ya temía que no quisieras reunirte conmigo —susurró cuando se detuvo a su lado.

—He estado a punto de no hacerlo —reconoció Silvana. No parecía acusar el frío; bajo el chal seguía llevando las mismas sencillas prendas que se ponía a diario en el taller—. Y, si quieres que sea sincera, creo que habría sido lo más prudente, dadas las circunstancias.

Mario no había sido consciente hasta entonces de lo mucho que había extrañado todo cuanto la rodeaba. El olor de su pelo, el timbre de su voz…, hasta el chirriar de los engranajes de su pecho.

—Me imagino que habrás escuchado toda clase de cosas durante estas semanas…

—Te equivocas —contestó Silvana—. He escuchado muchas, pero todas venían a decir lo mismo: que tienes una esposa, que ha regresado con una niña pequeña y que las dos han pasado la Navidad contigo. Coincide con lo que he podido observar desde mi propia ventana.

—Básicamente…, sí, eso es cierto. Pero no sabes nada de Gina. No imaginas cuánto…

—Ahórrame la frase de «no es lo que parece», Mario. No estoy celosa ni tengo derecho a estarlo; es solo que nunca me han gustado los tópicos. —Silvana recolocó los pliegues de su chal—. Además, hace demasiado frío, al menos para ti, para perder el tiempo aquí fuera.

Alguien rompió una botella en una casa cercana y un grito, seguido por unas carcajadas, se mezcló con la música del piano. Al distinguir unas sombras detrás de una cristalera, bailando lo que parecía ser una tarantela, Mario condujo a Silvana a un rincón más sombrío del callejón.

—Escucha, sé que te he dado motivos para estar molesta conmigo. Si no te hablé de Gina en ninguno de nuestros encuentros fue porque lo consideraba un capítulo cerrado de mi vida.

—Pero el pasado siempre vuelve y tú, teniendo en cuenta lo que te conté sobre mí, deberías saberlo mejor que nadie. Que algo esté muerto no significa que nunca pueda regresar.

«Yo te revelé algo escalofriante —parecían dar a entender sus palabras—, algo que haría que cualquier otra persona me rehuyera, y tú me lo pagas con un secreto a voces del que me acabaría enterando en el momento menos pensado». Mario tragó saliva sin saber por dónde empezar.

—Me engatusó como a un idiota; eso es lo que era —acabó diciendo—, un estúpido que se enorgullecía de haber conseguido a la chica más guapa del barrio. Me está bien empleado por no haberlo visto venir, pero teníamos veinte años cuando nos casamos, éramos muy jóvenes…

—Son los mismos que tiene tu hermano, ¿verdad? ¿Por eso te preocupa lo que pueda hacer con la hija de Scandellari, el cristalero? ¿Temes que también a él acaben rompiéndole el corazón?

Aquello dejó a Mario confundido. Hasta que Silvana lo mencionó, no se había preguntado qué podría haber detrás de su instinto de protección con respecto a Andrea.

—Supongo que tiene sentido… Sí, es posible que sí, aunque Simonetta es encantadora, sin las ambiciones que acabaron devorando a Gina. No llevábamos ni doce meses casados cuando empecé a notarla retraída conmigo, como resentida por algo de lo que no le apetecía hablarme. Al principio pensé que se sentiría sola por trabajar día y noche en el taller, así que procuré pasar más tiempo con ella cuando Andrea empezó a ser lo bastante mayor como para ayudarme. Le di todos los caprichos que pude permitirme, la acompañé cada noche a los locales que más le gustaban…

Pero Gina era cualquier cosa menos estúpida, recordó mientras decía aquello, y debió de asumir que su marido no estaba hecho de la misma pasta. «Si de ti dependiese —le había dicho la tarde en que regresó—, el mundo entero sería un inmenso mecanismo donde las cosas sucederían dependiendo del resorte que apretásemos en cada momento». Pero Gina no era así, ella misma lo había admitido: era impetuosa, era pura pasión. Una luciérnaga muriéndose por brillar.

—Tendría que habérmelo imaginado la noche en que la llevé a la plaza de San Marcos para presenciar la actuación del Gran Amadio —continuó al cabo de unos instantes—. Estábamos en primera fila y se quedó prendado de ella nada más ponerle los ojos encima. La subió al escenario para que lo ayudara con uno de sus números más espectaculares… El resto debió de suceder durante las horas que yo pasaba en la juguetería. Solo sé que, una mañana de marzo, Gina se marchó con él dejándome una carta de despedida… y, hasta ahora, no había sabido nada sobre su paradero.

—He buscado información acerca de ese Alessandro Amadio —contestó Silvana; no había dejado de observarle mientras hablaba—. Venían bastantes cosas en los periódicos que mi padre ha guardado desde que llegamos. Decían que los trucos de cartas son su especialidad y, en algunas de las fotografías, aparecía con una ayudante morena que supongo que sería tu esposa.

—Con tanta pedrería encima que atraía todas las miradas —contestó él con amargura—, la mejor distracción con la que podría contar un ilusionista para evitar que le prestasen atención a él.

¿Habría pensado alguna vez en Mario mientras se recubría de esas joyas? Antes de salir al escenario, cuando se enfundaba en sus corsés resplandecientes y sus gasas, ¿se acordaría de esas noches en las que paseaba de su brazo con el cabello suelto sobre un sencillo vestido de algodón?

—En realidad —continuó en voz baja—, sigo sin entender qué está haciendo aquí. Me dijo que había abandonado al Gran Amadio como hizo antes conmigo, que quería…, ¿cuáles fueron sus palabras, empezar de cero en su ciudad natal? En fin, eso da igual: lo importante es…

—Que se ha dado cuenta del error que cometió —concluyó Silvana por él— porque puede que aún esté enamorada de ti. Es lo único que se me ocurre para que se haya tragado el orgullo así.

—Pero yo sigo siendo el mismo de entonces. Gina lo sabe de sobra: no estoy a la altura de sus expectativas. Nunca he sido el alma de las fiestas ni me ha interesado una vida de riquezas y excesos. Ella misma me dijo que lo único que me apasiona es la mecánica… —Al mirar de nuevo a Silvana, a Mario se le enrojecieron las mejillas—. Cuando nos conocimos, por mucho que me sacaras de quicio, supe que era la primera vez que estaba ante alguien tan parecido a mí. Te veía rodeada de creaciones que no podía comprender… y me obligaba a pensar que eso era lo que me intrigaba, lo que salía de tu cabeza en vez de… tu cabeza misma, de ti misma…

Pero la lengua se le enredó como las cuerdas de una marioneta —en ese momento, se sentía igual que una— y Mario se calló al darse cuenta de que estaba librando una batalla perdida. Las expresiones que el Gran Amadio sería capaz de convertir en fuegos artificiales para los oídos de Gina parecían deshacerse como arena en su boca. Silvana, sin embargo, no se quedó mirándole con lástima; mientras él guardaba silencio, se acercó para apoyar una mano en su rasposa mejilla.

—No me has dicho nada que no supiera —sus dedos dibujaron los contornos afilados de su pómulo— ni tampoco que no comparta. Son mis propios sentimientos los que has descrito, pero eso no cambia nada, Mario. —Silvana negó con la cabeza—. Hemos sido unos ingenuos.

—Pero si dices que tú sientes lo mismo…, habrá alguna manera, la que sea, de poder…

—No —susurró ella—, no tiene sentido, nunca lo ha tenido. Los dos lo sabíamos, aunque no nos atreviésemos a decirlo en voz alta. —Apartó los dedos del rostro de Mario—. Nosotros no hemos nacido para estar juntos, pero tampoco necesitábamos a tu esposa para recordárnoslo.

«Hay un error de principiante que a ningún relojero se le ocurriría cometer —había dicho la tarde en la que Mario descubrió su auténtica naturaleza—: hacer encajar a la fuerza dos piezas que no fueron creadas con ese fin». Antes de que él pudiera reaccionar, Silvana deslizó una mano bajo su chal para sacar algo de la bolsa de herramientas que llevaba a la cintura.

—Esto es todo lo que puedo darte…, a falta de un corazón como el que tiene tu Gina.

Cuando abrió los dedos en la penumbra del callejón, sostenía la esfera de madera plagada de pequeños resortes a la que el propio Mario, semanas atrás, había dado forma en su taller.

—No te preocupes por cuidarlo —continuó ella sin mirarle a los ojos—. Es un modelo tan defectuoso como el que tengo dentro, así que no habrá peligro de que se rompa más. Llévatelo a casa, guárdalo en un cajón y sácalo de vez en cuando para mirarlo si te acuerdas de mí.

Cogió las manos de Mario para entregarle la esfera y él trató de detenerla, pero Silvana le dio la espalda sin decir nada más. Se marchó igual que había aparecido, como uno de los jirones de niebla que se deslizaban sobre el agua, y Mario se quedó de pie en el oscuro callejón hasta que, cuando su silueta se desvaneció como un fantasma, se volvió para golpear una pared con la mano con la que no sujetaba su corazón, demasiado destrozado para sentir las heridas abiertas en ella.

II
Dea Ex Machina

Podrás destrozar mis otras pasiones; pero queda mi venganza,
una venganza que a partir de ahora me será más querida
que la luz o los alimentos.

MARY W. SHELLEY

Capítulo XI

El tiempo, cuando la vida ha dejado de tener sentido, parece pasar más despacio porque se resiste a darnos la posibilidad de recomponernos. La existencia deja de depender del ángulo de unas agujas; da lo mismo que marquen las seis menos veinte que una medianoche eterna en la que solo encontramos sombras. Los días que a Mario le parecían interminables se convirtieron en semanas, las semanas en un mes completo y, cuando quiso darse cuenta, se había acostumbrado de tal modo a cargar con un dolor silencioso y desesperado que casi tenía la sensación de haber nacido con él.

La primera noche de Carnaval le sorprendió acodado en su balcón después de pasarse casi toda la tarde merodeando por el taller como un alma en pena. Pese al frío que seguía haciendo, los parroquianos se habían echado a la calle en cuanto las campanas de San Rocco anunciaron las ocho y el río del Gaffaro estaba colapsado por la cantidad de embarcaciones que se disponían a recorrerlo. Por todas partes había músicos ambulantes afinando sus instrumentos, las primeras serpentinas empezaban a surcar el aire y en unas cuerdas para secar la ropa, tendidas de un lado a otro del

abarrotado canal, revoloteaban unas banderolas azules y doradas con el león de Venecia.

Debajo del balcón, unos niños correteaban con bengalas en las manos y mucha gente había encendido antorchas que hacían centellear los adornos de las máscaras. A su alrededor no se oían más que carcajadas, pero Mario se sentía demasiado envejecido por sus propias preocupaciones para querer unirse a la celebración. El corazón parecía pesarle como si también fuese de hierro.

—¿No te animas a bajar con nosotros? —La voz de su hermano le hizo apartar la mirada del enjambre de máscaras de papel maché. Andrea estaba en el comedor con una capa ribeteada de armiño bajo un brazo y Marina agarrada con la otra mano—. Me voy a recoger a Simonetta a la cristalería antes de que comience el jolgorio y Gina me ha dado permiso para sacar a pasear a esta individua. —La pequeña se rio cuando Andrea la levantó en volandas.

—Pues que os sea leve —comentó Mario—. No sé cuál de las dos cosas me apetece menos.

—En serio, ¿por qué no te olvidas de caras largas por una noche? Están todos los vecinos en la calle y el desfile va a empezar enseguida. ¿Piensas quedarte encerrado aquí?

En vez de responder, Mario volvió a clavar la vista en el balcón situado frente al suyo. La casa de los Montalbano era la única sin colgaduras de fantasía ni caras sonrientes tras los cristales.

—Sabes que no va a asomarse. —Los cascabeles de la capa de Andrea repiquetearon cuando se acercó más a él—. Tú mismo me has dicho que no quiere volver a verte, pero, aunque hubiese sido así…, empiezo a pensar que es aún más rara de lo que creíamos. ¿No va siendo hora de que la olvides?

—Lárgate ya, Andrea, y déjame en paz. Cuanto menos hagas esperar a Simonetta, mejor.

Por un momento temió que su hermano siguiera insistiendo, pero la actitud de Mario era tan derrotada que Andrea se conformó con darle una palmadita en el hombro. «Ninguna máscara me haría parecer alegre esta noche —pensó mientras le oía alejarse del balcón y, a los pies de este, un revuelo indicaba que había comenzado el desfile—. Es demasiado lo que tendría que ocultar».

Aquella era una de las tradiciones más queridas de los vecinos de Santa Croce. Cada mes de febrero, las muchachas más hermosas del distrito se instalaban en las barcas que, durante el resto del año, se destinaban al transporte de las flores, las verduras y hasta el pescado que sus padres vendían en sus respectivas tiendas. Durante el Carnaval, los humildes *topi* casi desaparecían bajo los aparatosos adornos que arrastraban a lo largo de los canales como los *vaporetti* de los turistas con sus estelas de espuma. Sus ocupantes eran las únicas que llevaban la cara descubierta, para que todos pudieran admirarlas como merecían, y Mario contempló con apatía cómo Antonella Pietragnoli, la hija del encajero, encabezaba la marcha como una reina engalanada con docenas de rosas sobre su melena cobriza. Detrás venía su hermana Giulietta, quien se había prendido unas largas sartas de perlas en el cabello negro, y las sobrinas del panadero Luciano, con unos adornos florales sobre sus trenzas que las hacían parecer recién salidas de un cuadro de Botticelli.

Sus rostros irradiaban felicidad bajo la lluvia de confeti que les arrojaban desde los balcones, pero lo único que hacían era participar en una mascarada: Antonella se había puesto una peluca vieja, las perlas de Giulietta eran cuentas de vidrio barato y las impactantes flores de las Luciano seguramente serían de papel maché. A nadie parecía importarle que lo que veían fuera mentira, porque era Carnaval y, por una noche, los venecianos podían fingir que abandonaban sus vidas para ser lo que siempre habían soñado. Aquello hizo acordarse a Mario, con repentina nostalgia, del año en que Gina desfiló delante de las demás vecinas, radiante por ser considerada la belleza de Santa Croce. Había deslumbrado a todo el mundo con una diadema que él le había fabricado con diversos broches unidos mediante cadenetas de plata, recogiendo su melena para darle una apariencia de hada con la que se había ganado los corazones de medio vecindario.

Se había sentido el hombre más afortunado del mundo porque esa chica, lo más rutilante que parecía haber en toda Venecia, lo había escogido a él. Al amanecer, cuando la gente se retiró para apurar unas horas de merecido sueño, la había llevado de la mano a la cama y le había hecho el amor hasta que el sol se rompió en destellos sobre la diadema que seguía llevando en la cabeza, apoyada confortablemente sobre el pecho de su marido. Y un mes más tarde, cuando menos se lo esperaba, Gina se había marchado con el Gran Amadio y Mario había comprendido que su auténtica mascarada no había sido la del Carnaval, sino haberle hecho creer que le correspondía…

—Mario. —Estaba acariciándose el puente roto de la nariz cuando le llegó la voz de ella desde dentro de la casa—. No sé cuántas veces te habré llamado, pero no me haces ningún caso —rezongó Gina mientras se reunía con él—. Te decía que hicieras el favor de ponerte algo, aunque sea esa chaqueta tuya que casi se cae a pedazos. Hace demasiado frío para permanecer al raso.

—No tenía ni idea de que ahora te preocuparas tanto por mi salud —replicó Mario.

—No es tu salud la que me preocupa, sino la de Marina. Si le contagias algo, no ganaremos lo suficiente como para pagar todas sus medicinas. Dudo que exista una criatura más enfermiza.

A Mario le sorprendió un poco lo desabrido de su tono, pero no dijo nada mientras Gina se acodaba a su lado en el balcón. El pelo le caía sobre un mantón de lana con el que solía arropar a su hija por las noches y su aspecto era tan distinto, precisamente por lo sencillo que resultaba, que por primera vez reconoció en ella a la dicharachera muchacha de la que se había enamorado.

—Mi hermano ha bajado con Marina a la calle. Pensé que te apetecería acompañarles…

—Ha pasado demasiado tiempo desde que me senté en una de esas barcas —Gina deslizó un dedo sobre la piedra salpicada de confeti de colores— y no me apetece quedarme en la orilla viendo pavonearse a unas mocosas que, a plena luz del día, serían consideradas del montón.

Hubo un revuelo cerca del puente Marcello y los vecinos asomados a los demás balcones estallaron en carcajadas. Unos chicos se habían puesto a tirar huevos podridos, rociados con agua de rosas para disimular su mal olor, a un grupo de aristócratas que pasaba bajo la arcada para dejarles claro que el Carnaval de Santa Croce pertenecía solo a sus parroquianos.

Mario reconoció a Andrea con la máscara que se ponía cada año, imitando las fauces abiertas de un león, y a Marina riéndose sobre sus hombros. Simonetta estaba a su lado con una toquilla negra y, pese a que un antifaz del mismo color le cubría la cara, Mario no necesitó distinguirla para saber que era la única persona en la fondamenta Minotto que no se divertía como los demás.

—No parece demasiado alegre, ¿verdad? —De nuevo le descolocó que Gina, igual que en los viejos tiempos, hubiera averiguado lo que estaba pensando—. ¿Tendrá problemas con Andrea?

—Espero que no. —Mario no tenía ni idea de cuál sería su situación en ese momento, pues se había mostrado tan huraño desde el regreso de Gina que Andrea no había querido preocuparle con sus propios asuntos—. Me imagino que aún no se habrá recuperado de la muerte de Emilia. Ha sido una tragedia para ella: adoraba a su hermana.

—A Simonetta siempre le han gustado los niños. Recuerdo que, pocas semanas después de casarnos, le regalaste una muñeca con cabeza de biscuit que solía llevarse a todas partes.

Mario se preguntó qué habría sido de aquel juguete. Seguramente lo habría heredado Emilia y ahora estaría dentro de un arcón con el resto de las cosas que Simonetta no podía tener cerca.

—Tal vez sea buena idea que Marina pase tanto tiempo con ella —siguió diciendo Gina sin dejar de juguetear con el confeti—. En cualquier caso, Simonetta pronto tendrá un consuelo bastante mayor que el que mi hija pueda brindarle. Creo que es lo mejor que podría suceder.

—¿De qué estás hablando? —Mario arrugó el entrecejo—. Me parece que no te sigo.

Gina se volvió hacia él con una sonrisita mezcla de incredulidad y de suficiencia.

—No irás a decirme que, siendo tan protector con Andrea, no te das dado cuenta… ¿Por qué crees que tu hermano no se aparta nunca de Simonetta? ¿De verdad piensas que lo único que le hace estar tan pendiente de ella es lo mal que lo está pasando por haber perdido a Emilia?

—Bueno, su muerte ha sido traumática para todos. No tendría nada de particular que…

—Por Dios santo, es increíble lo ciegos que estáis los hombres. Su cintura no es tan estrecha como antes, pero apenas prueba bocado cuando comemos con Scandellari, y cada mañana, a eso de las ocho, la oímos vomitar al otro lado de la pared. Me pregunto a qué podrá deberse algo así.

La sonrisa de Gina se acentuó cuando Mario, a quien se le había secado la garganta, buscó a Simonetta con la mirada. Se había apoyado en la pared, justo debajo del balcón, y apretaba los brazos contra el cuerpo sin que ninguna carcajada se abriera camino bajo su antifaz.

—No, eso no puede ser… Andrea no sería tan rastrero como para desentenderse de…

—No se ha desentendido, deja de pensar mal de tu hermano. —Gina se recolocó el mantón—. Me atrevería a decir que, por primera vez, es consecuente con sus actos.

Los diminutos confetis rojos y dorados caían sobre las cabezas de Andrea y Simonetta como si el cielo estuviese llorando lágrimas de papel metalizado. Mario dejó escapar un juramento.

—Lo voy a matar. Te juro que lo voy a matar. —Gina se rio entre dientes, pero su marido sacudió la cabeza, conmocionado—. Si no lo hace Scandellari cuando se entere, me encargaré yo mismo de ello. ¿Cómo puede haber sido tan inconsciente después de todas mis advertencias?

—Es muy joven y está muy enamorado, y esas dos cosas convierten a cualquier persona en una inconsciente. Sinceramente, dudo que ni tú ni yo tengamos derecho a reprocharle nada.

La sombra que había en las palabras de Gina, el fantasma de todo lo no expresado en voz alta, hizo que Mario estuviera a punto de responder de manera corrosiva, pero un movimiento al otro lado del canal le hizo detenerse. La puerta de La Grotta della Fenice acababa de abrirse y una silueta, envuelta en una capa marrón cuya capucha le caía sobre la cara, se disponía a abandonar la juguetería entre el remolino de serpentinas y confetis que inundaba el aire a su alrededor.

Un antifaz dorado y rojo le cubría el rostro, pero Mario sintió cómo se le agarrotaban las manos sobre el parapeto de piedra. Sus pasos seguían siendo los mismos con los que atravesaba cada noche sus sueños y el modo en que miró a ambos lados, como si quisiera asegurarse de que no había conocidos cerca, dejaba claro que no era el Carnaval lo que la había hecho salir a la calle.

—Mario, ¿qué ocurre ahora? —Le llevó un momento notar que Gina había seguido hablándole. Su esposa tenía una ceja enarcada—. ¿Tanto te desagrada la posibilidad de ser tío?

—No estaba pensando ahora en Andrea y Simonetta. Es solo que me pareció distinguir…

Había un grupo de gondoleros cerca de los escalones que se hundían en el agua, masticando tabaco barato sin dejar de reírse, y Silvana se había inclinado para hablar con el más cercano.

—Pues sí que tienes buena vista para distinguir a alguien desde aquí —comentó Gina—. El barrio entero debe de haberse echado a la calle y no habrá más que una o dos personas sin máscara.

Pese a estar demasiado lejos para escuchar su conversación, era evidente que Silvana había llegado a algún acuerdo con el gondolero. El hombre saltó dentro de la embarcación, la acercó más a la orilla con una pértiga y le tendió una mano para ayudarla a subir. La muchacha se sentó entonces sobre un pequeño montón de cojines y, mientras recolocaba los pliegues de su capa, la góndola empezó a alejarse entre los *topi* abarrotados de enmascarados.

Pero Montalbano seguía en la juguetería, descubrió Mario al volver a contemplar la casa de las cabezas: había un par de luces encendidas en las ventanas del primer piso y una lámpara ardía en el taller como si el Carnaval no significase nada para el anciano. Continuaba recluido debido a su pierna escayolada… y, aun así, había permitido que Silvana se marchase sola.

—¿Esto tiene algo que ver con ese competidor del que me habló Andrea? —De no haber estado tan perplejo, le habría llamado la atención la suspicacia de Gina—. ¿El que abrió hace unos meses la juguetería de enfrente y cuya hija parece…? Espera —dijo de repente—, ¿a dónde vas?

—Lo siento mucho —contestó Mario, dándole la espalda—, pero tengo algo que hacer.

Aquel hombre había dejado marcharse a Silvana en una embarcación que podría volcar en cuanto colisionase con las de los vecinos. Había visto más de una góndola darse la vuelta durante la celebración de aquellos desfiles y recordaba demasiado bien lo que la propia Silvana le había contado en su cocina: el contacto con el agua resultaría letal para sus mecanismos. «¡Mario!», oyó exclamar a Gina desde el balcón, pero para entonces ya había recogido su chaqueta, tirada sobre el diván en el que dormitaba *Shylock*, y había empezado a bajar la escalera del patio a toda prisa.

Andrea continuaba de pie junto a la puerta de Ca'Corsini, pero no reparó en su presencia; había demasiada gente en la calle. Mario consiguió abrirse camino hacia el *Bucintoro*, que se mecía entre las demás embarcaciones como una cáscara de nuez, y, tras soltar las amarras lo más rápido que pudo, agarró los remos guardados bajo el asiento para seguir la estela que dejaba la góndola de Silvana. Pese a la distancia a la que se encontraba, no tuvo problemas para distinguirla: era la única que no parecía a punto de zozobrar por el peso de las máscaras encaramadas a ellas.

Después de pasar bajo el puente Marcello, asegurándose de no acercarse demasiado para que la muchacha no se percatara de nada, Mario vio cómo la embarcación doblaba la esquina de una de las casas más antiguas de la fondamenta Minotto antes de alcanzar la iglesia de San Rocco. El gondolero golpeó la superficie del agua con su pértiga mientras desaparecían detrás de una tapia desmigajada por la humedad, como las que había en el desolado distrito de Cannaregio, y entonces Mario entendió lo que estaba haciendo. Silvana no le había pedido que la llevase a la plaza de San Marcos como los demás participantes del Carnaval: quería aprovechar la confusión general para dirigirse a un lugar muy diferente. Uno en el que no había ni confetis ni serpentinas, ni máscaras alborotadoras, ni siquiera antorchas como las que dejaron atrás al adentrarse en la oscuridad.

La antigua judería vigilada durante siglos por los cristianos responsables de cerrar sus verjas de hierro en cuanto caía la noche. Ya no había prestamistas dispuestos a exigir una libra de carne a los desdichados que no pudieran saldar sus deudas, pero el aire de abandono del distrito continuaba siendo el mismo. Pronto se alejaron del rumor de los violines y panderetas y lo único que pasó a oírse fue el ladrido de algún perro acompañado por el cloqueo del agua al acariciar los escalones de las casas. Allí la herrumbre masticaba la pintura de las fachadas y los ladrillos asomaban a través de las ronchas abiertas en su superficie. Olía mucho más a humedad, un aroma a agua estancada que no podía apreciarse en el Gran Canal pero que evidenciaba la auténtica naturaleza de Venecia: una ciudad asentada sobre troncos de madera que se pudrían noche y día bajo unos palacios saturados de risas y de bailes. Una especie de pacto centenario con el

Diablo que les había concedido parte de la laguna a cambio de una condena para toda la eternidad.

Mario tuvo que empezar a remar más despacio por miedo a que Silvana y su gondolero se percatasen de que alguien los seguía por las callejuelas. La única claridad que los guiaba era la de la luna, pero apenas bastaba para perfilar los contornos de ambas embarcaciones y hacer relucir la forcola de bronce en la que el gondolero apoyaba su pértiga. Después de esperar a que doblasen otra esquina, Mario se apresuró tras ellos y, al enfilar el mismo canal infestado de sombras, se dio cuenta de que había puesto demasiada distancia entre ambos: de Silvana ya no había ni rastro.

Desconcertado, detuvo el *Bucintoro* en un recodo tan estrecho que podría haber tocado las sucias paredes de ladrillo con las manos. Después de aguardar durante unos segundos sin captar nada, ni el susurro de unas voces ni el chapoteo de la pértiga en el agua, avanzó hacia la derecha en la primera encrucijada y, al no ver a nadie tampoco allí, giró dos veces hacia la izquierda. Nada diferenciaba las siguientes callejuelas de la que acababa de detrás atrás: los edificios también estaban heridos de muerte y el canal, tan lleno de suciedad que la barca se resistía a avanzar por él.

Fue entonces cuando Mario se llevó una de las mayores sorpresas de la noche. No debía de haber transcurrido más de un cuarto de hora desde que perdió de vista a Silvana cuando, antes de decidir qué dirección tomar, se topó de frente con su góndola. «Pero ¿qué demonios…?».

—¡Cuidado! —El gondolero viró justo a tiempo para evitar un choque. También se había sobresaltado, pero enseguida se echó a reír—. Es la primera vez que me cruzo con otra barca en este sitio de mala muerte. Sí que está transitado Cannaregio por culpa del dichoso Carnaval, ¿eh?

Mario murmuró una respuesta —no habría sabido decir cuál— después de darse cuenta de que no había nadie sentado sobre los cojines de terciopelo: la única persona a bordo de la embarcación era el gondolero. Tuvo que esperar a que se encaminara de nuevo hacia Santa Croce para continuar por lo que parecía una vía muerta, aunque estaba convencido de que no vería a Silvana por ningún lado. La muchacha se había esfumado como si se la hubiese tragado el agua.

—¿Dónde te has metido? —Las puertas más cercanas, situadas sobre el canal, se hallaban cerradas mediante unas tablas que dejaban bastante claro que nadie había vivido desde hacía décadas en esos cuchitriles—. Silvana —la llamó Mario—. ¡Silvana…!

El callejón sin salida le devolvió el eco de su propia voz. Cuanto más observaba en torno a él, menos le entraba en la cabeza por dónde podría haberse marchado. La pared de la izquierda estaba cubierta por una enredadera seca; la de la derecha, por los cristales resquebrajados de una antigua fábrica de la que surgía el ruido de unas ratas correteando sobre los escombros. Cada vez más confundido, Mario acercó el *Bucintoro* a la pared de la enredadera… y estuvo a punto de caerse al agua al apoyar una mano en lo que, unos segundos antes, había tomado por un muro sólido.

No había ninguna pared detrás de las resecas hojas que acababa de tocar. La enredadera ocultaba a los ojos de los curiosos un estrecho pasaje rematado por un arco que se hundía aún más en la oscuridad de Cannaregio. Si el gondolero no conocía aquel atajo, tenía que habérselo enseñado la muchacha, aunque Mario no podía ni imaginar cómo se habría enterado Silvana de algo así. Tras apartar con una mano la cortina de hojas recubierta de telarañas, continuó en esa dirección hasta desembocar en una plaza en la que no parecía haber nada que mereciera la pena: solo unas casas abandonadas como las que acababa de dejar atrás, con ladrillos afianzados mediante grapas de hierro descolorido, y una iglesia a punto de derrumbarse sobre sus cimientos.

La fachada de ladrillo estaba recubierta de grandes placas de mármol resquebrajado. Una galería de nichos servía de cobijo a unas esculturas de santos; la cabeza de uno se había desprendido del cuerpo y rodado hasta hacerse añicos sobre el pavimento, ocupado en su totalidad por unas lápidas sepulcrales cuyos nombres no se podían descifrar. Santa Maria delle Anime, leyó Mario en la fachada mientras ataba el *Bucintoro* junto a un pequeño embarcadero, cuyo escalón estaba tan desgastado por la caricia del agua que tuvo que saltar por encima para no resbalar; y bajo la galería de santos, en grandes letras mayúsculas, había una inscripción en latín: Anno-Ivbilei-Mdlx.

La maleza había crecido entre cada una de las piedras, pero en los resquicios de la puerta no parecía haber nada de musgo. Tras comprobar que estaba cerrada por dentro, rodeó la iglesia para inspeccionar las capillas que sobresalían a ambos lados de la nave principal, cuyas ventanas redondas como ojos de buey estaban adornadas con vidrieras. También habían perdido su color hacía tiempo, igual que las de la fachada principal, y el alma de artesano de Mario se encogió por lo que tuvo que hacer: después de encaramarse a un banco de piedra pegado al muro, descargó un puñetazo tan fuerte a la estructura de hierro que los mugrientos cristales saltaron por los aires.

La mayoría cayó al suelo, pero algunos se le clavaron en los nudillos. Una vez que hubo abierto un agujero lo bastante grande como para introducirse por él, Mario se impulsó con ambas manos y se coló en lo que parecía ser una capilla familiar. Había cabezas esculpidas de ángeles, calaveras sonrientes y una mesa de altar en la que, al descender con cuidado de ella, distinguió el esqueleto de un beato detrás de un cristal, con una coronita de flores secas y los dedos cargados de sortijas.

—Silvana —volvió a llamarla mientras empujaba la cancela de la capilla. Ya le daba lo mismo sorprenderla o no; lo único que quería era encontrarla—. ¡Silvana! —exclamó empezando a avanzar por el pasillo central de la iglesia—. ¡Sé que estás por aquí! ¡No te preocupes, solo soy yo, Mario!

Hubo un batir de alas sobre el coro y un par de palomas alzaron el vuelo hacia unas ventanas por las que se había colado la lluvia durante décadas. Su voz arrancó unos ecos alarmantes a las piedras, pero Silvana siguió sin aparecer; la iglesia se encontraba tan silenciosa, envuelta en el manto de mercurio de la luna, como un mausoleo que ya nadie se molestara en visitar. «A lo mejor me he equivocado y está escondida en otro lugar», pensó con desaliento, y se disponía a regresar a la capilla cuando algo atrajo su atención en la penumbra. Un pequeño objeto que relucía en medio de la hojarasca, rizada como una alfombra sobre el ajedrezado del suelo; algo demasiado brillante para tratarse de un cristal roto y que, al acercarse poco a poco, Mario reconoció como un antifaz.

Supo de inmediato que era el que Silvana llevaba al salir de la juguetería. Estaba hecho de papel maché recubierto de oro y las plumas que lo coronaban, de color rojo y anaranjado... «Son los colores de un fénix», comprendió segundos antes de darse cuenta de que en el suelo, a escasos metros de donde se hallaba el antifaz, había una lápida sepulcral con tibias cruzadas detrás de una calavera. Silvana debía de haber tirado de su argolla central para desplazarla, con la fuerza de cinco hombres fornidos, y despejar el camino hacia las profundidades de la iglesia.

Enterrarse por su propia voluntad en una cripta maloliente era, sin lugar a dudas, la mayor prueba de devoción que Mario le había dado a nadie en su vida. Todavía no podía imaginar, sin embargo, que lo que le esperaba allí abajo dejaría atrás las imágenes más pesadillescas que su mente podía conjurar, de modo que tomó aliento —lo más parecido al aire puro que respiraría en un buen rato— y colocó un pie en el primer peldaño que se hundía en la oscuridad.

Capítulo XII

El hedor le hizo taparse la nariz con una mano mientras descendía poco a poco, procurando no tocar las mugrientas paredes, hacia una cripta en la que parecían haberse concentrado todos los aromas de la putrefacción. En las paredes había antorchas sujetas mediante argollas de hierro y un resplandor danzante sobre los muros le hizo pensar que debía de existir alguna otra fuente de luz, pero Mario no supo cuál hasta que por fin alcanzó el suelo y pudo mirar a su alrededor.

La habitación en la que había aparecido era bastante pequeña y en sus paredes se alineaban hileras y más hileras de nichos infestados de telarañas. Allí yacían en un confuso montón los restos de cientos de esqueletos que los sacerdotes de Santa Maria delle Anime habían acumulado en la cripta antes de que la iglesia fuera clausurada. Un ejército de calaveras le devolvía la mirada con unas cuencas oculares en las que se reflejaba el vaivén de las antorchas; en los muros había intercalados varios sepulcros de mayor tamaño y el suelo también estaba cubierto de lápidas.

Pero la cripta contenía cosas mucho más inquietantes que aquello; sobre todo, por deberse a la mano del hombre y no a la de la naturaleza. Mario tardó casi un minuto en fijarse en la mesa de operaciones que alguien había colocado contra una pared sin preocuparle que los ojos de los muertos supervisasen lo que estaba ocurriendo allí. No eran más que unas tablas de madera dispuestas sobre caballetes para sostener el peso de unas herramientas que, al acercarse un poco más, reconoció como las mismas que Andrea y él solían usar en Ca'Corsini. Había varias sábanas dobladas junto a unas piezas de relojería y otras dos extendidas en medio de la estancia, cubriendo montones de trastos de la misma índole; y al fondo, a la derecha de la mesa de operaciones, una reja conducía a una habitación aún más pequeña. Debía de ser la sacristía en la que los sacerdotes habían celebrado sus funerales antes de depositar los cadáveres dentro de sus respectivos nichos.

Era allí, sobre un altar con un relieve de Cristo resucitando a Lázaro, donde ardían las velas que había distinguido al bajar. Después de tragar saliva, Mario se acercó procurando no tropezar con ninguna herramienta, pero acababa de rodear una de las sábanas cuando su pie rozó algo que sobresalía por debajo. Algo demasiado blando para ser una broca o unos alicates; algo que, según observó al agachar la cabeza, se parecía demasiado a la mano de una muñeca. O a la de una niña.

Le llevó una eternidad arrodillarse sobre las lápidas, con las piernas temblándole tanto que creyó que no podrían sostenerle, y agarrar uno de los extremos de la sábana. Al comprobar lo que había bajo ella, entendió que sus sospechas eran ciertas: debía de haberse perdido en una pesadilla.

Emilia Scandellari yacía bocarriba en el suelo, totalmente desnuda y con una complicada red de líneas, trazadas con algo parecido al carboncillo, recorriéndole el cuerpo desde las sienes hasta los dedos de los pies. Daba la impresión de que solo se había echado para descansar tras llevar todo el día jugando, pero Mario supo que se encontraba muerta: la lividez de su rostro le arrancó de la mente las pocas esperanzas que aún pudieran quedarle.

—No... —La sábana se le escapó entre los dedos, pero la carita de la pequeña siguió siendo visible en la penumbra—. Esto no puede ser verdad —murmuró—. No pueden haberte...

Emilia siguió sin moverse cuando puso las manos a ambos lados de su cabeza. Las trenzas castañas caían sobre su pecho con tanta naturalidad como si su hermana mayor se las acabara de hacer. Parecía una Blancanieves en miniatura descansando dentro de una urna de cristal.

—Emilia - articuló Mario sin atreverse a tocarla. Una parte de su cerebro seguía aferrándose a la idea de que no era más que un mal sueño, de que en cualquier momento despertaría en casa con el pulso retumbándole en las sienes—. Has estado aquí..., en este agujero..., ¿durante más de tres meses?

Volvió a recordar los alaridos de Simonetta al descubrirla muerta en la cama, la pena callada y devastadora que consumía a Scandellari. El remordimiento de Andrea cuando supo lo que le acababa de suceder a la pequeña a la que tanto querían. Sus voces parecieron concentrarse dentro de su cabeza hasta que una se elevó sobre el resto, acompañada por un ruido de cristales rotos.

Silvana acababa de detenerse en el umbral de la sacristía. Sujetaba un rollo de vendas bajo un brazo y a sus pies, sobre un escalón hecho añicos, había una jeringuilla quebrada por la mitad.

—Tú —dijo entrecortadamente. Las vendas resbalaron de su mano para reunirse en el suelo con la jeringuilla—. Tendría que habérmelo imaginado... Eras tú quien perseguía mi góndola.

Se quedó mirando, quieta como una estatua, cómo Mario levantaba la cabeza. Los ojos le relucían con una rabia que casi quemaba mientras una lágrima caía sobre el rostro de Emilia.

—Si tienes que contarme algo más —le respondió a Silvana—, hazlo de una vez para que mi desgracia sea completa. Ya no reconozco a la persona que tengo delante.

Se dio cuenta de lo mucho que le habían dolido sus palabras, pero a Mario no le importaba herir sus sentimientos, si es que los tenía. No después de la decepción que acababa de llevarse.

—¿Qué estás haciendo aquí? —La muchacha se arremangó la falda para descender hacia él—. ¿Cómo conseguiste seguirme por los canales de Cannaregio sin contar con ningún mapa?

—¿Te encuentro en una cripta maloliente, en una iglesia abandonada, en plena noche de Carnaval, a escondidas…, y se supone que he de ser yo quien te dé explicaciones?

Silvana se dio la vuelta para no tener que enfrentarse a su mirada. «Si no supiera que es una autómata —pensó Mario, mordiéndose la rabia—, pensaría que está a punto a punto de llorar».

—Cuando hayas dejado de atacarme, tal vez te interese escuchar mi explicación —contestó ella—, o puede que te sientas mejor contigo mismo si te doy auténticos motivos para odiarme.

—Sería un estúpido si no lo hiciera. Ahora entiendo hasta qué punto me has utilizado.

Aunque Silvana seguía dándole la espalda, Mario la vio llevarse una mano al pecho y apretar los dedos contra su piel. En su rostro había aparecido un repentino espasmo de dolor.

—Te… ¿te encuentras bien? —preguntó transcurridos unos segundos. ¿Por qué tenía que preocuparse por ella? ¿Por qué le angustiaba tanto verla así?—. ¿Es otra vez tu corazón?

—Siempre es mi corazón —susurró Silvana—, y en este momento, más que nunca.

El repiqueteo de sus engranajes consiguió despejar las dudas de Mario. Un nuevo rumor parecía surgir de su pecho, un sonido mucho más acelerado que el que había oído otras veces.

—Santo Dios. —Se puso en pie y se acercó deprisa a ella—. Siéntate antes de que tus componentes puedan hacerse añicos. Deben de estar oyéndote desde Santa Croce.

Silvana se dejó llevar cuando Mario la sentó en uno de los peldaños. Parecía tan destrozada que acabó tragándose su resentimiento para agarrarla de las manos durante casi diez minutos.

—Supongo —dijo ella cuando sus ruedas recuperaron su ritmo normal — que nada de lo que te cuente hará que cambies de opinión. Para ti no soy más que una profanadora de cadáveres.

—Daría cualquier cosa por no haberte encontrado aquí —aseguró Mario. No había dejado de sujetar sus manos como si temiese que pudiera disolverse ante sus ojos—. Pero no me explico cómo habéis podido tener tan pocos escrúpulos. Emilia era una niña…, no una cobaya.

—Nada de esto es culpa mía. No sabía lo que se traía entre manos.

Mario la observó con escepticismo, pero Silvana no apartó la mirada.

—¿En serio no sospechabas lo que Montalbano estaba planeando?

—No —contestó ella—, no hasta esta tarde. Me dijo que se hirió la pierna al resbalar en la escalera, pero sospecho que debió de ocurrir en este lugar. Seguramente, en una de las ocasiones en las que se presentó en la iglesia para cuidar de Emilia después de sacarla de la tumba.

Mario se acordó, con un nudo en el estómago, de cómo Andrea y los Scandellari se habían marchado del cementerio después de dejar a la pequeña con su madre muerta. Al parecer, apenas habían pasado tiempo juntas, pero a Montalbano no le había quitado el sueño algo así.

—Entonces… ¿tú no le ayudaste yendo con él a San Michele?

—Yo estaba contigo, Mario; fue la tarde en que te conduje hasta mi dormitorio. De todos modos, ¿te parece que podría vivir en paz conmigo misma si hubiese hecho algo así? —Silvana entornó los ojos en una mirada que le hizo enrojecer—. No me conoces en absoluto si me crees capaz de quitarle a una niña pequeña su derecho a descansar para siempre.

Él solo pudo esperar que su rostro no mostrase lo aliviado que se sentía.

—Sin embargo —insistió aun así—, ahora te encuentras aquí. Y, por lo que he visto —señaló los fragmentos de la jeringuilla—, estás echándole una mano con sus experimentos.

—Si no lo hiciera, te aseguro que la situación sería aún peor. Me imagino que estás al tanto de los cambios que se producen en un cadáver cuando ha empezado a…

—Ahórrame una explicación detallada —masculló Mario.

—Si me negara a hacer lo que me ha encargado, Emilia no tendría este aspecto tan saludable durante mucho tiempo. Y me temo que a mi padre no le importaría este detalle… al activar sus mecanismos. Lo tiene todo preparado para operarla en cuanto se recupere de la pierna.

Mario volvió a contemplar el pequeño cuerpo tendido en el suelo con los ojos cerrados y las manos abiertas sobre las lápidas. Desde los nichos de las paredes, las calaveras de los monjes parecían sonreír como si aquel espectáculo fuese lo más divertido que habían presenciado.

—Está haciéndole lo mismo que a ti…, convertirla en una de sus hijas.

—Te equivocas —dijo Silvana—. No quiere que sea «una de sus hijas» sin más. Quiere que sea la niña con la que siempre ha soñado, una que no muera nunca. Su niña eterna.

La conmoción de Mario resultó tan palpable que la muchacha sacudió la cabeza.

—Cuando te conté lo que yo era —continuó—, te dije que me habían diseñado como un prototipo. Lo cierto es que mi padre nunca ha dejado de verme así: una primera prueba para algo más ambicioso en lo que no ha dejado de trabajar durante años. Mi vanidad me había llevado a creer que yo sería la única, pero estaba en un error. Lo que quiere es esto…, no a mí.

Lo dijo en un tono tan resignado que Mario no supo qué contestar, aunque no acababa de entenderlo. Emilia sería una autómata. Silvana era una autómata. Las dos serían iguales.

—¿Qué quieres decir con eso? ¿Tú no eras una niña… eterna?

—Tenía seis años cuando Montalbano me rescató y no debía de medir más que esto. —Tras ponerse en pie, la muchacha colocó una mano a la altura de su cintura—. Ahora soy una adulta de veintitrés y mi cuerpo se corresponde con la edad que tendría si siguiera siendo humana. Mis engranajes, lo sé perfectamente, son un prodigio de la mecánica. Piensa en ello, Mario… ¡Diseñar un sistema capaz de hacer que mis miembros crezcan de tamaño como si aún estuviera viva!

Definitivamente, pensó Mario, la primera impresión que le había asaltado al entrar en La Grotta della Fenice era cierta: tenía que haber algo diabólico en Montalbano, una destreza que no tenía que ver con la ciencia, sino… ¿con qué? ¿Una magia auténtica que haría palidecer a la del Gran Amadio? ¿Unas artes oscuras que nadie más que él era capaz de controlar?

—Esto no ha sido más que un error —aseguró Silvana—. Toda yo soy un error. Cuando mi padre entendió que mi cuerpo exigía crecer, tuvo que volver a operarme. El movimiento continuo de mi corazón me permitiría seguir viva… siempre que mi cuerpo se adaptara a los cambios que experimentaría el de una niña. Un minúsculo detalle con el que no había contado en un principio.

—Entonces… ¿lo que Montalbano quería era una criatura que nunca cambiara? ¿Una hija de la que cuidar durante el resto de su vida como si los años no pasaran para ella?

—Una niña eterna —repitió Silvana— que nunca podría morir. No tienes ni idea de las cosas que me ha contado en estas últimas semanas. Supongo que me notaba tan alicaída que se arriesgó a abrirme su corazón confiando en que lo compadecería.

Mario tuvo que apartar la mirada porque no se sentía orgulloso de ser el único culpable de su tristeza. Por fin entendía a su hermano: los remordimientos resultaban devastadores.

—¿Qué dirías si te contara —Silvana bajó más la voz— que estuvo casado?

—Eso ya lo deduje yo mismo durante una conversación que tuvimos en su taller.

—Pero no te habrá revelado su conmovedora historia de amor… Bueno, «trágica» es una palabra más adecuada. —Silvana fue a sentarse sobre una lápida cercana al cuerpo de Emilia—. Ella se llamaba Constance y era la institutriz del hijo de un matrimonio para el que Montalbano había trabajado en París. Él es francés, por si no lo has adivinado —aclaró la muchacha ante su desconcierto—. Su auténtico apellido es Montblanc, pero no me ha dicho nada sobre esos años; solo que, después de mucho insistir, consiguió que Constance se casara con él, se vinieron a vivir a Italia y se instalaron en la isla de Capri para abrir allí su propia juguetería.

»Él era tan talentoso como ahora, así que no tuvo problemas para demostrarle que podría regalarle la vida con la que siempre había soñado. Me dijo que Constance había sido una criatura dulce, aunque caprichosa…, y que eso mismo fue lo que más le atrajo de ella. —Mario se acordó de cómo Montalbano había tratado de convencerle para dar una segunda oportunidad a Gina. Tal vez se había sentido identificado con su propio desamor—. Pero pronto se dio cuenta de que la melancolía hacía presa de ella. Constance extrañaba su anterior vida en París, sus paseos por las Tullerías, sus visitas a los museos de la ciudad. Empezó a mustiarse como una flor que nadie se molesta en regar. Montalbano hizo cuanto pudo por animarla hasta que se le ocurrió cómo conseguirlo. Constance solo sonreía cuando las niñas de Capri acudían a la juguetería para admirar las muñecas que peinaba durante horas con los dedos. Comprendió que lo que necesitaba era…

—Una hija que les perteneciera a los dos. —Mario se sentó sobre otra de las lápidas; por fin empezaba a entenderlo—. Y la tuvieron, ¿verdad? ¿Una niña a la que llamaron Silvana?

Ella levantó los ojos por encima del cuerpo de Emilia. Parecía sorprendida.

—Sí —contestó—, Silvana. Una niña rubia y preciosa a la que ambos querían con locura, pero que murió por unas fiebres cerebrales cuando acababa de cumplir seis años.

Mario no supo qué responder a esto. Habría compadecido a Montalbano de no haber sabido todo lo que ahora sabía acerca de él.

Tenía demasiado reciente el dolor de los Scandellari y de Andrea… ¿Qué clase de comprensión podría esperar alguien así?

—Eso no fue más que el comienzo —le advirtió Silvana, que había percibido la sombra que pasó por sus ojos—. Volvieron a intentarlo con los mismos resultados. Las hijas que tuvieron a partir de entonces también murieron muy pronto. Chiara, Vittoria y Rosina…

—Dios mío… No me extraña que Montalbano se desesperara tanto.

—Y al día siguiente de enterrar a Rosina, al regresar del cementerio —continuó Silvana—, encontró a Constance colgada de una de las vigas del taller. No pudo soportar la idea de que no volvería a abrazar a sus hijas nunca más, de modo que prefirió marcharse detrás de ellas.

Mario se quedó tan pasmado que ni siquiera se dio cuenta de que Silvana había vuelto a incorporarse. Subió los peldaños que conducían a la sacristía y regresó, unos segundos más tarde, con otra jeringuilla y un pequeño frasco de cristal esmerilado en el que introdujo la aguja.

Arrodillándose al lado de Emilia, giró con cuidado su cabeza para dejar al descubierto el lado derecho del cuello antes de atravesarlo con el instrumental. Mario apartó la mirada mientras presionaba poco a poco el émbolo para que el líquido fuera entrando en su cuerpo.

—Aunque no me lo ha dicho con estas palabras —prosiguió la muchacha—, estoy segura de que se siente culpable por lo que pasó. Montalbano cree que no estuvo a la altura de lo que Constance esperaba de él. Debería haber impedido que sus niñas murieran… y que su único amor le abandonara para seguirlas al mundo de las sombras. Por eso está haciendo lo que hace.

—Quiere recuperar a sus hijas. Ha conseguido crearte a ti… y a Emilia…

—Espera un poco más: esto no ha hecho más que empezar.

Silvana se reincorporó para acercarse al segundo bulto cubierto por una sábana que había en el suelo. En aquel momento, Mario se preguntó por qué había imaginado que Emilia sería la única niña trasladada a Santa Maria delle Anime, pero su corazón también amenazó con pararse como un mecanismo estropeado cuando la joven, esquivando su mirada, levantó la tela y dejó al descubierto el inconfundible rostro de querubín de Edelweiss Wittmann.

Capítulo XIII

La palidez de sus mejillas seguía siendo la misma que Mario había conocido. Su ensortijado cabello caía sobre sus hombros como caracoles de oro, aquellos rizos que su madre había acariciado durante horas retrasando el fatídico momento de llevarla a su panteón de San Michele. Los Wittmann, evidentemente, tampoco podían sospechar que este se hallara vacío.

Se acercó muy despacio a su cuerpo, surcado por las mismas líneas que Montalbano había trazado sobre el de Emilia para marcar la posición de los resortes del interior.

—Esto parece brujería —murmuró mientras se inclinaba a su lado.

El mechón que rozó con los dedos parecía tan sedoso como antes de su muerte. Mario le tocó después una mejilla y se quedó perplejo al comprobar que, aunque fría como un témpano, su piel respondía a la presión cediendo suavemente bajo las yemas de sus dedos.

—Es ciencia —repitió Silvana como lo había hecho aquella tarde tan lejana, después de que Mario la viera por primera vez—. Química, en este caso. Algo en lo que mi padre se encuentra sorprendentemente versado, a juzgar por lo que ha demostrado ser capaz de hacer.

Se arrodilló para introducir también la jeringuilla en el cuello de Edelweiss.

—Pero ¿cómo lo ha logrado? ¡Han pasado meses desde que las enterraron!

—Con esto. —Silvana esperó a que se vaciara la jeringuilla para levantar la minúscula punta ante la luz de las antorchas—. Acetato de alúmina. Una sustancia conservadora que se inyecta en la carótida para sustituir la sangre mientras el cadáver se mantiene fresco. No me preguntes con qué lo ha mezclado para que los cuerpos mantengan su movilidad después de ser embalsamados. No he dejado de darle vueltas desde que me enteré de que es lo mismo que me hizo a mí.

Cogió una de las muñecas de Edelweiss para levantarla poco a poco. Cuando la soltó, la mano de la niña cayó blandamente sobre su pecho. No parecía haber el menor *rigor mortis* en ella.

—Pensaría que es un genio —dijo Mario en voz baja— si no estuviera aprovechándose de tal modo del dolor de dos familias. Puedo entender por qué lo hace… o tratar de entenderlo, por lo menos…, pero ¿qué hay de ti, Silvana? Después de lo que me contaste sobre ti esa tarde, de lo mucho que te ha hecho sufrir, ¿por qué sigues empeñada en obedecer a ese hombre?

Ella apartó los ojos, más azules que nunca, para ocultar su resignación.

—Ya veo… No lo estás haciendo porque creas que es lo correcto —continuó Mario antes de que pudiera responder—, sino para conseguir algo a cambio. Tu propia muerte.

—Yo no he dicho eso —replicó Silvana.

—A mí no tienes que mentirme como haces con Montalbano. No me he olvidado de lo que me contaste acerca de tu deseo de morir. De hecho, no he podido dejar de pensar en ello.

El pesar con el que ella le devolvió por fin la mirada, una emoción que ninguna autómata sería capaz de fingir, le hizo preguntarse cómo podría tener miedo de haber perdido su alma.

—Cuando Gina regresó —contestó Silvana muy bajito— y me obligué a aceptar que nunca serías mío, pensé que no merecía la pena continuar. En el fondo, es bastante injusto: yo nunca había sido tan estúpida, no estoy hecha para sentirme vulnerable. Me crearon perfecta, letal, implacable…, un prodigio mecánico sin un solo fallo en su configuración.

Mientras decía esto, Silvana se acercó a uno de los nichos. Una calavera dio la impresión de carcajearse cuando deslizó un dedo, desprendiendo una telaraña polvorienta, sobre su maxilar.

—Durante años —prosiguió— me han mantenido apartada del mundo y sus habitantes. Mi padre te contó que hemos visitado Florencia, Roma, Nápoles, pero no te dijo que mientras él recorría sus calles, llenas de historia y de arte, yo tenía que quedarme en mi ventana viendo cómo la gente apuraba la vida que a mí se me había negado. No tenía acceso a ninguna de las emociones que parecen naturales para los que son como tú. —Se acercó a la mesa de operaciones para colocar la jeringuilla y el frasco sobre ella —. Tuvieron que ser los libros los que me hicieran entender que los corazones humanos pueden sentir muchas más cosas de lo que mi padre me había explicado. Con *Romeo y Julieta* aprendí lo que era el amor, con *Otelo* lo que eran los celos y con *Hamlet* lo justa que parece la venganza. Después descubrí *Frankenstein* y…

Cuando se volvió hacia él, Mario no se atrevió a interrumpirla. Casi se había olvidado de que Emilia y Edelweiss seguían con ellos, tendidas sobre los huesos de los monjes.

—Y te descubrí a ti —dijo Silvana en voz aún más baja—, y eso destrozó todo lo que mi padre había construido a mi alrededor y lo que yo misma había reforzado durante mis noches en vela. Me sacabas de quicio tanto como yo a ti, me hacías apretar los dientes de rabia...

—Es un alivio que a los dos se nos den igual de bien los cumplidos —comentó Mario.

—... hasta que me di cuenta de que aquello, la rabia, era el primer sentimiento auténtico que había albergado en mi vida, pero no era real. Porque escondía otro... aún más poderoso.

—En ese caso ¿por qué tienes tanta prisa por marcharte? —Él se levantó de la lápida para esquivar los cuerpos de las niñas en su dirección—. ¿No es un motivo de peso para seguir aquí?

—Ya te lo dije la última vez que hablamos: nuestros engranajes no han sido creados para encajar. No quiero continuar con una vida artificial en la que tenga al alcance de la mano lo único que he deseado —Silvana inclinó la cabeza para ocultarle la cara—, pero no pueda conseguirlo.

Entonces los dos se quedaron callados, envueltos en un silencio en el que solo se oía el crepitar de las velas, hasta que Mario dio otro paso hacia ella para alcanzar sus dedos.

—Márchate conmigo —susurró—. Vámonos de Venecia, los dos. Lejos de todo esto.

A Silvana se le abrió un poco la boca, pero enseguida se recuperó de la sorpresa.

—No está mal para ser una broma, pero no me parece el mejor momento para...

—Silvana, lo digo en serio. No tienes que seguir cargando con las locuras de tu padre y yo no tengo por qué continuar con una vida a la que me hicieron renunciar. —Los dedos de Mario ascendieron hacia su muñeca—. Sabes que aún estamos a tiempo de desaparecer para siempre.

—Espera —Silvana no parecía capaz de salir de su estupor—, tienes que estar tomándome el pelo. ¿Pretendes que crea que renunciarías a todo…, tu ciudad, tu trabajo, tu familia…, por mí?

—La verdad es que Andrea me saca de quicio, pero tú sigues ganándole —contestó él—, así que tampoco es una elección muy difícil. Sé que contigo no tendré ni un minuto de aburrimiento.

Pero Silvana no se dejó engañar por la frivolidad con la que lo dijo. Abrió la boca, volvió a cerrarla, la abrió otra vez como para preguntar algo y acabó sacudiendo la cabeza.

—Es… imposible, Mario. No te haces una idea de la cantidad de cosas que podrían salir mal dentro de ese plan tuyo. Conozco a Montalbano y sé que nunca nos dejaría marcharnos…

—No tiene por qué enterarse. Él tiene sus secretos. Tú también puedes tener los tuyos.

—Nos seguiría a dondequiera que fuésemos —insistió Silvana—. Nos seguiría al último rincón del planeta. No pararía hasta haberme recuperado… y quién sabe lo que te haría a ti.

—Me encantaría descubrirlo —le aseguró Mario—. Estás muy equivocada si crees que a estas alturas, después de todo lo que ha pasado —extendió la mano con la que no la sujetaba para señalar el interior de la cripta—, podría ser el miedo lo que me hiciese cambiar de opinión.

Silvana seguía mirándole con una curiosa mezcla de escepticismo y perplejidad. La idea de alejarse de Montalbano, después de diecisiete años de sumisión, parecía superarla.

—No tenemos más que tu barca para marcharnos de aquí. Nos descubriría enseguida…

—Podríamos coger un *vaporetto* en San Marcos que nos llevase a tierra firme y subirnos allí a cualquiera de los trenes que atraviesan los Alpes. En unas horas, estaríamos a salvo en Viena y estoy seguro de que una vez que hubiésemos cruzado la frontera…

Silvana le dio la espalda con los brazos contra el pecho, como si quisiera protegerse de unos pensamientos cada vez más tentadores, pero Mario la retuvo sujetándola del codo.

—Escúchame —susurró—. Sé que lo que te mantiene atada a tu padre no es la lealtad, sino tus engranajes. —Ella parecía demasiado confusa para contestar y Mario respiró hondo antes de decir—: Deja que sea yo quien se encargue de eso. No hay razón para que no pueda entender su funcionamiento si te tengo a mi lado. Si te marchas conmigo, prometo detener tus mecanismos cuando me lo pidas: dentro de diez años, veinte, treinta…, los que quieras que pasemos juntos. —Se detuvo para observar el efecto causado por sus palabras—. Lo siento, no estoy siendo nada romántico; ya sabes lo mal que se me dan… estas cosas. Pero prométeme que pensarás en ello.

La chispa de esperanza que creyó percibir en sus ojos, dos estanques azules inundados de interrogantes, le hizo saber que era verdad: Silvana tenía un alma y él acababa de tocarla.

—Todo eso suena muy bien, pero te recuerdo que tienes un hermano. Y una esposa.

—Mi hermano volará por su cuenta antes de lo que crees —le aseguró Mario mientras se acordaba de lo que había descubierto sobre Simonetta—, y en cuanto a Gina, no tiene derecho a reclamarme nada. Lo que hubo entre nosotros se acabó cuando decidió marcharse con el Gran Amadio. Nuestro matrimonio dejó de existir hace años; ya no significa nada para mí.

El ruido que dejó escapar Silvana, parecido a los que hacía *Shylock* cuando la pequeña Marina lo tomaba en sus brazos, le hizo adivinar que sus lazos maritales no se contaban entre las razones de su reticencia. No era la clase de mujer a la que le preocupara la opinión de los demás si sabían que viajaba con un hombre que no era su marido. Se llevó las manos a las sienes.

—Tendría que estar loca para seguirte en esto. Completamente loca… —Mario se acercó aún más, pero ella siguió hablando antes de que dijera una palabra—: Pero se supone que me he criado al lado de un loco. Sería muy decepcionante que lo único que heredase de mi padre fuera su destreza con los mecanismos de relojería. Lo que dices es cierto: todavía estamos a tiempo, y además… —Silvana paseó los ojos a su alrededor— empiezo a estar cansada de toda esta muerte.

Había pasado la medianoche cuando salieron de Santa Maria delle Anime. Silvana se aseguró de apagar las antorchas y las velas, dejar las cosas de la sacristía en orden y recoger su antifaz y su capa antes de cerrar la puerta de la iglesia con una llave que Montalbano le había prestado. Mario decidió postergar las preguntas relacionadas con ese laboratorio instalado en la cripta de un templo ruinoso. Mientras subían al *Bucintoro*, pasaron revista a los siguientes pasos que deberían dar, pero ninguno mencionó —no todavía, al menos— a Emilia y Edelweiss.

Una parte de Mario sentía que callarse lo que había descubierto sería casi tan cruel como ayudar a Montalbano a devolverles la vida, pero no podía dejar que sus planes de fuga con Silvana se fueran a pique por intervenir de una manera activa. De todos modos, no parecía probable que quisiera resucitarlas en cuestión de días, así que habría tiempo de sobra para contarle al mundo lo que estaba haciendo con las pequeñas cuando se encontrasen lejos de Venecia.

—Scandellari no puede enterarse —dijo Mario mientras pasaban bajo la reseca enredadera que ocultaba el acceso a la plaza—. Es mejor que piense que Emilia sigue en su tumba y que otra persona nos ayude a devolverla a San Michele antes de que Montalbano la despierte.

Silvana le quitó unas telarañas pegajosas que se le habían enredado en el pelo.

—¿Crees que Andrea tendrá las agallas necesarias para presentarse aquí?

—Cuando sepa lo que ha sucedido, lo hará —contestó Mario—. Me aseguraré de hablar con él antes de marcharnos de Venecia. Se quedará helado al descubrir todo esto, pero…

—¿Y qué pensara de mí entonces? ¿Que solo soy un juguete de cuerda?

Las aguas de Cannaregio estaban tan tranquilas como un cristal verde oscuro y el *Bucintoro* se deslizaba por los canales de un modo que hizo acordarse a Mario de la aguja hundiéndose en el cuello de Emilia. Para cuando llegaron a los límites de la judería, la siniestra quietud dio paso a la algarabía de un Carnaval del que los dos jóvenes casi se habían olvidado y que, cuando las orillas volvieron a abarrotarse de gente corriendo y bailando, hizo sacar a Silvana su antifaz con los colores del ave fénix para asegurarse de que nadie la reconocía a su lado.

El río del Gaffaro, por suerte, estaba mucho menos transitado: solo quedaban tres o cuatro barcas meciéndose en el agua y unas máscaras desperdigadas que se apresuraban hacia San Marcos para no perderse el momento culminante de la noche. Las farolas se rompían en destellos de luz sobre el canal como unas estrellas borrachas que se hubieran desmayado desde el cielo.

—Resulta extraño pensar que nunca regresaré a esta ciudad —dijo Silvana después de pasar bajo la arcada del puente Marcello. Mario dejó de sujetar los remos para prestarle atención—. No se trata de que vaya a echarla de menos. Solo he sido feliz aquí cuando tú y yo nos enzarzábamos en nuestros combates dialécticos, pero me pregunto si la vida que nos espera nos dará la opción de empezar de cero. Sin tener que estar en constante alerta, sin tener que escondernos…

—Será una nueva vida —le aseguró Mario— y eso siempre es un buen comienzo. Mientras nos tengamos el uno al otro, estaremos en casa. Sabremos que ese es nuestro hogar.

Acababa de decirlo cuando un repentino silbido, procedente de no se supo dónde, se elevó sobre ellos sonando cada vez más alto, cada vez más fuerte, hasta que en el cielo apareció un punto de luz amarillo que se abrió con un estruendo. Una cascada de chispas doradas se derramó sobre los miles de caras vueltas hacia arriba que se habían congregado ante San Marcos.

—Son los fuegos artificiales de cada año. —Mario sonrió ante la sorpresa de Silvana—. ¿No los habías visto en ninguna de las ciudades en las que has vivido antes?

Mientras ella negaba con la cabeza, un nuevo hilo de luz ascendió entre las nubes que el estallido de la pólvora había dejado en el cielo. Esta vez las chispas fueron verdes y, a los pocos segundos, azules, desplegándose en un ramillete que permaneció suspendido en las alturas por unos instantes antes de desvanecerse. Tal vez esa nueva vida sería así, pensó Mario observándola de nuevo; tal vez había llegado el momento de renunciar a la lógica para disfrutar de la belleza.

—Es increíble que algo tan prosaico pueda producir unos efectos tan hermosos —dijo la joven a media voz—. Me refiero a la pólvora

—añadió al darse cuenta de que Mario la miraba sin pestañear en la claridad caleidoscópica del cielo—. Un compuesto aparentemente tan sucio que, sin embargo, es capaz de resplandecer más que la plata y las piedras preciosas…

Asintiendo en silencio, Mario descendió de su asiento para arrodillarse ante Silvana. Ella se aferró de manera instintiva a los bordes de la barca cuando el *Bucintoro* se tambaleó.

—¿Sabías que los fuegos artificiales tienen la misma composición que las bengalas?

—Es la primera vez que lo oigo. —Mario alzó las manos para apartar la capucha de Silvana. Su melena resbaló por sus hombros como la miel—. Nunca te acostarás sin saber una cosa más.

—Nada más que metales que se ponen incandescentes antes de… arder —prosiguió ella con los ojos cada vez más abiertos. Mario se le había acercado tanto que debía de estar viéndose reflejada en sus pupilas—. He leído que se trata de… polvo de aluminio y manganeso…

Vaciló cuando Mario le quitó suavemente el antifaz para depositarlo sobre el banco.

—Un poco de acero —continuó Silvana—, de hierro…

—¿Y los colores? ¿De dónde salen tantas tonalidades?

—De añadir sustancias químicas a la pólvora de los cartuchos. Sodio para conseguir chispas amarillas, cloruro de calcio para las anaranjadas, cobre para las azules…

A Mario no le costó oír el ruido que hacían los engranajes girando a toda velocidad dentro de su pecho. Rozó su mejilla con la punta de la nariz y observó cómo los párpados de Silvana temblaban sobre sus ojos. Sus pestañas le acariciaron las mejillas cuando se acercó unos milímetros más hasta sentir, por primera vez, el contacto de unos labios semejantes a dos pedazos de hielo adheridos sobre su rostro como nieve sobre una escultura.

Hubo una nueva traca sobre sus cabezas y un puñado de fuegos artificiales se abrió como rosas incandescentes en el cielo. Silvana se apartó un poco de Mario, sus manos aferradas a los pliegues de su camisa, sus ojos tan abiertos que parecían contener toda la laguna de Venecia.

—Ahora…, ahora lo entiendo —consiguió murmurar—. Ahora entiendo que esto pueda mover al mundo…, que esto pueda compensarlo todo…, hasta diecisiete años de muerte.

Antes de que él pudiera responder —o pensar siquiera en cómo hacerlo—, fue Silvana la que volvió a atraerlo hacia sí. Sus delgados brazos le rodearon el cuello, sus manos se enredaron en los rizos del joven y en ese momento, mientras se absorbían el uno al otro como dos eriales sedientos de lluvia, Mario se llevó la mayor sorpresa de la noche: había una curvatura inconfundible en la boca apretada contra la suya. Por primera vez desde que la conocía, Silvana estaba sonriendo y su cuerpo entero parecía hacerlo con ella, como si aquellos besos estuviesen desencadenando una pirotecnia semejante a la del cielo en sus engranajes por haber sido creados con metales destinados a volverse incandescentes antes de arder.

Capítulo XIV

Fue el fin de semana más largo que Mario recordaba. Todo el mundo en Venecia seguía pendiente del Carnaval, pero él apenas conseguía tener un solo minuto libre debido a los preparativos para la huida de los que se ocupaba en cuanto el trabajo le daba un respiro. Después de reunir el dinero necesario para sobrevivir durante unos meses y las herramientas que sabía que le harían falta, se encargó de comprar los billetes de tren para Viena y fue a la plaza de San Marcos para reservar dos asientos en el primer *vaporetto* del siguiente lunes. Una vez hecho esto, solo le quedaba hablar con Andrea y preparar su maleta, algo que había pospuesto hasta el domingo porque la mayor parte de su ropa seguía guardada en el armario de la habitación que ahora ocupaba Gina.

Mario aprovechó que había bajado a la tienda para saquear silenciosamente el mueble. Cogió ropa blanca, un par de pantalones, calzado de invierno para cuando dejasen atrás las montañas y una bolsa de cuero que había sido de su padre y que seguía abandonada bajo los vestidos de Gina y Marina. Después de guardarlo todo dentro de la bolsa, se disponía a deslizarse fuera de la habitación cuando reparó en un bulto envuelto en terciopelo que había dentro del armario.

«¿Esto es mío?», se preguntó mientras se agachaba para inspeccionarlo. No le sonaba de nada, pero seguramente sería algún trasto defectuoso procedente del taller. Lo desenvolvió poco a poco, atento a cualquier ruido procedente del pasillo…, y, al ver lo que era, se quedó de piedra.

Un adorno metálico resbaló entre sus dedos, una diadema formada por delicadas cadenetas de plata. Era la joya que había fabricado con sus propias manos para que Gina desfilase con ella durante el Carnaval. Su esposa se la había llevado al fugarse con el Gran Amadio, pero por alguna razón había decidido guardarla como lo único de valor que quedaba entre sus pertenencias.

Mario guardó silencio durante un rato sin dejar de sostener la diadema. Al palparla con cuidado, las cadenetas resbalaron por su piel como seda congelada, el mismo contacto que había creído sentir en sueños durante los meses que siguieron a la desaparición de Gina cada vez que recordaba la madrugada en que se había dormido sobre su pecho con la diadema puesta.

«Siento tener que hacerte esto —pensó mientras la acercaba a su rostro para apretarla unos segundos contra sus labios—, pero no podrás culparme. He tenido la mejor de las maestras». Estaba reflexionando sobre lo irónico de la situación cuando le pareció oír el ruido de unos pasos y se apresuró a devolver la diadema al armario, pero solo se trataba de Andrea.

—Ah —dijo al encontrar a Mario allí—, no sabía que estuvieras en casa. Venía buscando a Gina para decirle que Simonetta y su padre nos han invitado a cenar esta noche en su…

—Haz el favor de entrar —le ordenó Mario en voz baja— y cierra la puerta.

Andrea lo hizo sin poder disimular su asombro. Sus ojos pasaron en medio segundo de la puerta del armario, que su hermano cerró en silencio, a la bolsa que había sobre la cama.

—¿Vas a guardar todas tus cosas en el comedor? Esas alacenas huelen a naftalina…

—No es eso, Andrea. Tengo que hablar contigo. —Había una seriedad en la voz de Mario que lo silenció de inmediato—. Debo decirte algo importante mientras aún estoy a tiempo.

En pocas palabras, lo puso al corriente de lo que pensaba hacer, pero su hermano no tuvo la reacción que Mario había imaginado. No le rompió la espalda a base de palmadas con las que pretendía felicitarle por seguir sus instintos masculinos hasta tan lejos. Por el contrario, se quedó mirándolo tan paralizado como si acabaran de nombrarle canciller del Imperio Alemán.

—Tienes que estar de broma. ¿La Montalbano pretende…?

—Me parece que ya es hora de que la llames por su nombre de pila —contestó Mario—. A fin de cuentas, nos hiciste de mensajero en una ocasión, así que te lo has ganado.

Andrea abrió la boca, aunque no pudo decir nada durante unos segundos.

—¿Te vas a escapar con ella? ¿Vais a viajar los dos solos…, en el sentido de… solos?

—¿Desde cuándo te escandalizas por algo así? —preguntó Mario sin conseguir disimular una sonrisa—. ¿Ahora eres tú quien va a echarme un sermón debido a mi desvergüenza?

—No estoy escandalizándome, es solo que… no imaginaba que hubieses llegado tan lejos con esa muchacha. Siempre pensé que lo vuestro era más platónico que otra cosa.

—Eso no importa ahora. Lo que sí lo hace, y mucho —Mario cerró la puerta del dormitorio para asegurarse de que nadie les escuchaba—, es que prometas echarme una mano con algo.

Andrea pareció dudar un momento, pero acabó asintiendo. A Mario le resultó enternecedora su buena disposición considerando lo que se disponía a contarle sobre Emilia y Edelweiss.

—Si es algo relacionado con la juguetería, no creo que haga falta que...

—No —le interrumpió Mario—, no es Ca'Corsini lo que me preocupa. Aunque, ahora que lo dices, me alegro de que hayas mencionado ese tema. Tienes en el primer cajón de la mesa del taller los libros de cuentas con las ganancias completas de los últimos meses. Aparecen registradas cada una de las ventas de las últimas Navidades, las importaciones de muñecas alemanas del año pasado y las direcciones de las demás casas extranjeras con las que hemos trabajado.

A juzgar por lo boquiabierto que se quedó su hermano, no esperaba que Mario dejase en sus manos el negocio familiar. Debía de haber imaginado que regresaría con Silvana en cuanto Montalbano dejase de representar una amenaza para sus planes de futuro.

—Espera, espera un momento... Me parece que no te das cuenta de lo que dices. Yo no puedo hacerme cargo de Ca'Corsini para siempre. ¡No sabría ni por dónde empezar!

—Pues más vale que espabiles. Nuestro padre no se dejó la piel en el taller para nada.

—Pero siempre me has dicho que era un vago —protestó Andrea, poniéndose rojo— y tenías razón: no he hecho nada de provecho por nuestro negocio. Me he pasado los últimos años persiguiendo a una chica tras otra mientras tú te deslomabas para sacarnos adelante.

—Al menos supiste disfrutar de la vida, por atolondrado que fueras, mientras yo la veía pasar ante mis ojos. —Mario negó con la cabeza—. He estado ciego durante todos estos años, Andrea: Silvana me ha hecho entenderlo. Por eso quiero creer que aún no es demasiado tarde para empezar de cero con la mujer a la que he estado esperando toda la vida.

Por un momento temió que su hermano se echase a reír, pero no sucedió nada parecido. El muchacho, por el contrario, acabó sonriendo poco a poco mientras asentía.

—Y yo pensando que solo era un capricho… ¿De verdad la quieres tanto?

—Más que a nada en este mundo —aseguró Mario—. Como tú a Simonetta.

Le sorprendió que, al escuchar aquello, Andrea dejara de sonreír.

—¿Te has enterado de lo que ha ocurrido entre nosotros?

—¿Lo de que pronto habrá una criatura berreando todo el tiempo en casa? ¿Por qué crees que quiero marcharme antes de que esto se nos llene de pañales sucios?

Su hermano volvió a sonreír, aunque en esta ocasión apenas pasó de una contracción de sus comisuras. Algo parecía preocuparle aún más que el embarazo de Simonetta.

—Anoche le pedí que se reuniera conmigo en el patio —acabó confesando.

—Yo cité a Silvana en un callejón de mala muerte. Creo que me llevo la palma.

—Le pedí que se casara conmigo —siguió diciendo Andrea como si no le hubiera oído.

Ahora la sonrisa también abandonó los labios de Mario. Aquello sí que era una sorpresa.

—¿Casado, tú? ¿Lo dices en serio? —Y cuando el muchacho se encogió de hombros, un tanto abochornado, dejó escapar un silbido—. No me lo puedo creer… ¡Enhorabuena!

—No vayas tan deprisa —le advirtió Andrea—. No me ha aceptado.

Se dejó caer sobre el borde de la cama después de apartar a un lado la bolsa de la ropa. Solo entonces reconoció Mario en su rostro las huellas dejadas por la preocupación.

—No puedes hablar en serio. Sé que Simonetta te quiere. Siempre te ha querido.

—Yo también lo sé, pero parece que no es suficiente. —Andrea se miró las manos durante unos segundos—. Me ha dicho que la muerte de su hermana lo ha cambiado todo. Sin Emilia no entiende para qué está viviendo. Es como si lo que crece en su interior no significara nada para ella… Pero para mí… —El muchacho tragó saliva—: Para mí lo es todo ahora mismo.

La huida de su hermano con Silvana parecía haber quedado relegada a un segundo plano en su mente y Mario no se sentía capaz de recordárselo.

—Dice que se siente destrozada por dentro. Rota, esa fue la palabra que usó. —Andrea sacudió la cabeza—. Y que me aprecia demasiado para imponerme su compañía.

—Bueno, lo que nos faltaba: tenemos toda una mártir en Santa Croce.

Mario se acercó a él, pero Andrea no apartó la vista de sus dedos.

—¿No crees que esto puede estar relacionado con su embarazo más que con la muerte de Emilia? —aventuró—. Hay muchas mujeres que no se sienten orgullosas de cazar a un marido solo por estar esperando un hijo suyo. A lo mejor Simonetta hubiera preferido que le declararas tu amor sin sentir que estabas haciendo un sacrificio para preservar su buen nombre.

—Pero es que no es un sacrificio. —Andrea abrió mucho los ojos—. No quiero casarme con ella para que no la acusen de ser una cualquiera: quiero casarme con ella porque la amo…

De nuevo se quedó callado, pero no por no saber qué más decir. Otro par de pies se acercaba por el pasillo, más presurosos que los de Andrea y también más intranquilos.

Perdón, ¿interrumpo algo? —La puerta se abrió unos centímetros dejándoles entrever el rostro de Gina. Pareció extrañada de encontrarlos allí—. Puedo regresar más tarde si…

—No es necesario —repuso Mario mientras doblaba con disimulo una esquina de la colcha para ocultar de su vista la bolsa de viaje—. Sabes de sobra que este es ahora tu cuarto.

Andrea se esforzó por esgrimir la sonrisa a la que su cuñada estaba acostumbrada.

—Nos iremos enseguida. —Se levantó cansinamente de la cama, la cual protestó con unos cuantos chirridos—. Solo estábamos… charlando un poco acerca de la juguetería.

—No es necesario que os vayáis —respondió ella echando un vistazo a su alrededor—, es solo que llevo un buen rato sin ver a Marina y estoy empezando a preocuparme.

—¿No estaba en la tienda jugando con una de las nuevas muñecas?

—No. —Gina se recolocó detrás de la oreja un mechón de pelo negro—. He mirado por todas partes, pero no hay ni rastro de ella. Por eso se me ocurrió que podría estar con vosotros.

Era algo habitual en casa de los Corsini que la niña desapareciera cuando menos se lo esperaban y apareciera horas más tarde como si no hubiese sucedido nada. «Debe de ser uno de los trucos aprendidos del ilusionista», pensó Mario con cierto resquemor.

—Voy a ver si está en el comedor —continuó diciendo Gina mientras abandonaba el dormitorio delante de Andrea—. Aunque lo dudo mucho, porque la habría visto subir desde la juguetería y llevo toda la tarde remendando camisas en la escalera del patio.

Pero el comedor también estaba vacío, la puerta del balcón cerrada a cal y canto y todas las cosas en orden. Sobre la mesa había algo reluciente y Andrea se acercó para tomar en la mano uno de los animalitos que Scandellari le había regalado a Marina, un pequeño ciervo de cristal de Murano al que se le había hecho añicos una pata. Gina resopló con cansancio.

—Le tengo dicho que no son para jugar, pero nunca me hace caso…

—¿Sabes qué? Me da la sensación de que debe de haber bajado sin que la vieras a casa de Scandellari para ver si podía darle más ciervos —respondió Andrea. Dejó el animal en el mismo sitio en que lo había encontrado—. Vamos a ver si está en la cristalería.

Scandellari se hallaba atareado con la fabricación de unas cuentas de colores que Simonetta iba colocando sobre una bandeja a medida que se enfriaban. Era la primera vez que Mario la veía desde que Gina le había hecho partícipe de sus sospechas y tuvo que darle la razón: su ropa era mucho más holgada, pero no conseguía disimular unas curvas de las que había carecido durante el otoño. Cuando vio entrar a Andrea, se dio la vuelta para dejar la bandeja en una estantería.

—¿Marina? Sí, ha estado aquí hace un rato —les dijo Scandellari mientras daba vueltas a un pegote gelatinoso de vidrio—. Quería saber si me sobraba algún ciervo porque se le había caído uno de los que le regalé. Parecía tan triste que se acabó llevando media docena de unicornios.

—Deberías ser menos generoso con ella —le aconsejó Andrea—. Cualquier día Marina os conducirá a la ruina. Últimamente se queda con la mitad de lo que sale de vuestro horno.

Simonetta seguía sin apartar la mirada de las cuentas en las que su padre había introducido unos pellizcos de pan de oro que las hacían centellear como mosaicos bizantinos.

—Es una chiquilla encantadora —les aseguró Scandellari—. Casi me comió a besos cuando le hice un paquete con los unicornios para que no se le rompieran de camino a casa. Simonetta y yo le advertimos que no volviera a bajar sola a la calle, porque en los tiempos que corren…

—Habrá visto algo fuera que le llamó la atención —dijo Andrea—. Vamos a dar una vuelta por la fondamenta; apuesto a que la encontraremos pegada a un escaparate.

Estaba empezando a anochecer cuando salieron de la juguetería. Las nubes se habían teñido de escarlata sobre los tejados de la fondamenta Gaffaro haciendo pensar en unas hilachas de algodón ensangrentado que recorrían el cielo. Los cristales de la habitación de Silvana, observó Mario al volverse hacia ellos, relucían tanto que no acertaba a distinguir si estaba en su cuarto.

«Pronto nos encontraremos lejos de aquí —se dijo mientras le inundaba el pecho una oleada de emoción—. Mañana, a estas horas, habremos cruzado los Alpes… y estaremos solos».

—Creo que deberíamos organizarnos —oyó decir a Andrea. Mario se esforzó por alejar de sí unos pensamientos cada vez más comprometedores—. Gina, tú puedes regresar a la tienda; a lo mejor se ha escondido en el taller aprovechando que no estábamos allí. Yo iré hasta el mercado por si se le ha ocurrido rondar alrededor de ese puesto de dulces que le gusta tanto, y Mario…

—Daré una vuelta hasta el otro extremo de la calle —contestó este de mal humor—, pero después no querré saber nada más de críos. No esperes siquiera que me encariñe con el tuyo.

Durante el siguiente cuarto de hora estuvo recorriendo la fondamenta Minotto, atisbando por cada una de las puertas abiertas a los patios de vecinos y preguntando en las sucesivas tiendas si habían visto a Marina, pero nadie supo darle una respuesta convincente. Pietragnoli, el encajero, juraría haberla visto corretear al otro lado del escaparate, «pero todas las niñas se parecen y puede haber sido cualquier otra». Tampoco sus hijas resultaron de mucha ayuda: Mario se encontró con Antonella y Giulietta cerca del puente Marcello y no consiguió sacar nada en claro. Antonella ni siquiera conocía a Marina, pero parecía muy interesada en saber si Andrea seguía tonteando con la hija del cristalero. A Mario empezaba a superarle la sensación de que el mundo confabulaba contra sus planes de fuga. ¿Por qué no podía regresar a casa para acabar de prepararlo todo?

El cielo estaba cada vez más oscuro y seguía sin haber rastro de la niña. Una góndola dobló la esquina por la que habían aparecido Silvana y él cuando regresaron de Santa Maria delle Anime y Mario, sacudiendo la cabeza para dejar de pensar en ella, decidió inspeccionar esa calle antes de volver a casa para decirle a Gina que cuidara mejor de su descendencia. «Si el Gran Amadio me viese recorrer media Venecia para localizar a su hija, se moriría de la risa».

Esta idea no le hizo sentirse muy contento, pero siguió adelante. Allí el mal aspecto de las casas avisaba de lo que uno se encontraría varias manzanas más allá, donde comenzaba el distrito de Cannaregio. Las fachadas habían sido repintadas tantas veces que costaba adivinar cuál había sido su color y el revestimiento de las chimeneas con forma de campana se caía a pedazos. Mario se detuvo ante una tienda de comestibles que se disponía a echar el cerrojo al ver a dos niñas detrás del mostrador, pero eran las sobrinas del dueño. Reprimiendo un suspiro de hartazgo, se giró hacia el canal en el que flotaban unos papeles grasientos con los que se envolvían los *supplì*, unas croquetas cocinadas con el arroz sobrante de las comidas. Era una suerte que el río del Gaffaro, pese a hallarse tan cerca, estuviera más transitado por las góndolas: al menos los vecinos se sentían algo más cohibidos a la hora de arrojar su basura por las ventanas.

Estaba a punto de desandar sus pasos cuando se detuvo. Tal vez fueran imaginaciones suyas, pero le parecía haber visto algo moviéndose bajo la superficie del agua, quizás otro de los envoltorios de la tienda de comestibles, un mendrugo de pan, un trozo de cartón o cualquier cosa por el estilo. Mario entornó más los ojos y, al hacerlo, pensó que se le pararía el corazón.

Lo que acababa de distinguir en medio del canal no era ningún desperdicio. La luz apenas permitía reconocer sus contornos, pero habría jurado que algo, demasiado parecido a un rostro humano muy pequeño, asomaba cada pocos segundos entre los papeles arrugados.

Capítulo XV

—No… —susurró de pie en la orilla—. ¡No! ¡Marina…!

No había ningún vecino en la callejuela, comprobó tras echar un vistazo desesperado a su alrededor, ni ninguna cara en las ventanas. Todos los postigos estaban cerrados y Mario sabía que, si se ponía a dar gritos, solo los oirían el dueño de la tienda y sus sobrinas. «Maldita sea», masculló mientras se desabrochaba rápidamente la chaqueta, la dejaba caer sobre los adoquines y se arrojaba a las lóbregas aguas, que lo recibieron con puñaladas de puro frío.

Intentó abrirse camino como pudo hacia el centro del canal, aunque las algas se le enredaban alrededor de los tobillos como si quisieran retrasar su avance. La selva acuática que se adueñaba de las profundidades de Venecia parecía deseosa de impedir que Mario llegase a su meta. Tuvo que luchar contra ella con brazos y piernas y entonces, al avanzar un poco más, comprendió que no se había equivocado: había un cuerpo flotando a la deriva bajo el agua.

Para entonces, el ruido que había hecho al saltar al canal había atraído la atención de las dos niñas, quienes se pusieron a llamar a voces a su tío. Este se apresuró a salir de la tienda y, al darse cuenta de lo que pasaba, empezó a llamar a las demás puertas hasta que la calle que hasta entonces se había mostrado silenciosa se convirtió en un hervidero de voces. Un par de adolescentes se metieron casi de cabeza en el canal, pero Mario acababa de llegar ya al punto que perseguía.

Marina había vuelto a desaparecer y tuvo que agarrarse a uno de los postes de madera a los que solían atarse las embarcaciones para escudriñar el agua. Cuando por fin consiguió distinguir su silueta, a apenas un metro de él, se sumergió con todo el aire que pudo retener en los pulmones y, tras unos instantes de búsqueda desesperada, sus dedos se cerraron sobre algo blando y ondeante que Mario reconoció como el vestido de la niña.

Trató de tirar de ella hacia la superficie, pero sus pies resbalaron sobre el lecho de algas que tapizaba el fondo del canal. Lo intentó de nuevo, afianzando la otra mano sobre el poste, y esta vez sí lo consiguió. Su cabeza rompió la superficie del agua a la vez que la de Marina, cuyo cuerpo no parecía pesar ni un gramo en sus brazos, y sintió cómo el aliento regresaba a su pecho.

Hubo un griterío aún mayor en la orilla cuando la gente la vio aparecer. Los dos chicos que habían saltado al agua le ayudaron a transportarla hasta el embarcadero más cercano, pero Mario ni siquiera fue consciente de ello: no podía dejar de mirar los ojos de la pequeña, completamente abiertos, y lo pálida que se le había quedado la piel. Tenía un aspecto demasiado parecido al de una pareja de ahogados a los que, cuando no eran más que unos chiquillos, Andrea y él habían visto sacar de la laguna con los globos oculares inyectados en sangre y la lengua amoratada.

Alguien se puso a vociferar cuando se disponían a salir del agua y Gina, apartando a los vecinos que le tendían las manos a Mario, se abrió camino a través de la muchedumbre.

—¡Marina! —gritaba con toda la fuerza de sus pulmones. Se quedó quieta unos instantes, incapaz de creer lo que estaba viendo, mientras Andrea, que la había seguido por la fondamenta Minotto hasta allí, aprovechaba para agarrarla de la cintura antes de que pudiera arrojarse también al agua—. ¡Mi Marina! —volvió a chillar Gina—. ¡Es mi niña, Andrea! ¡Es mi hija!

Las demás mujeres se habían quedado calladas y unas cuantas atraían a sus criaturas hacia sí mientras los muchachos dejaban a Marina en medio de la orilla. Sus pupilas se quedaron clavadas en las rizadas nubes del cielo, aunque habían perdido todo su brillo. Apretaba algo en una mano y Mario, que aún jadeaba al agacharse a su lado, se dio cuenta de que debía de ser el paquete con los animalitos de cristal que Scandellari le había dado poco antes.

Gina se dejó caer de rodillas junto a Marina; le corrían por la cara unas lágrimas que Mario nunca le había visto derramar. «¡No! —sollozó de nuevo, colocando las manos sobre el pecho inmóvil de la niña—. ¡No puede ser verdad! ¡Dios, no puede ser verdad! ¡Mi Marina…!».

Andrea había pasado a la acción. Le pidió a Mario que sujetase a Gina para poner una mano sobre la frente de Marina mientras le introducía en la boca el aire de sus pulmones. Volvió a hacer lo mismo una vez, dos veces, tres veces, pero con idénticos resultados: no recobró el aliento ni escupió una gota de agua. Llevaba demasiado tiempo muerta.

Gina se desgarró en un alarido, hundiendo la cabeza en el hombro de Mario, mientras los Scandellari aparecían detrás de los vecinos. El cristalero se acercó al grupo con expresión de horror, pero Simonetta se quedó como clavada en el suelo. Solo pareció reaccionar cuando Andrea se puso en pie y la muchacha, muda de estupor, le alargó las manos.

—Su… supongo que será mejor llevarla a casa —murmuró Scandellari tras unos minutos en los que nadie pareció saber qué hacer—. Habría que llamar enseguida a un médico…

—No servirá de nada —respondió Andrea en el mismo tono; Simonetta dejó escapar un gemido—. ¿Has visto el color de su piel? ¿Cuánto tiempo habrá pasado ahí abajo?

—Pero ¿cómo pudo ahogarse sin que nadie lo viera? ¿Y qué estaba haciendo aquí?

Una madre tiró de sus hijos para alejarse de la orilla. «Ya habéis oído lo que pasará si no me obedecéis —les increpó—; ¡a casa, vamos!». La muchedumbre empezó a disgregarse alrededor de los Corsini, pero algunos vecinos, los que vivían más cerca, se acercaron para darles el pésame. Gina no era capaz de reaccionar: se había puesto tan pálida como su hija y Mario no sabía qué hacer con ella porque, sencillamente, no tenía ni idea de qué haría cualquier otra persona en su situación. Le había asaltado además un presentimiento que, mientras acompañaba a su esposa y a los Scandellari a casa, con Andrea encabezando la marcha llevando en brazos a Marina, no dejó de hacerse más real hasta que no le quedó ninguna duda acerca de lo ocurrido.

La explicación que les dio el médico solo sirvió para confirmar sus sospechas. Habían hecho acudir al mismo que diagnosticó la muerte de Emilia, el cual pidió hablar a solas con Mario y Andrea tras sacudir la cabeza con tristeza junto al cuerpo de la niña.

—¿Dicen que la encontraron en un canal? ¿Cuánto tiempo había pasado desaparecida?

—Una hora —murmuró Andrea—. No, menos, unos tres cuartos de hora.

El médico miró por encima del hombro en dirección al diván. Habían tendido a Marina en él para que la auscultara con un estetoscopio, pero sus esfuerzos habían sido en vano; ahora yacía tan rígida como una muñeca y su madre permanecía sentada a su lado acariciando, de una manera casi compulsiva, sus cabellos negros cubiertos por unas algas gelatinosas.

—¿Quién la sacó del agua? —quiso saber el médico—. ¿Uno de los vecinos?

—Fui yo —dijo Mario—. Llevaba un rato buscándola por toda la fondamenta. Pensé que podía haberse alejado por una de las bocacalles. Mi mujer me había dicho que no era la primera vez que se escapaba de casa. Me pareció distinguir algo en medio del canal y…

El médico se quitó las gafas, las dobló y se las guardó dentro del chaleco.

—He visto unas marcas muy extrañas en su cuello. No soy un experto, pero…

—¿Unas marcas? —Andrea frunció el ceño—. ¿Qué clase de marcas?

—De dedos —respondió su hermano. Aún tenía el pelo tan empapado como Marina y la ropa empercudida de barro—. Yo también las vi cuando la saqué del agua. Eran mucho más intensas entonces, aunque todavía se distinguen. Le rodean toda la garganta.

A Andrea se le abrió la boca mientras se volvía de nuevo hacia Marina, cuyo rostro apenas se veía entre los cabellos de Gina. La besaba una y otra vez como si quisiera despertarla.

—Pero… eso no puede ser. No puede haberla atacado nadie. Seguramente hayan sido mis propias manos mientras le hacía el boca a boca. Con las prisas por reanimarla…

—No, Andrea: te digo que ya tenía esas marcas —le aseguró Mario en voz baja—. No quise contarle nada a Gina porque no me parecía necesario aumentar más su angustia.

—Ha hecho usted bien —corroboró el médico—. De todos modos, si no ha sido un accidente, habrá que avisar a las autoridades. Seguro que interrogarán a todo el vecindario hasta dar con el culpable y entonces no habrá nada que lo libre de la horca.

Sacudió la cabeza con indignada incredulidad mientras recogía su maletín y Andrea, todavía perplejo por lo que acababa de escuchar, lo acompañó hasta la puerta. Los Scandellari seguían en el comedor con Gina, aunque no parecían muy seguros de si tenían derecho a participar de aquel dolor o no. Simonetta, con los ojos muy rojos, se había sentado en una silla cerca del diván.

Mario se secó la cara con la manga de la camisa sin darse cuenta de que también se le había manchado de barro. No se fijaba apenas en lo que hacía; nunca se había sentido peor.

—Gina… —empezó a decir. Se detuvo al lado del diván en el que había dormido tantas veces y que ahora ocupaba Marina hasta que le buscaran un ataúd—. Lo siento… mucho.

Gina había dejado de llorar a gritos, pero su cuerpo se estremecía con unos sollozos silenciosos que era incapaz de contener. A Mario le dolió muchísimo más verla así que deshecha en llanto.

—Ya sé que no me creerás —siguió diciendo mientras le ponía una mano torpemente en el hombro—, pero lo siento, lo siento de verdad. Te ayudaré en todo cuanto esté en mi mano. —Ella tembló ante su contacto, pero no trató de apartarse—. Me imagino —continuó Mario— que en los próximos días querrás escribir al Gran…, a Alessandro para contarle lo que ha…

Al oírle, Gina levantó la cabeza como si acabaran de tirarle de una cuerda. Se volvió hacia Mario con los ojos arrasados en lágrimas, tan pálida como la propia Marina.

—¿Y por qué tendría que contarle a Alessandro lo que ha pasado?

Mario tardó un momento en recuperar la voz para contestarle:

—Bueno, es evidente…, quiero decir…, era su hija. Tiene derecho a saberlo.

Gina siguió mirándole durante un rato tan largo que empezaron a escocerle los ojos, pero acabó prorrumpiendo en otro sollozo mientras hundía las manos en su melena.

—No has entendido nada… No has entendido nada. ¿Cuándo he dicho yo que el padre de mi hija fuera Alessandro? ¿De verdad no se te pasó nunca por la cabeza que…?

Hablaba tan entrecortadamente que costaba entenderla, pero Mario pudo captar lo esencial. Lo que experimentó al hacerlo se asemejó a arrojarse de nuevo a un canal congelado.

—¿Estás diciendo que…? —Gina asintió con la cabeza, incapaz de seguir sosteniéndole la mirada, y Mario sintió cómo el corazón se le ponía del revés—. Era… ¿mía?

Cuando ella volvió a asentir, tuvo que agarrarse al respaldo del diván. Simonetta dejó escapar un gritito que trató de acallar con las manos cuando su padre le apretó el hombro, pero Gina ni siquiera parecía consciente de que no estaban solos. Había guardado silencio durante demasiado tiempo y ahora las palabras luchaban por salir de sus temblorosos labios.

—En noviembre cumplió seis años. —Tomó una de las manos de Marina entre las suyas y la besó con desesperación—. Estaba embarazada de poco más de un mes cuando me marché de Venecia. Era demasiado pronto para estar segura, pero durante los últimos días había notado unos síntomas muy extraños y pensé… —Se le rompió la voz—. Pensé…, que Dios me perdone…, que mi hija merecía algo más. Estaba cansada de Santa Croce, del vecindario, de estar tanto tiempo sola en casa. Y nunca se me ocurrió que, al regresar a mi ciudad natal…, mi pobre Marina…

Rodeó la cabeza de la niña con los brazos para apretarla contra su pecho. Su cuerpo aún seguía respondiendo a sus caricias, pero su semblante cada vez se encontraba más lívido. Mario se pasó una mano temblorosa por la frente; era imposible que eso fuera cierto.

—Tienes que estar equivocada. Un mes es muy poco margen para…

—Sé lo que estoy diciendo —gimoteó su esposa sin soltar a Marina—. Podría señalarte en un calendario la fecha en la que fue engendrada. La noche del Carnaval…, mi diadema…

Mario se quedó paralizado. No, aquello no podía ser cierto. No en ese momento.

—Pasaste con el Gran Amadio muchas más noches de las que pasaste conmigo… Puedes haberte confundido con las fechas; estoy seguro de que es un error muy común.

—Las mujeres siempre sabemos esas cosas, Mario —intervino Simonetta. Se levantó de la silla para acercarse a Gina y rodearla con los brazos—. Mejor de lo que crees.

Scandellari no pronunció una sola palabra. Sus ojos oscilaron una y otra vez entre Mario y Gina hasta acabar posándose sobre Mario cuando este apretó los puños contra su frente.

—Pero ¿por qué no me dijiste nada? ¿Por qué te lo has callado hasta ahora?

—¡Porque he sido una idiota! —Gina se cubrió los ojos con las manos—. ¡Vine a Venecia con la única intención de recuperarte! ¡Quería reconquistarte, quería que te enamoraras de mí como cuando teníamos veinte años! ¡Y pensé que si te contaba lo de Marina…, si te decía que era tuya, no de Alessandro…, pensarías que solo era una estratagema para atraparte!

Mario no tuvo suficiente fuerza moral como para llevarle la contraria: sabía que Gina estaba diciendo la verdad. Si hubiera insinuado que Marina era suya, se habría echado a reír y después le habría recomendado contarles lo mismo al resto de los hombres de la fondamenta Minotto.

—Mario… —La voz de Andrea, que acababa de despedirse del médico, casi hizo dar un salto a los Scandellari. Se había detenido en el umbral con una expresión de desconcierto poco frecuente en él—. Me parece, hum…, que tienes visita. Alguien ha venido preguntando por ti.

—¿Es el de la funeraria? —preguntó Mario, aún aturdido—. Sí que se ha dado prisa…

—No, no tiene nada que ver con eso. Es alguien del vecindario que necesita hablar contigo de algo urgente. Pensé que querría darte el pésame, pero creo que es otra cosa. —Andrea enarcó las cejas de manera elocuente—. Le he dicho que te esperase, que bajarías enseguida.

Una sombra sinuosa se coló entre las piernas del chico y, al ver lo erizado del pelaje de *Shylock*, Mario supo quién se encontraba en la tienda. Tras unos instantes de vacilación, se giró hacia la sollozante Gina, quien seguía encogida en brazos de Simonetta; esta le instó a marcharse con un gesto de la barbilla y Mario, dando la espalda con una punzada de dolor al cuerpecillo tendido sobre el diván, abandonó el comedor para encaminarse hacia la escalera del patio.

Como había imaginado, Silvana estaba esperándole en Ca'Corsini. Al oírle cerrar la puerta del taller a sus espaldas, dejó de dar vueltas de un lado a otro para arrojarse en sus brazos.

—Por fin te encuentro… —El impacto de su cuerpo contra el de él casi le dejó sin aliento, pero Mario lo agradeció: después de lo que acababa de descubrir, necesitaba una roca a la que poder aferrarse, algo que le hiciera dejar de pensar en Marina—. Tenía miedo de que no estuvieras en casa —siguió susurrando contra su camisa— y nadie supiera decirme a dónde habías ido.

Hasta que no la rodeó con los brazos, Mario no se percató de lo mucho que temblaba. Los dedos con los que se aferraba a su ropa estaban tan rígidos como los de un maniquí.

—Nunca te había oído decir que algo te diera miedo… ¿Qué ha pasado?

—Lo peor que podía pasar. —Silvana se apartó el pelo de la cara antes de mirarle—. Él ha descubierto lo que nos traemos entre manos. Se ha enterado de que pensábamos huir.

—Pero ¿cómo puede…? ¿Has dicho algo que le haya puesto sobre aviso?

—¿Te acuerdas de la nota que me enviaste en Navidad para citarme en ese callejón? Sé que debería haberla quemado, pero… tenía tan pocas esperanzas de volver a verte que no me atreví. Hace un par de horas, mientras estaba en mi cuarto, mi padre entró sin llamar; traía mi ejemplar de *Frankenstein* en una mano y, en la otra, el papel que había escondido entre sus páginas.

«Pero si no llevaba mi firma —se extrañó Mario—. No podía saber que era mío».

—Que alguien te citara en un sitio no quiere decir que tú acudieras a esa cita. Podrías haberle dicho que solo era la declaración de amor de un admirador pesado al que decidiste ignorar.

—Me sorprendió con el equipaje a medio hacer, Mario. Se había dado cuenta de que muchas de mis herramientas habían desaparecido y lo mismo había ocurrido con mis novelas; cuando se presentó en mi habitación estaba, de hecho, buscando *Frankenstein*. Tendrías que haber escuchado las cosas que me echó en cara antes de que acabara confesándole la verdad.

A Mario le dio la sensación de que el universo amenazaba con caérsele encima.

—No me refiero a lo de la cripta, Emilia y Edelweiss —Silvana parecía haber interpretado su alarma de manera correcta—, sino a nosotros dos. Le dije que te quería —agachó la mirada para esquivar la de él—, lo cual le confundió aún más y después le hizo enfurecerse. «Tú no puedes querer a nadie», empezó a repetirme sin parar, «no te creé para querer a nadie. Sabes que me debes todo lo que eres ahora mismo». Llegó incluso a decir: «No puedes existir sin mí».

»Me quedé tan sorprendida que no vi la llave que sacó de un bolsillo. Antes de que se me ocurriera qué responder, mi padre salió de la habitación y, al oír el ruido que hacía al girar, supe que me había encerrado para que no pudiera reunirme contigo. Eso no me importaba; he hecho saltar cerraduras mucho más complicadas, pero luego me llegó el ruido de una cómoda arrastrada por el suelo. Cuando quise lanzarme contra la puerta, vi que no había manera de apartar aquel mueble, así que me apresuré a subir a la repisa de la ventana sin saber que él también la había cerrado con llave. He tardado un buen rato es desmontar las bisagras para poder salir…

Se habían puesto a hablar al lado del escaparate, de modo que Mario no tuvo problemas para distinguir la ventana en cuestión. Las planchas de cristal, en efecto, habían sido apoyadas contra una de las paredes y la brisa que se colaba hacía temblar el pabilo de una vela.

—¿Has saltado desde tu dormitorio? ¿Más de cuatro metros sin sufrir ningún daño?

—Tuve que apoyarme en la enseña de la juguetería —reconoció ella— y temo que nunca más pueda enderezarse…, pero eso no importa ahora. —Apoyó las manos sobre los hombros de Mario—. Sé que acordamos marcharnos mañana, pero creo que sería mejor hacerlo cuanto antes. Sácame de Venecia esta misma noche, Mario; no puedo aguantar ni un minuto más aquí.

Después de decir esto, Silvana se quedó observándole con ojos expectantes, pero él no fue capaz de reaccionar. No pudo hacerlo hasta que un ruido, reducido a un eco distante mientras los dos hablaban, resonó en el silencio de la tienda, una única palabra procedente del piso de arriba.

El «Marina» pronunciado por Gina seguía conteniendo tanto dolor que Mario sintió cómo se le secaba la garganta. Silvana alzó la mirada hacia las vigas del techo, más desconcertada que sobrecogida, y después volvió a mirarle a él; y, aunque no oyeron nada más —solo el «Marina, Marina, Marina» repetido por Gina como un mantra—, la muchacha no lo necesitó para saber lo que había sucedido. El modo en que ató cabos por sí misma resultó tan palpable que Mario casi pudo adivinar el movimiento de los engranajes instalados por Montalbano dentro de su cabeza.

«Por eso decidió hacerlo esta tarde —comprendió de repente—, porque quería vengarse de mí a toda costa. Sentía que le había robado a su hija… y debía de dar por hecho, como todo el mundo menos yo, que Marina era mía». Era la única que le faltaba, además, para recuperar —a su retorcida manera— el pasado que le habían arrebatado: Silvana le había dicho que Montalbano tuvo cuatro hijas y que las cuatro habían muerto. «Ha sido culpa mía —pensó mientras se dejaba caer, cada vez más agotado, en una silla—, es como si yo mismo hubiera matado a Marina».

—¿Qué vamos a hacer? —fue todo lo que dijo Silvana—. ¿Qué opciones nos quedan?

Él giró la cabeza hacia el escaparate para volver a mirar su casa. No parecía haber nadie en la habitación de Silvana, cuyas cortinas revoloteaban contra un cielo cada vez más oscuro.

—Ya tendremos tiempo para marcharnos de Venecia cuando sepamos que Montalbano no puede hacer nada con Marina —respondió con voz estrangulada—. No pienso consentir que... la desentierre nada más dejarla en el cementerio. Mañana iremos a San Michele a despedirnos de ella y tú vendrás con nosotros. Les pediré a Andrea y los Scandellari que cuiden de ti y...

—¿De mí? —Silvana dio unos pasos hacia Mario para arrodillarse ante la silla. Sus manos seguían heladas al agarrar las del joven—. Si me tienen vigilada, ¿cómo podré cuidar yo de ti?

El modo en que dijo aquello, sin melodramas ni romanticismo, le conmovió tanto en medio de la angustia que estaba sintiendo que Mario se inclinó para depositar un beso en su frente.

—¿No piensas informar de esto a la policía? —continuó la muchacha—. Tú y yo somos los únicos que sabemos quién ha matado a Marina y el motivo por el que lo ha hecho.

—Si denunciase lo ocurrido —respondió Mario en voz baja—, el mundo entero sabría lo que eres y la relación que tenías con Montalbano. Las autoridades te investigarían también a ti, probablemente te encerrarían y, cuando descubrieran tu verdadera naturaleza, no habría manera de rescatarte. —Sacudiendo la cabeza, hundió las manos en el pelo de Silvana, agachada todavía delante de él, para besarla de nuevo en la frente—. Lo siento por Marina, más que lo que imaginas —susurró contra su piel—, pero la mujer de mi vida no será una cobaya nunca más.

Pero eso no significaba que estuviera dispuesto a perdonar, pensó mientras, en el comedor de la casa, Gina seguía gritando el nombre de su niña: si aquel hombre había demostrado ser capaz de asesinar por una hija muerta, merecía que le pagasen con la misma moneda. Todavía había algo que Mario tenía que hacer antes de desaparecer con Silvana, esta vez de verdad y para siempre, y ni su familia ni la policía debían sospechar nada al respecto.

Capítulo XVI

Después de que los empleados de la funeraria se llevasen a Marina, los Scandellari prepararon una cena frugal para que los Corsini recuperasen fuerzas, aunque los platos quedaron casi intactos en la mesa. Gina fue la primera en retirarse, tan destrozada que apenas podía pronunciar palabra, y Simonetta se pasó casi una hora acariciándole el pelo, sentada junto a la cama, hasta que se quedó dormida de puro agotamiento. Hubo entonces un pequeño debate sobre lo que convendría hacer con Silvana pese a que nadie tuviera demasiado claro qué había ocurrido entre su padre y ella: Scandellari propuso acogerla en su casa aquella noche, pero Mario se negaba a perderla de vista de modo que al final, a eso de la medianoche, acabaron compartiendo el diván del comedor.

Durante horas permanecieron abrazados en silencio, en una penumbra atravesada por la luz de los faroles de las góndolas. Mario apoyaba la cabeza sobre el pecho de Silvana, dejándose mecer por los acompasados chirridos de su corazón y las caricias con las que sus dedos de hierro le recorrían el pelo; ella le besaba de vez en cuando en la frente sin dejar de estar alerta como una centinela que no conociese el sueño. Sin embargo, no hubo rastro de Montalbano en toda la noche ni nada acudió a perturbar las pocas horas de sosiego de las que disfrutaron; y tras una mañana igual de plomiza, con los Scandellari reunidos en la casa, un empleado de la funeraria se presentó para avisarles de que había llegado la hora de marchar al cementerio.

En la sacca della Misericordia les aguardaban unas cuantas góndolas como las que habían llevado a Emilia a San Michele. Gina estuvo a punto de derrumbarse al ver el ataúd de Marina, tan pequeño que podría haberlo sostenido una sola persona en brazos. Dejaron partir a la primera góndola con la niña y, al cabo de unos minutos, la siguieron en las que encabezaban la comitiva, primero Gina con los Scandellari y, a continuación, los otros tres. Todos iban de luto, incluida una Silvana a la que Simonetta había prestado uno de sus vestidos, una prenda negra abotonada hasta el cuello y las muñecas que hacía parecer su cabello aún más rubio por el contraste. Mario vio que muchos vecinos se daban con el codo al descubrirla sentada a su lado, pero le importaba bien poco lo que pudieran decir; finalmente, la góndola se adentró en la laguna tras la estela de espuma blanca que dejaba la que conducía a Marina.

Los muros de ladrillo del cementerio, horadados por unas arcadas de mármol que recorrían todo el perímetro, hacían de San Michele una fortaleza para los muertos de la ciudad. Un bosque de cipreses se elevaba pasada esta frontera, una franja verde apenas perceptible entre los jirones de niebla que cercaban el recinto. Aunque eran cerca de las tres de la tarde, costaba reconocer a los empleados de la funeraria que los esperaban en el embarcadero y que, después de recoger el ataúd de Marina en silencio, lo levantaron a hombros para conducirla hasta el lugar en el que habían decidido enterrarla, una

pradera en el corazón del recinto donde, bajo una cruz de hierro que el viento casi había tumbado, descansaban también los padres de Mario y Andrea.

Cuando la comitiva se posicionó alrededor de la diminuta fosa, vieron que los sepultureros ya habían colocado la lápida encargada por Gina. Marina Corsini, se leía sobre la piedra, seguido por las fechas *1902-1909* y por una inscripción recién cincelada: *Cuando suene la trompeta, los muertos resucitarán incorruptos y nosotros seremos transformados.* Pese a lo inquietante de esas palabras, Mario solo podía prestar atención a una de ellas: Corsini. MARINA CORSINI. Su hija.

Un suave rumor se propagó entre los presentes y al levantar la cabeza, algo aturdido, vio acercarse al sacerdote que oficiaría la ceremonia. Le estrechó la mano a Gina mientras musitaba sus condolencias, hizo lo propio con Mario y fue a colocarse al lado de la lápida. Lo seguía un monaguillo que sujetaba el misal que el sacerdote desplegó mientras se aclaraba la garganta. Todo el mundo se quedó callado a la vez y pronto no resonó en la pradera más que su voz.

—Yo soy la resurrección y la vida. El que crea en mí, aunque muera, vivirá…

Gina se había echado a llorar en voz queda y sus lágrimas apenas se veían tras los encajes de su velo. A su derecha, Simonetta había dejado que Andrea le rodeara la cintura con un brazo mientras apretaba la cara contra su hombro, demasiado afectada para contemplar la herida abierta en la tierra que se tragaría a la pequeña.

—¿Acaso no tiene doce horas el día? El que camina de día no tropieza, porque ve la luz de este mundo —seguía recitando el sacerdote por encima de los alaridos de las gaviotas que planeaban sobre la laguna. El monaguillo, mientras tanto, sostenía en alto la cruz que presidía los oficios funerarios—. En cambio, el que camina de noche tropieza porque le falta la luz…

Aquel niño no podía ser mucho mayor que Marina. Debía de tener ocho años, como mucho diez. Mario se acordó de lo escuchimizada que le había parecido cuando la vio por primera vez delante del escaparate de Ca'Corsini. Ya entonces lo había mirado con una fascinación que no la abandonaría durante las escasas semanas que pasó en su casa. Puede que, en el fondo, Marina lo imaginara; puede que reconociera entre ambos un vínculo en el que Mario se había negado a creer hasta que Gina le contó la verdad. Qué cruel había sido con esa pobre niña, qué pagado de sí mismo por considerar que nada de Alessandro Amadio merecía una pizca de su atención…

«Pero aún hay algo que puedo hacer por ella —se recordó a sí mismo mientras el sacerdote hacía la señal de la cruz y sacudía el hisopo de agua bendita sobre el ataúd—. No será un sacrificio demasiado grande pasar unas semanas al raso en este lugar hasta estar seguro de que Montalbano ya no es capaz de convertirla en una de sus niñas eternas. Cuando hayan transcurrido varios días desde su muerte y su cuerpo deje de presentar el aspecto que tiene ahora…».

Algo le rozó los dedos bajo la manga de la chaqueta. Mario regresó al mundo real al ver que Silvana se había acercado más a él. Había en sus ojos una compasión que le hizo saber que, por preocupada que estuviera por la reacción de su padre, no le importaría esperar un poco más para marcharse de Venecia con él. Mientras tanto, dos sepultureros se habían colocado a ambos lados de la fosa y, a una señal del sacerdote, hicieron descender el ataúd al agujero poco a poco con ayuda de unas sogas y cogieron después sus palas para cubrirlo de tierra.

Aquel sonido nunca abandonaría la memoria de Mario. La primera paletada se estrelló contra la tapa y salpicó el crucifijo de bronce, y poco después la siguió una segunda, y más tarde una tercera; y el ruido a hueco que hacían resultaba escalofriante por recordarles lo pequeña que era Marina y lo grande que era el ataúd en comparación. Gina debió de pensar lo mismo, porque se le doblaron las piernas y Scandellari tuvo que sujetarla antes de que pudiera caerse.

—No… —balbuceaba tan bajito que solo los más cercanos pudieron escuchar lo que decía—. No puedo dejarla ahí… Solo es una niña, ¡necesita que me quede a su lado!

Simonetta se apartó de Andrea para sujetar su otro brazo y entre su padre y ella la hicieron retroceder antes de que pudiera arrojarse a la fosa. Mientras, los sepultureros continuaban con su labor como si fuera lo más normal del mundo; debían de estar tan acostumbrados al dolor ajeno que las lágrimas de una madre ya no tenían el poder de conmoverlos. Conforme el montón de tierra se hacía más grande, los Scandellari ayudaron a Gina a sentarse sobre una tumba cercana y una vecina se acercó con un frasquito de sales para tratar de reanimarla. Era curioso, pensó Mario en medio de su abatimiento, que Santa Croce solo hubiera perdonado a su esposa al convertirse en la ruina de lo que antes había sido. Ya nadie la envidiaba por su belleza ni por su atrevimiento; lo único que veían era a alguien que había dejado de incomodarles al perder la única razón de ser de su existencia. Como si el mismo cielo, de algún modo, se lo estuviera haciendo pagar así.

Pronto los sepultureros se apartaron de la fosa indicando que todo había concluido. De la niña no quedaba más que su nombre cincelado sobre la lápida de mármol blanco.

—Gina, levántate —susurró Andrea mientras se inclinaba a su lado. Se había quedado tan desmadejada que apenas podía mover un músculo—. Aquí no podemos hacer nada más, será mejor marcharnos a casa. Te sentará bien tomar algo caliente antes de acostarte…

Ella musitó algo que no pudieron entender, pero dejó que su cuñado la ayudase a ponerse en pie y, entre los Scandellari y él, la condujeron de vuelta al embarcadero. Casi todos los vecinos habían amarrado sus barcas a los postes de madera que sobresalían del agua, pero unos cuantos tuvieron que esperar a que llegara el *vaporetto* que conectaba la isla con la plaza de San Marcos. Mario aprovechó aquel momento para acercarse en silencio a Gina, que permanecía de pie en la plataforma secándose los ojos mientras Scandellari buscaba sus góndolas.

—Gina —le dijo en voz baja—, ¿te encuentras bien? ¿Necesitas que…?

Apenas le veía la cara por los encajes, pero la piel que se adivinaba debajo del velo era tan mortecina como la de un cadáver cuando negó con la cabeza.

—Estoy bien. Estoy viva —añadió contemplando las olas que salpicaban la tarima con cada embestida. No parecía preocuparle que se le empaparan los bordes del vestido pese al frío que empezaba a hacer—. Pero cuando camino me da la sensación… de que falta una pieza dentro de mi cuerpo. Como si también hubieran guardado una parte de mí en el ataúd de Marina.

Mario no supo qué contestarle. En cierta manera tenía la misma sensación, aunque no había pasado tanto tiempo con la pequeña como Gina. Había carne de su carne allí abajo.

—¿Qué harás a partir de ahora? ¿Piensas quedarte más tiempo aquí?

—No lo sé. No creo —respondió Gina tras unos segundos de silencio—. Nada me retiene en este lugar después de haberla perdido. Tenía la intención de enseñarle a amar mi ciudad... y, al final, la propia ciudad me la ha arrebatado. Ha sido un castigo de Venecia.

—No tienes que marcharte con las manos vacías. Sabes que podemos echarte una mano con cualquier cosa que necesites. Lo que sea, Gina, en serio. No es momento de ser orgullosa.

—No necesito nada —aseguró su esposa quedamente—. Y, de todas formas, ¿qué más daría si fuera así? ¿Para qué quiero más dinero si es lo único que puedes ofrecerme?

Al decir esto, los ojos volvieron a llenársele de lágrimas. Mario encontró un pañuelo en su bolsillo y Gina, agradecida, se echó hacia atrás el velo para acercárselo a la cara.

—Prométeme por lo menos —siguió susurrando— que vendrás a visitarla de vez en cuando. No quiero que se sienta sola en una isla tan apartada y sé que se alegrará de tenerte cerca aunque solo sean unos minutos. Por mucho que te cueste creerlo, Marina sentía una gran admiración por ti. Estaba deseando poder contaros la verdad a los dos, pero...

Mario la miró con tristeza mientras le devolvía el pañuelo. Sus dedos rozaron los de Gina al recuperarlo y se acordó, sin saber bien por qué, de la primera vez que había tocado a Silvana en La Grotta della Fenice cuando le prestó el calibrador para llaves de relojería. En aquel momento le había parecido que el roce de sus pieles sería capaz de hacer saltar chispas a su alrededor. Tocar a su propia esposa, en cambio, no le hizo sentir más que una dolorosa nostalgia.

—Se ha acabado, entonces —dijo tras unos segundos de silencio—. Con Marina hemos enterrado lo único que seguía uniéndonos. El último vínculo que quedaba entre nosotros.

Gina asintió con la cabeza. El viento hacía revolotear los extremos de su largo velo alrededor de su rostro. De pronto parecía mucho mayor, una mujer más ajada y agotada.

—Ahora entiendo —susurró— que realmente nunca hemos tenido la menor oportunidad de recuperar nuestro pasado. Hace mucho que dejamos de tener veinte años y ya no queda nada de nuestro amor. Esos doce meses de felicidad se han convertido en un montón de cenizas…, un cadáver que nadie conseguirá resucitar.

Mario tragó saliva pese a saber que Gina no era consciente de lo que había dicho. Se puso de puntillas para depositar un último beso en su mejilla antes de recolocarse el velo.

—Eres un buen hombre, Mario. Siento mucho, muchísimo —Gina recalcó esa palabra—, no haber podido corresponderte como merecías. Estoy segura de que pronto darás con alguien que sepa hacerte feliz… si es que no la has encontrado todavía.

Miró de reojo a Silvana, que permanecía de pie al lado de Andrea, pero no añadió nada más. La joven mantuvo la cabeza agachada cuando pasó por su lado para agarrar la mano que le tendía Scandellari desde la góndola. Mario la vio subir a bordo y volverse una última vez para mirarlo. No alzó la voz para despedirse; no hacía falta decir nada más. Pronto la pértiga se hundió en la laguna y Gina se alejó de él como un alma en pena conducida por Caronte al infierno.

Ahora que sabía que nunca más la tendría al lado, le parecía sentir un alivio muy distinto al que había imaginado hasta entonces. Una precaria paz en la que la sombra de la derrota, como probablemente le sucedía también a Gina, siempre seguiría siendo alargada.

—Le llevará algún tiempo, pero se recuperará —dijo Andrea cuando Mario se reunió con él—. Es una mujer fuerte y sabrá apañárselas sola de ahora en adelante.

Su hermano asintió en silencio. Era cierto; Gina tenía madera de superviviente.

—¿Y tú? —preguntó Silvana en voz baja—. ¿También te las apañarás esta noche?

—No me queda más remedio —respondió Mario. La góndola de Gina y los Scandellari se había convertido en un punto diminuto en el horizonte cerca de la sacca della Misericordia—. En cierta manera, es lo único que puedo hacer por Marina. No fui capaz de cuidar de ella cuando aún estaba viva, así que tendré que hacerlo ahora que está muerta.

—Cada vez me arde más la lengua—se lamentó Andrea—. Hay cientos de cosas que me gustaría preguntaros, pero sé que no tengo derecho a hacerlo. Es una injusticia.

—Ten un poco de paciencia. Cuando esto acabe, dejaré que nos interrogues todo lo que quieras. Con suerte, no será más que un par de semanas. Como mucho, tres.

—Y cuando eso suceda —añadió Silvana— te sentirás orgulloso del hermano que tienes.

Él trató de sonreír, pero no lo consiguió más que a medias. Había demasiados vecinos a su alrededor dándoles el pésame mientras esperaban su turno en el embarcadero, de manera que tuvo que conformarse con sujetar sus manos entre las suyas. Silvana se las acercó a los labios para besar en silencio cada una de las cicatrices que recorrían sus dedos.

—Cuida de ella, Andrea —le pidió Mario cuando los Pietragnoli se alejaron también en su góndola—. Dejo mi vida en tus manos ahora mismo. No le quites ojo de encima.

—Diría que sería un placer si no tuviese miedo de que me sacudieras.

Mario sonrió con tristeza y Silvana soltó poco a poco sus dedos mientras Andrea la conducía hasta el agua. Una fuerza superior parecía tirar de ella hacia la figura que se había quedado de pie en la entrada del camposanto, despidiéndose con una mano mientras la extensión de agua que los separaba se hacía cada vez mayor. «Te quiero», la vio articular Mario desde lejos, y entonces el gondolero hundió su pértiga entre las olas para que la embarcación virase hacia el sur.

Las dos personas que más le importaban acabaron confundiéndose con la niebla que flotaba sobre Venecia. A su alrededor, sobre el agua y bajo la tierra, no parecía haber más que fantasmas. Unos empleados del cementerio se habían puesto a charlar en el embarcadero y Mario decidió alejarse de allí antes de que notaran algo raro en su manera de comportarse. Tenía tiempo de sobra para familiarizarse con el plano de la isla y memorizar los principales caminos por los que pasar de un sector a otro en previsión de lo que pudiera hacer Montalbano.

Sabía que no tenía sentido quedarse vigilando desde tan temprano la tumba de Marina: aún había bastante gente reunida con sus familiares muertos y, desde luego, le costaba imaginarse al anciano irrumpiendo en la pradera, con una pala en la mano, delante de todos. Mientras las puertas del cementerio siguieran abiertas, la pequeña no correría peligro; cuando se hiciera de noche, por el contrario, las cosas serían diferentes…, pero Mario se encontraría allí. Nadie que no quisiera acabar como los residentes de San Michele se atrevería a tocarla si él podía evitarlo.

Durante las siguientes horas deambuló de un lado a otro hasta que sus pasos lo acabaron conduciendo a la sección en la que se ubicaban los mausoleos de los aristócratas. La mayoría de aquellas sepulturas se concentraba al sur del cementerio y los imponentes panteones se alzaban entre las ramas de los árboles igual que los palacios en los que sus huéspedes habían vivido, reído y amado mientras seguían con vida. Mario fue recorriendo con los ojos los apellidos de la gente enterrada en ese sector: los Contarini, los Morosini, los Mastelli…, todos los aristócratas de los que se había hablado en Venecia durante generaciones habían acabado reunidos en el mismo sitio.

Al no haber nadie en esa parte del recinto, empezó a invadirle la desagradable sensación de que los ojos de las estatuas funerarias lo seguían mientras pasaba de largo ante ellas. Pronto el ocaso inundó de fuego los muros del cementerio y las gaviotas dejaron de hacer ruido al otro lado. Mario calculó que debían de ser cerca de las seis y media —como se había alejado demasiado de la capilla, no se oía el tañido de sus campanas— y se disponía a regresar por donde había venido cuando una inscripción, grabada sobre el dintel de uno de los panteones, atrajo su atención.

No era más que una palabra y, aun así, se le aceleró el corazón: WITTMANN. Mario se detuvo al comprender que allí se encontraba la tumba de la que Montalbano había sacado a Edelweiss. Una cadena mantenía aseguradas las rejas de la entrada, adornadas con unos exuberantes capullos de hierro forjado, y un pesado candado colgaba de los eslabones. Detrás de los barrotes, sin embargo, apenas podía distinguirse nada: el cielo estaba empezando a oscurecerse y Mario solo reconocía la difusa claridad de una vidriera con el Espíritu Santo en el muro de enfrente.

Cuando retrocedió un poco para mirar hacia arriba, vio que sobre aquel mausoleo también había una escultura, un ángel de mármol acurrucado sobre el frontón. Con una mano señalaba la ciudad situada a espaldas de Mario, al otro lado de la Estigia veneciana, mientras que con la otra apretaba una corona funeraria contra el pecho. «Me pregunto cuántos Wittmann habrá aquí…».

—Se parece un poco a Edelweiss en el pelo rizado —oyó de repente tras él—. Puede que esa estatua fuera otro capricho suyo; sus padres siempre le daban todo lo que se le antojaba.

Mario se llevó tal sorpresa que estuvo a punto de gritar. Cuando se dio la vuelta, se encontró con que Silvana se había deslizado tan silenciosamente entre las sepulturas que no la había oído acercarse hasta estar casi a su lado. La muchacha sonrió ante su perplejidad.

—Ha sido complicado librarme de Andrea —siguió diciendo—, pero estoy segura de que me perdonará cuando sepa que lo he hecho para volver contigo. Es demasiado bueno.

—No me lo puedo creer… ¿Has regresado a San Michele sin que se enterasen ni los Scandellari ni él? —Mario miró a su alrededor—. ¿Quién te ha prestado su góndola?

—Un tipo encantador que estaba emborrachándose con sus compañeros en la sacca della Misericordia. Me ha hecho un gran favor, aunque ni siquiera se haya dado cuenta.

—¿Y qué te hace pensar que ningún vigilante te ha visto entrar en el recinto?

—Tranquilízate, nadie sospechará de mí. Hay un embarcadero más pequeño junto al muro de poniente en el que los empleados de las funerarias amarran sus propias barcas.

—Silvana, esto es una locura. Podrías haberte caído al agua y, si sucediera algo así, ni siquiera Montalbano sería capaz de arreglar tus mecanismos. Tú misma me explicaste…

—Tenía que arriesgarme —contestó la muchacha—. Fui sola a Santa Maria delle Anime y no me ocurrió nada malo. Además, te recuerdo que estoy más capacitada que tú para montar guardia porque no necesito dormir y el frío no me afecta como a los demás.

Pese a lo sorprendido que seguía estando, Mario no pudo evitar sentir un arrebato de orgullo al recordar que aquella chica tan cabezota y valiente estaba dispuesta a correr cualquier riesgo con tal de permanecer a su lado. Cuando dio un paso hacia Silvana para sujetarla de la barbilla, ella le sostuvo la mirada con un brillo casi desafiante en los ojos.

—Aun a riesgo de parecer un egoísta y de que alguien pueda escandalizarse si nos ve —le contestó en un susurro—, me alegro con toda mi alma de volver a tenerte conmigo.

La respuesta de Silvana fue agarrarle de la nuca para atraerlo más hacia sí bajo las sombras que los árboles proyectaban sobre el panteón de los Wittmann. No obstante, no pudieron besarse durante más de unos segundos: un crujido de la gravilla les hizo saber que alguien se les acercaba. Una anciana iba clavando la punta de su bastón entre las piedrecitas, del brazo de un caballero tan enlutado como ella, mientras avanzaban por uno de los senderos procedentes de la capilla. Sin decir nada, Mario tiró de la mano de Silvana para que se ocultara a su lado detrás del panteón de los Wittmann hasta que las voces de ambos se perdieron en la distancia.

Cuando abandonaron su escondite, la chica puso una mano sobre su frente para protegerse del atardecer que doraba la cabeza del ángel agazapado sobre el frontón.

—Me imagino que este es el lugar del que mi padre sacó el cuerpo de Edelweiss.

—Eso parece, aunque llevo un buen rato preguntándome cómo. —Mario señaló el pesado candado que colgaba de las cadenas—. Es obvio que tuvo que entrar por la puerta; hay una vidriera en la pared de enfrente, pero se encuentra intacta. Que yo sepa, estas sepulturas familiares suelen contar con dos copias de la llave: una se la quedan los propietarios y la otra suele estar en manos del personal del cementerio. —Cruzó los brazos mientras contemplaban la cerradura—. ¿Crees que Montalbano la habrá robado de algún sitio? ¿La oficina de dirección, tal vez?

—Es posible —aceptó Silvana mientras se ponía en cuclillas para examinar el candado más de cerca—, aunque, sinceramente, me parece más probable que lo haya forzado.

—¿Una cerradura escandinava? ¿Obligando a girar a todos esos discos de rotación sin que nadie se diera cuenta después de que la estructura había sido manipulada?

—Se puede hacer. Mira esto. —Silvana señaló con el índice unas marcas demasiado delgadas para que Mario las distinguiera al examinar por primera vez el candado. Recorrían la parte delantera del mecanismo como las patas de una araña que quisiera escapar a través del agujero—. Son las señales que dejan las ganzúas al deslizarse alrededor de una cerradura.

—A mí me parece un simple roce que habrán hecho los Wittmann con su llave.

—Los dientes de una llave nunca harían unos arañazos tan delicados. Serían más gruesos e irían en paralelo; esto lo ha hecho una ganzúa. De todos modos, solo hay un modo de saber si ha quedado alguna prueba del paso de mi padre por aquí. —Silvana desabrochó los botones de una de las mangas del vestido que le había prestado Simonetta para dejar al descubierto su muñequera de cuero—. Espero que tus escrúpulos te permitan hacer como que esto no ha ocurrido.

Capítulo XVII

—¿Te has vuelto loca? —se horrorizó Mario mientras la muchacha, tras sacar una llave de torsión de la muñequera, la introducía con visible experiencia en la cerradura y después hacía lo propio con lo que parecía una delgadísima aguja de hacer punto—. ¿Qué les diremos a los vigilantes del cementerio? ¿Que estamos compitiendo para descubrir quién fuerza antes un candado?

—Eso no sería nada emocionante: sabes que ganaría yo. —Silvana inclinó más el candado para que los últimos rayos del atardecer le permitieran observar mejor lo que hacía—. Recuerda que estás hablando con una experta en el arte de quebrantar cualquier medida mecánica de seguridad. Conmigo se ha desperdiciado una magnífica ladrona de guante blanco. —Movió más rápido la aguja al tiempo que apretaba la llave hacia la derecha—. Hay momentos en los que pienso que mi padre no me conocía. ¿Para qué me prestó una llave al enviarme a la iglesia?

Un «clic» resonó entonces en las entrañas del candado y el cierre se abrió limpiamente en la mano de Silvana. La chica sacó sus herramientas del interior de la pieza para guardárselas.

—¿Lo ves? Ha sido cerca de un minuto. Mi padre no tardaría mucho más si se encontraba inspirado. —Quitó con cuidado el candado de las pesadas cadenas—. El día en que me decida a asaltar la Biblioteca Marciana será nefasto para la historia de Venecia.

Mario la ayudó a deslizar las cadenas hasta que la entrada del panteón quedó despejada. Los recibió una penumbra interrumpida por las franjas de luz de colores que caían desde la vidriera del fondo. Las letras doradas con los nombres de los Wittmann apenas se distinguían entre los pétalos marchitos que cubrían sus tumbas; una araña correteó sobre el epitafio del abuelo de Edelweiss, cuyos restos debían de descansar allí desde el verano anterior, y desapareció entre las cintas que adornaban los ramos de flores. El enfermizo aroma a decadencia que se respiraba en el panteón hacía pensar inevitablemente en los cuerpos depositados bajo sus pies.

—Mario —dijo Silvana de repente a media voz—. Date la vuelta…

Al hacer lo que le pedía, sintió cómo se le desbocaba el corazón. Alguien los espiaba desde un rincón, sentada sobre la última lápida a mano derecha: una niña de cabello rizado cubierto por un aparatoso sombrero. A su alrededor había peluches, juguetes de cuerda y unos caramelos que relucían como piedras preciosas sobre el nombre que buscaban: *Edelweiss Elsa Wittmann. 1900-1908.*

—Solo es una muñeca —murmuró Silvana, aunque el repiqueteo acelerado de sus ruedas denotaba que también se había sobresaltado—. *Miss* Jane Doe…

Dio unos pasos hacia la lápida tirando de la mano de Mario y él la siguió con el corazón en un puño. *Miss* Jane Doe permanecía sentada sobre la pequeña montaña de peluches con la espalda contra la pared y un oso metido bajo un brazo. Los pies calzados en zapatos de charol descansaban sobre los caramelos esparcidos por encima de la tumba. No se movió cuando se acercaron.

—¿Está…? —quiso saber Mario—. ¿Está consciente? ¿Funcionando?

—Está muerta —contestó Silvana—. *Miss* Jane Doe siempre ha estado muerta. Ella no es como yo; no es más que una muñeca mecánica. —Se arrodilló al lado de la lápida para pasar una mano por delante de los ojos de cristal. Nada hacía pensar que hubiera una conciencia bajo esa maraña de tirabuzones . Pero no entiendo qué hace aquí. ¿Para qué la habrán traído?

—Supongo que para los padres de Edelweiss sería demasiado doloroso tenerla en casa. A fin de cuentas, fue una de las últimas cosas que le regalaron. Puede que pensaran que se sentiría abandonada sin sus peluches y caprichos en San Michele. Como si, de este modo, pudieran seguir mimándola…

—O malcriándola —resopló Silvana—. Tendrías que ver los aires que se daba cuando nos visitó por primera vez. «Quiero esto y esto y esto también. Y quiero que esa chica me lo envuelva en el papel de regalo más caro que tengan». Todo para acabar siendo una muñeca más.

Cuando Mario le alargó una mano para ayudarla a levantarse, Silvana lo acompañó fuera del panteón antes de que los vigilantes pudieran darse cuenta de que habían abierto las rejas. Pusieron las cadenas en su sitio, Silvana devolvió el candado a su lugar y, después de un breve silencio, se alejaron de la construcción de mármol blanco por una de las sendas más tupidas para que nadie viese que aún seguía habiendo dos personas en el cementerio.

Dentro del panteón, en una oscuridad cada vez más densa, los párpados de *miss* Jane Doe descendieron sobre sus ojos de cristal y su cabeza se inclinó poco a poco sobre su hombro de tal modo que las plumas del sombrero le cayeron por la cara. Escuchaba…

—Esto ha servido para confirmar lo que sospechaba. Mi padre no pudo tenerlo más fácil a la hora de sacar a Edelweiss de su tumba. Ese candado nunca lo habría detenido.

—¿De manera que también has heredado de Montalbano la destreza con las ganzúas?

—Lo he aprendido por mi cuenta. Y, si he de ser sincera, siempre a escondidas.

—Si se le da tan bien, ¿por qué no te lo enseñó él mismo? Que yo sepa, es un talento de lo más útil para un relojero. Por no hablar de un profanador de cadáveres.

—¿Te imaginas a una niña hurgando dentro de cada uno de los mecanismos de tu taller? ¿Te habrías sentido tranquilo si hubieras encontrado a Marina trasteando con ellas? No, Montalbano debía de verlo como una amenaza y no quiso contar conmigo para sus planes más siniestros. Los profanadores de cadáveres de los que hablas suelen trabajar solos; a mí no me necesitaba.

Mientras se alejaban de la sección destinada a los panteones, el sol se sumergió un poco más en la laguna, un disco de oro rojo que lo inundó todo con su claridad antes de desaparecer hasta la siguiente madrugada. Eran casi las ocho cuando los visitantes más rezagados abandonaron San Michele, seguidos por unos vigilantes a los que Mario y Silvana dieron esquinazo escondiéndose entre la maleza; desde allí pudieron captar el ruido que hacían sus llaves al chocar entre sí, el chirrido de las verjas del recinto al ser aseguradas y, unos minutos más tarde, el chapoteo con el que se alejaban las últimas góndolas. La sensación de haberse quedado totalmente aislados, lejos del mundo de los vivos, resultaba tan claustrofóbica que Mario sacudió la cabeza para apartar sus pensamientos más negros. «Ya no puedes echarte atrás, no después de haber llegado tan lejos —se riñó a sí mismo—. No mientras exista la posibilidad de que Montalbano ronde por aquí».

La luna menguante que había alumbrado Venecia la noche del Carnaval se había quedado reducida a una minúscula uña de luz. Mario condujo a Silvana entre las cruces de hierro y las raíces de los árboles que les salían al paso hasta encontrar la pradera en la que habían enterrado a Marina. No era fácil moverse por la isla en medio de la oscuridad: las lápidas se alzaban a ambos lados del camino como fantasmas amenazadores y, en cuanto uno se aventuraba por entre los arbustos, tropezaba con sus propios pies. Hasta los árboles parecían susurrar con la brisa que procedía de la laguna y sacudía unas ramas similares a dedos descarnados.

—Por fin hemos llegado —susurró Mario mientras se detenían sobre la hierba. Desde allí aún se oía el rumor de las olas al acariciar los muros del cementerio—. Parece que todo sigue... más o menos igual. Montalbano no puede haberse acercado todavía a este lugar.

El pequeño montón de tierra que habían echado sobre Marina presentaba el mismo aspecto que antes; lo único diferente era la escarcha que había empezado a adherirse a las lápidas cuando la temperatura se volvió aún más invernal. Mario veía salir el aliento de su boca como si fuera humo y tenía las manos tan frías que le costaba mover los dedos. Sintió un desagradable peso dentro del estómago. «Mi hija está ahí abajo. La hija de la que no he sabido nada durante todos estos años... ¿Hará tanto frío bajo la tierra como fuera?».

—Ven aquí. —Los pies de Silvana hicieron crujir la escarcha cuando lo condujo, como si hubiera adivinado lo que pensaba, hasta uno de los cipreses cercanos—. Ven conmigo…

Se sentó en una zona en la que la hierba estaba razonablemente seca y le dio unos golpecitos con la mano para que Mario la imitara. Al acurrucarse junto a Silvana para combatir las corrientes de aire helado, se percató de que no acusaba las bajas temperaturas: su cuerpo casi resultaba cálido en comparación con los dedos de él, cada vez más entumecidos por el frío.

—Con todo lo que pasó en Ca'Corsini ayer por la tarde, no pude darte el pésame como me hubiera gustado. —Silvana reclinó la cabeza sobre su hombro—. Siento mucho lo que le sucedió a tu hija… No hay manera de disculpar nada de lo que mi padre está haciendo. Creí que podría entender su comportamiento, que era una soledad tan profunda como la mía lo que le llevó a cometer esas atrocidades… Pero asesinar a una niña a sangre fría arrojándola a un canal…

Mario seguía con los ojos clavados en la lápida erguida a un par de metros de distancia, una silueta más clara que la propia luz de la luna, pero su única respuesta fue apretar a Silvana contra sí. Al menos era un consuelo pensar que, gracias a sus desvelos en los días que estaban por venir, nadie sería capaz de hacerle a su hija muerta lo mismo que a Emilia y a Edelweiss.

—Creo que no me comporté bien con Marina. —Silvana levantó un poco la cabeza para poder mirarle—. Mientras estuvo conmigo, no dejé de tratarla como a un estorbo. Me irritaba tenerla todo el rato a mi alrededor; era como un duende que se materializaba en los sitios más impensables. Se me quedaba mirando con esos ojos tan parecidos a los de Gina y… a mí me llevaban los demonios. Si hubiera sospechado que…

—Deja de torturarte con eso, Mario; no hiciste nada indebido. Es normal que no quisieras hablar con ella, sobre todo si pensabas que se trataba de la hija de tu peor enemigo.

—Pero mi sangre corría por sus venas. —Él sacudió la cabeza—. Era la única hija que podría llegar a tener y, mientras se encontraba a mi lado, no hice más que despreciarla.

Silvana se incorporó un poco, deslizó una mano dentro de su corpiño y sacó un objeto metálico que el joven, en la penumbra que los abrazaba, no fue capaz de reconocer.

—Cualquier otra persona habría hecho lo mismo —aseguró mientras se lo tendía. Era una petaca revestida de piel y Mario, agradecido, forcejeó a tientas con el tapón—. De todos modos, aunque no te sirva de consuelo, deberías saber que los ojos de Marina no se parecían a los de tu mujer. Eran idénticos a los tuyos; lo supe desde que la vi a través de mi ventana.

Mario se detuvo con la petaca contra los labios, pero acabó echando la cabeza hacia atrás para dar un trago. El regusto de la sambuca le trajo el recuerdo de aquellos días en los que su mayor preocupación era la naturaleza mecánica de la mujer de la que acababa de enamorarse.

—Es curioso… Se supone que esta tenía que ser nuestra primera noche juntos.

—Y lo es —contestó ella con una sonrisa—. Lo del diván de ayer no cuenta como tal.

Él también sonrió, aunque continuaba con el corazón encogido. Silvana se apoyó en un codo para contemplar las estrellas, que despuntaban cada pocos segundos entre los jirones de niebla, y Mario dejó la petaca al pie del ciprés para adoptar la misma postura que ella.

—Cuando nos hayamos marchado de Venecia, tendremos todo el tiempo del mundo para nosotros. —Silvana apartó unos rizos que le caían sobre los ojos—. Se acabará el preocuparnos por las locuras de mi padre, se acabarán las pesadillas. Solo estaremos tú y yo, sin nadie más.

—Eso suena muy tentador —apuntó Mario, y apoyó una mano en su cintura para atraerla un poco más hacia él. Lo hizo muy despacio, como si temiera verla convertirse en humo—. Me va a resultar extraño tenerte tan cerca todo el tiempo…, sobre todo por las noches. Pensar en que por fin estarás a unos centímetros de distancia de mí sin un canal mediando entre nosotros…

Dudó durante un instante antes de recorrer con la mano la curva de su cadera. La sonrisa de la muchacha se apagó poco a poco y Mario, temiendo haberse propasado, dejó de acariciarla de inmediato, pero enseguida entendió que no era eso lo que la había hecho ponerse seria.

—Sabes que no puedo hacer… la clase de cosas que querría contigo —acabó diciendo ella al cabo de unos segundos—. Lo que podrías hacer con cualquier chica de carne y hueso…

—Sí —Mario apartó la mano—, desde el primer día. Pero eso no significa nada.

La mirada de escepticismo que Silvana le dirigió no pudo ser más elocuente.

—Hablo en serio —insistió él—, no me importa. Te dije que quería compartir mi vida contigo y eso en lo que estás pensando no es más que una parte diminuta de la vida.

—Una de las más importantes, o eso dicen siempre de los hombres.

—No sé qué sentirán los demás hombres, pero a mí no es algo que me quite el sueño. Quiero decir, es agradable, disfruto de ello, pero… no me va la vida en ese asunto. Te aseguro que será lo último que eche en falta cuando pasemos las veinticuatro horas del día juntos.

Al oírle, la sonrisa regresó a los labios de ella. Qué viva estaba esa noche pese a llevar diecisiete años muerta, pensó Mario; lo más vivo, o eso le parecía a él, de todo el cementerio.

—Eres aún más peculiar que yo, Mario Corsini. —Y, agarrándole la mano, la volvió a posar en su cadera—. Puedes seguir tocándome. De hecho, es una orden: hazlo de inmediato si no quieres que… —Pero, nada más decir esto, los ojos de Silvana se posaron sobre algo situado a espaldas de él.

Mario se volvió en esa dirección, pero no distinguió nada entre la niebla. Miró de nuevo a Silvana, más desconcertado a cada segundo, y vio que en su rostro acababa de aparecer una expresión cercana al estupor. Se aferró de manera inconsciente a su chaqueta.

—¿No estás viéndolo? ¿Al final de la pradera?

—Lo único que veo son sombras. Esta maldita niebla no deja distinguir nada más.

—Casi al fondo, al lado de esa tumba con una vasija… Estaba acercándose a nosotros, pero se detuvo al verme mirar en su dirección. —Silvana se puso en pie a toda prisa y Mario la imitó—. Eso quiere decir que también puede vernos desde donde está.

No se oía nada aparte del susurro de los cipreses y el golpear de las olas contra los muros. Mario tardó en advertir lo que Silvana estaba señalando, pero, cuando por fin lo consiguió, se quedó tan quieto como ella. En la lejanía, entre los dedos de niebla que se arrastraban de una sepultura a otra, podían percibirse los imprecisos contornos de una silueta muy pequeña.

—¿Qué demonios…? —Se puso pálido—. ¿Quién es ese?

—Esa —contestó Silvana en un susurro—. Es una niña con el pelo largo. Está demasiado lejos para que pueda verle la cara, pero me parece que sé quién… ¡Dios, no!

Había elevado más la voz y, al oír su exclamación, esa niña que parecía hecha de sombras continuó acercándose silenciosamente sobre la hierba. Todavía no podían reconocer sus rasgos, pero había algo familiar en la manera en que caminaba hacia ellos, moviéndose tan despacio que daba la impresión de estar calculando cada paso que daba.

—Ponte detrás de mí —ordenó Mario. Al ver que Silvana parecía petrificada, casi tuvo que gritarle—: ¡Ponte detrás de mí antes de que nos alcance!

Miró a su alrededor para dar con algo con lo que defenderse, pero no había más que cruces y lápidas que de poco les servirían contra lo que tenían cada vez más cerca. Ella había seguido acortando la distancia como lo haría una serpiente, con la misma sinuosidad silenciosa. «La cruz de mis padres —pensó Mario, súbitamente inspirado—. Será un sacrilegio, pero no me quedaré como un pasmarote mientras Silvana corre peligro…

Pero ni siquiera le dio tiempo a agarrar la improvisada arma situada a un par de metros de distancia. Estaba a punto de moverse cuando oyó gritar a Silvana y, al darse la vuelta, algo le golpeó en la nuca. Sintió una llamarada caliente recorriéndole el cráneo, las sombras se mezclaron en su retina, el cementerio se desvaneció ante sus ojos y Mario acabó cayendo sobre la hierba.

Capítulo XVIII

Cuando despertó, la cabeza le daba tantas vueltas que, por un instante, creyó ir a bordo de una góndola. Abrió los ojos, pero la punzada de dolor que le asaltó fue tan intensa que tuvo que volver a cerrarlos. Solo al cabo de unos minutos se acordó de lo que había ocurrido en el cementerio y las imágenes regresaron a su memoria: la tumba de Marina, la oscuridad que envolvía las cruces como un manto negro. La niebla diluyéndose sobre la pradera y dejando a la vista la silueta de una niña… Silvana a su lado con una expresión de horror…

Aquello le hizo abrir los ojos de una vez por todas. Le llevó un momento enfocar lo que había a su alrededor, aunque no le costó reconocerlo: no podía haber dos lugares en Venecia tan atestados de calaveras, amontonadas unas sobre otras como cascotes de construcción dentro de unos nichos. «Maravilloso —pensó con resignación al comprender que alguien le había devuelto a la cripta de Santa Maria delle Anime—, realmente maravilloso. Y yo que me había jurado no pisar más este estercolero en lo que me queda de vida…».

Al mover la mano derecha, comprobó que le habían atado las muñecas a una de las argollas de hierro que se usaban para colocar antorchas. Desde la esquina en la que permanecía medio derrumbado veía la cripta y todo lo que contenía: ya no había sábanas en medio de la habitación, pero la mesa de operaciones estaba tan abarrotada de cosas que casi era un milagro que los caballetes no se quebraran por su peso. Entre una colección de herramientas de relojería se distinguía una bolsa abierta de la que asomaban objetos tan dispares como las tapas de unos cuadernos, un calibrador para llaves de relojería que le resultó familiar y unos punzones parecidos a los que tenía en su taller. Cuatro antorchas competían con el resplandor de una lámpara colocada sobre el altar de la sacristía y cuando el joven giró la cabeza hacia allí, tratando de sobreponerse a las punzadas de dolor, sintió cómo el aliento lo abandonaba.

Marina se encontraba tan cerca que no comprendía cómo no la había oído hacer ningún ruido hasta entonces. Estaba viva de nuevo… Todo lo viva, al menos, que podía estar una autómata. El *rigor mortis* parecía haber abandonado su cuerpo: se había sentado como una india en uno de los nichos más bajos mientras daba vueltas en su regazo a una calavera. El oscuro cabello le ensombrecía los rasgos mientras examinaba con atención su macabro juguete.

—Ma… —intentó articular Mario con la boca seca—, Marina…

Las horas que había pasado muerta no la habían cambiado en nada. Seguía siendo la misma criatura menuda que recordaba, aunque su expresión era más apática, tan impasible como la de Silvana en sus primeros encuentros. Había levantado la calavera para apoyar los ojos contra sus oscuros agujeros como si quisiera asegurarse de que ya no quedaba nada en su interior.

No dio muestras de reconocer la voz de su padre; tal vez ni siquiera se acordaba de cuál era su antiguo nombre. «Silvana no sabe cómo se llamaba en su vida anterior —pensó Mario sin dejar de contemplarla—. Seguramente a Marina tampoco le suene mi cara».

La llamó de nuevo, esta vez en voz más alta, y tuvo que esperar unos segundos hasta que sus ojos negros se posaron en los de Mario. Cuando apoyó la calavera sobre sus rodillas, se dio cuenta de que aún llevaba el vestido blanco que Gina había insistido en ponerle antes de acostarla dentro del ataúd. Sus zapatitos de charol también eran los mismos.

—No me llamo Marina —contestó la niña—. Me llamo Rosina.

Y siguió con su siniestro pasatiempo. Mario, cada vez más espantado, dejó escapar un quejido al sentir cómo alguien tiraba de las cuerdas que oprimían sus muñecas. Al volverse en la medida en que se lo permitían las amarras, se encontró con el inexpresivo semblante de Emilia Scandellari. La hija del cristalero se había agachado a su lado para asegurar los nudos dándoles unos tirones más propios de un hombre adulto que de una niña. Sus trenzas castañas caían sobre los hombros de un primoroso vestido de seda blanca ribeteada de encaje.

—Emilia —la llamó en un susurro como había hecho con Marina. Ella tampoco se dio por aludida; de hecho, ni siquiera se molestó en mirarle—. Emilia, soy yo, Mario. Dime que…

—No vale la pena que se desgañite, Corsini; no tienen ni idea de quién es usted. Y me he asegurado de que les quedara muy claro que no deben hablar nunca con desconocidos.

Montalbano acababa de aparecer en la escalera que comunicaba la cripta con la sacristía. Tenía un aspecto cansado pero complacido y, pese a cojear levemente de la pierna derecha, ya no parecía necesitar una muleta. Mario lo siguió con la mirada mientras Emilia apretaba más el nudo que había bajo su muñeca derecha; la tenía tan cerca que podía oír el rumor de los engranajes de su pecho. Aquel sonido volvió a hacerle pensar de manera irremediable en Silvana. «¿Dónde se habrá metido? —se dijo con creciente angustia—. ¿Habrá podido escapar del cementerio?».

—No sabe cuánto siento tener que recibirle así en mi laboratorio —dijo Montalbano como si fuera la situación más normal del mundo—. Me temo que ha sido demasiado perseverante para dejarle regresar a su casa sin más. Esto no tenía que haber ocurrido, Corsini…

—Va a matarme, ¿verdad? —dijo Mario antes de que pudiera continuar.

Emilia se puso en pie sin hacer ruido para sentarse al lado de Marina. Montalbano se quedó observando a su invitado con una expresión que era la viva imagen del desconcierto.

—¿Matarle? —preguntó—. ¿Por qué tendría que hacer algo así?

—Va a matarme porque sé demasiado. —Al intentar incorporarse sobre las heladas losas del suelo, Mario cayó en que no podía hacerlo; las cuerdas apenas le dejaban moverse—. Para usted soy la mayor complicación con la que se ha encontrado en todos estos años.

—Eso no justificaría un asesinato —repuso Montalbano. Casi parecía escandalizado por lo que Mario estaba sugiriendo—. Es cierto que sabe más que lo que debería y, también, que se ha hecho una idea equivocada de lo que me traigo entre manos. Pese a ser uno de los jóvenes más prometedores que he conocido, no comprende qué es lo que me ha llevado a hacer lo que he hecho. Todavía no sabe lo que es el amor, el amor auténtico, ni la impotencia de tener que ver de brazos cruzados cómo pierdes lo que daba sentido a tu existencia.

El anciano se quedó callado por unos instantes mientras Mario miraba de reojo sus ataduras. ¿Habría algún modo de aflojar los nudos restregándolos unos contra otros?

—Tampoco espero que lo comprenda gracias a mí. No es un asunto que le incumba y en eso sí que debo darle la razón. —Montalbano le dedicó una sonrisa condescendiente—. El hecho de que esté al tanto de todo, o de casi todo, es un engorro. Por eso le he traído aquí.

Entonces se concentró en las herramientas que había sobre la mesa: estuches de cuero con engranajes tan diminutos que apenas se atisbaban sin una lente, un juego de brocas y bruñidores de todos los tamaños, una jeringuilla como la que Silvana había usado la vez anterior, unos bisturíes a los que el resplandor de las velas arrancaba destellos de plata… Fue guardándolo todo en los compartimentos de la bolsa con la meticulosidad de alguien que aún no tiene la menor prisa. No estaba buscando una manera de acabar con él, comprendió Mario; estaba preparando sus cosas para abandonar la cripta con Marina y Emilia antes de que fuera demasiado tarde.

Pero ¿dónde se encontraba Edelweiss, y qué había sido de Silvana? Mario no podía hacer más que rezar para que siguiera ilesa, aunque le costaba imaginársela dejándolo solo a merced de su enemigo. «Puede que haya regresado a Ca'Corsini para contárselo a Andrea —se dijo sin perder de vista a Montalbano—. Con un poco de suerte, se presentarán aquí con la policía antes de que consiga desaparecer con las niñas. Aún estamos a tiempo de pararle los pies».

Debía entretenerlo para que no se fijara en cómo pasaba el tiempo. A lo mejor podría sonsacarle incluso lo que había ocurrido en San Michele antes de que le golpease en la nuca para dejarlo inconsciente. Había sido muy extraño que no oyera sus pasos…

—Lo que me pareció ver en medio de la niebla no era una niña. Era *miss* Jane Doe.

Por alguna razón, eso hizo sonreír al anciano. Le miró por encima del hombro mientras colocaba un diminuto frasco de cristal tapado con un corcho dentro de la bolsa. «Acetato de alúmina —dedujo Mario—, el auténtico secreto de la muerte en vida de estas criaturas».

—En efecto —confirmó Montalbano—. Supongo que la descubriría dentro del panteón de los Wittmann. Fue sugerencia mía que la dejasen sobre la tumba de Edelweiss. Sus pobres padres estaban destrozados, así que la idea de que hubiese algo que alegrara a su pequeña, aunque ya no siguiera con vida, les pareció lo bastante seductora como para hacerme caso.

—De manera que lo planeó todo al detalle. Sospechaba que me quedaría en San Michele para impedirle acercarse a la tumba de Marina y necesitaba distraerme con algo…

—En realidad, no fue por eso —reconoció Montalbano en un tono más confidencial—, sino para asegurarme de que los Wittmann no ataban cabos sobre lo sucedido.

—¿Qué tiene que ver *miss* Jane Doe con la muerte de Edelweiss?

—Todo, mi querido Corsini, aunque a nadie se le ocurriera prestar atención a la muñeca de la pobre niña cuando la encontraron en su cama, muerta sin que sus padres pudieran oír sus gritos ahogados por una almohada. *Miss* Jane Doe era muy concienzuda con las órdenes que le daba y me aseguré de que le quedara claro cuáles eran antes de que los Wittmann la llevaran a su palacio. Esperó un par de semanas antes de actuar y eso debió de ser lo que evitó cualquier sospecha. Al fin y al cabo, ¿qué clase de inventor construiría una muñeca capaz de asesinar a su dueña?

El hecho de que Montalbano no se sintiera culpable fue lo que hizo que a Mario se le helase la sangre. Aquel hombre no era consciente de las monstruosidades que cometía.

—Edelweiss murió mientras dormía en su cama…, igual que Emilia. —La miró de nuevo sin conseguir atraer su atención. Su antiguo nombre no parecía significar para ella más de lo que significaba el suyo para su propia hija—. ¿También fue cosa de *miss* Jane Doe?

Montalbano negó con la cabeza mientras sacaba de la bolsa un paquete con unos pequeños objetos marrones. Cuando Mario reconoció lo que eran, soltó un jadeo. Todo encajaba.

—Estricnina —explicó Montalbano como si impartiese una lección— inyectada en unos caramelos que hicieron las delicias de la hija de Scandellari. Es uno de los venenos más potentes que existen y, al mismo tiempo, más sencillos de disimular. Basta con añadir una pizca de azúcar para que nadie aprecie su amargura.

—No puede ser… Yo mismo probé uno de esos caramelos; me lo dio Emilia en la cristalería de su padre y, como puede ver, sigo vivo.

—En pequeñas dosis, la estricnina resulta inofensiva para un hombre como usted. Lo único que podría haber sentido sería un pequeño mareo en las siguientes horas. Pero para una niña de siete años que no hacía más que escaparse a mi juguetería para que le diera más caramelos…

¿Emilia había hecho algo así? ¿Se había puesto en manos de un asesino sin que su familia lo sospechara? Montalbano debió de imaginar lo que se le pasaba por la cabeza, porque añadió:

—Confío en que no le parezca una deslealtad. Me consta que a Emilia le avergonzaba su comportamiento. Me dijo una tarde que estaba segura de que usted se enfadaría con ella si se enteraba de que pasaba más tiempo en mi tienda que en la suya. —Contempló con ternura cómo la niña le arrebataba la calavera a Marina. Ella le dio un codazo para recuperarla, lo que produjo un ruido como de dos piezas de metal al chocar entre sí—. Hablaba todo el rato de los juguetes que usted fabricaba. Dijo algo sobre una muñeca de trapo que había prometido regalarle…

—Iba a ser mi regalo de cumpleaños —murmuró Mario—. Pero usted, en su egoísmo…

—¿Egoísmo? —La sonrisa de ternura se disolvió en los labios de Montalbano—. ¿Qué cree que habría sido de estas niñas si no me hubiese ocupado de sus cuerpos? Sé que me acusa de ser el responsable de su muerte, pero ¿no es preferible un momento de sufrimiento a una existencia condenada a acabar en el fango? ¿No es mejor morir cuando aún se es joven que llegar a viejo sabiendo que, en cuestión de unos años, lo perderás todo? No tiene ni idea de lo que es la muerte ni de lo cruel que puede llegar a ser. —Dejó escapar la risotada más triste del mundo—. La idea de morir que tienen los jóvenes es errónea: la visten de un romanticismo del que carece. Leen relatos de terror, les gusta estremecerse con la imagen de un bello cadáver acostado en un tálamo cubierto de rosas… Pero no son más que delirios, productos de su imaginación enfebrecida. La muerte es más sucia, más rastrera y más descarnada de lo que piensa. Te arrebata lo que más quieres sin que puedas hacer nada más que llorar. Y ser capaz de burlarla para siempre es el mayor don que se nos puede conceder a los humanos. Un privilegio por el que muchos, como habrá comprobado, estamos dispuestos a cometer cualquier crimen.

«Y yo lo he conseguido», parecía decir el brillo delirante de sus ojos. Mario no podía hacer más que escucharle mientras se le encogía cada vez más el corazón. No estaba disculpándose; estaba hablándole como lo haría con un hijo. Unas gotas de sudor habían salpicado su frente y Montalbano, después de secárselas con un pañuelo, agregó en un tono más reposado:

—Tuve que recurrir a la fuerza bruta en el caso de su hija y le aseguro que no es algo de lo que me enorgullezca. Sin embargo, ahí tiene el resultado: está mucho más viva que antes de que mis dedos se cerraran alrededor de su cuello. Dígame, ¿no es mejor esto que la existencia que le esperaba en Ca'Corsini? ¿Años al lado de alguien que nunca la querría como a una hija?

—Yo no sospechaba que Marina tuviese mi sangre —murmuró Mario sintiendo cómo se le empañaban los ojos—. Si Gina me lo hubiese dicho, las cosas habrían sido muy distintas…

—No —aseguró el anciano antes de que acabara de hablar—. Usted nunca habría querido a su Marina como yo querré a mi Rosina. Cuando la miraba, solo era capaz de ver a su esposa. Estaba cegado por el resentimiento que sentía hacia su amante, por la humillación de lo que le habían hecho. Marina no significaba nada para usted. Rosina, en cambio, lo es todo para mí.

—¡Pero si ni siquiera la conoce! ¡No sabe cómo era antes de morir!

—¿Lo sabe usted? —preguntó Montalbano con una sonrisa que le encrespó aún más—. No hace falta que se excuse ante mí, Corsini; sobre todo después de lo que le he visto hacer en San Michele. Ha sido una muestra de valor muy emotiva, aunque no sirviera de nada.

—¡Si no me hubiera dejado inconsciente, no estaríamos aquí! —se sulfuró Mario sin dejar de revolverse entre sus ataduras—. ¡Lo habría destrozado con mis propias manos!

—Lo dudo mucho, aunque tampoco habría cambiado gran cosa, dado que el cuerpo de su hija nunca estuvo en el cementerio. El ataúd que enterraron ayer se encontraba vacío.

La mandíbula de Mario descendió poco a poco sobre su pecho. Montalbano se agachó para quitarles la calavera a Marina y Emilia y devolverla a uno de los mugrientos nichos.

—Lo que está diciendo es mentira. Marina viajó con nosotros a San Michele. Había docenas de vecinos acompañándonos durante el funeral. Todos presenciaron…

—¿Y de verdad cree que en las pompas fúnebres son muy concienzudos al asegurarse de que cada cadáver sigue en su ataúd antes de conducirlo a su lugar de descanso eterno?

Mario se quedó mirando a Montalbano mientras recordaba, como si lo oyera de nuevo, el sonido hueco que habían hecho las paletadas de tierra de los sepultureros al impactar contra la madera. Lo había achacado a que Marina era demasiado pequeña para ocupar por completo su ataúd. Ahora sabía que se había equivocado: solo había sido un simulacro de entierro.

—¿Cómo demonios consiguió entrar en el depósito sin que nadie…?

—Debería sentirme ofendido, Corsini. —Montalbano arqueó las cejas—. Parece mentira que aún no haya comprendido de quién heredó mi Silvana su habilidad con las cerraduras. Los propietarios de la funeraria deberían prestar mayor atención a sus medidas de seguridad.

Escuchar el nombre de ella en sus labios le hizo retorcerse aún más que antes.

—¿Qué se supone que le ha hecho, malnacido? ¿Dónde está Silvana?

—Vamos, haga el favor de no alterarse tanto. Ya tiene usted una edad como para mantener la compostura y acabará asustando a mis niñas si sigue gritando así.

—¡Como se le ocurra vengarse de mí a través de ella…!

—No estoy interesado en vengarme, ya se lo he dicho. De todos modos —el anciano se giró hacia la escalera procedente de la iglesia, en la que había empezado a resonar el eco de unos pasos—, puede hablar con Silvana usted mismo si eso le tranquiliza. Todavía tenemos tiempo antes de desaparecer y así sabrá que nuestra chica está en buenas manos.

Capítulo XIX

Primero distinguió sus zapatos; después, las medias de algodón que asomaban bajo su vestido negro. Había agarrado el borde de la falda para no tropezar mientras precedía a una persona más pequeña que Mario, cuando la luz de las antorchas les dio de lleno, reconoció como Edelweiss. Su cabello dorado relucía tanto como el de Silvana mientras se acercaba a Montalbano dando saltitos sobre las lápidas. Él se puso en cuclillas para recibirla en sus brazos, pero Silvana no se percató de cómo la miraba Mario; ni siquiera pareció fijarse, de hecho, en que se encontraba allí.

—Todo está dispuesto como me encargaste —anunció a su padre mientras dejaba que el vestido volviera a cubrirle los pies—. Hay dos góndolas esperando en la sacca della Misericordia. Querían convencerme de que alquiláramos tres, pero les aseguré que cabríamos todos en una.

—Has hecho muy bien —corroboró Montalbano—. Lo único que les interesa es sacarnos más dinero. Menos mal que en estos meses hemos aprendido cómo son los venecianos…

—Estaban a punto de cargar nuestras cosas en la segunda embarcación, así que no queda más que deshacernos de lo que hemos dejado aquí. Hay que vaciar esta cripta.

—Me parece un poco precipitado. ¿No te has dado cuenta de quién acaba de despertar?

Montalbano extendió un brazo hacia Mario y Silvana se volvió en la dirección que su padre le indicaba. Ni uno solo de sus rasgos se alteró cuando sus ojos se encontraron.

—Ah —fue lo único que contestó—, me alegra que aún siga respirando. Empezaba a pensar que le había destrozado el cráneo con el golpe que le di.

Nuestro amigo ha demostrado ser más resistente de lo que esperábamos, y también más caballeroso. —Montalbano volvió a sonreír mientras enlazaba sus dedos con los de su hija. Las tres niñas los miraban con atención—. ¿Sabes que, por un momento, temí que pudiera romper sus cuerdas? Ha estado a punto de saltarme al cuello como una fiera salvaje solo porque creía que iba a tomar represalias contra ti. ¡Contra ti, mi mejor cómplice!

—Eso es muy halagador: significa que representé bien mi papel.

Montalbano asintió con la cabeza mientras se llevaba una de las manos de la muchacha a los labios. Silvana no dijo nada más ni tampoco lo hizo Mario: ambos se limitaron a sostenerse la mirada durante un rato tan largo que Edelweiss empezó a impacientarse.

—¿Nos vamos ya? —quiso saber, tironeando de la levita de Montalbano—. ¿Ya?

—Dentro de unos minutos —prometió el anciano. Se volvió hacia Mario—. Me imagino, Corsini —dijo en voz más baja—, que no será necesario explicar nada más.

—Por supuesto que sí —susurró él mientras Silvana envolvía a las pequeñas en unas capas de viaje—. Es imposible que lo que estoy viendo sea cierto. Lo último que habría esperado…

—… es que mi Silvana recordase dónde residía su lealtad —concluyó Montalbano—, pero así ha sido. Puede que todo este plan sea mío, pero ella siempre ha estado prestándome su apoyo aunque no supiera lo que llevaba décadas preparando. Es un poco egocéntrico por su parte pensar que los meses que han pasado desde que se conocieron podrían acabar de un plumazo con toda nuestra convivencia. ¿Cree sinceramente que Adán llegó a amar a Eva más que el propio Dios, que le concedió el soplo de la vida? ¿Un simple hombre hecho de barro?

—Deja de justificarte ante él —dijo Silvana mientras aseguraba la capa bajo la barbilla de Marina. La pequeña la miraba con ojos radiantes de admiración—. No tienes por qué ponerle al corriente de todo. Cruzaremos demasiado tarde la frontera si no nos marchamos ya.

—Si necesita alguna otra prueba —añadió Montalbano aun así—, piense en la rapidez con la que estas niñas han despertado a la vida eterna. Hasta hace unas horas, seguían siendo unos cadáveres sin la menor capacidad de moverse, pensar o hablar. ¿Quién cree que me ha ayudado a implantarles los mecanismos de su interior? ¿Quién sería lo bastante hábil para hacerlo?

Los ojos de Mario se desviaron hacia una Marina aferrada a la mano de Silvana antes de regresar a esta. En su semblante se adivinaba el mismo recelo que había manifestado en La Grotta della Fenice cuando su padre se puso a explicarle cómo había creado sus mariposas mecánicas.

—No sabe cómo me duele que sufra tanto por nuestra culpa —dijo Montalbano, esta vez con la mayor sinceridad—. Debe de pensar que soy un ser sin corazón, pero nunca entró en mis planes romperle el suyo. Recé para que esto no saliera adelante, para que su amor se quedara en un capricho. —Sacudió la cabeza con tristeza—. Cuando regresó su esposa, confié en que…

—Silvana —le interrumpió Mario—, dime una palabra, una única palabra que desmienta lo que está contándome. Sé que no puedes haberte convertido de nuevo en su marioneta.

«No puedes haberle obedecido en esto —estuvo a punto de decir, pero no le salieron las palabras—. Nuestro amor no puede haber sido un simulacro como el entierro de Marina».

—Lo que mi padre dice es verdad: nunca quisimos hacerte daño —contestó Silvana al cabo de unos segundos—. Te revelé cuál era mi naturaleza para que entendieras que una relación entre nosotros era imposible. Sabes que soy una autómata incapaz de corresponderte, pero, por mucho que te cueste creerlo —añadió en voz más baja—, me hubiera gustado poder hacerlo. Me hubiera gustado que lo que creía haber empezado a sentir fuera amor. Eres un hombre muy valiente con el que cualquier mujer estaría encantada de compartir su vida. —Guardó silencio antes de añadir—: Pero esa mujer nunca podré ser yo. Porque ni siquiera soy una mujer.

—Silvana, estás dejándote arrastrar por este miserable como si…, como si su palabra fuera la de un dios. Piensa en lo que hemos compartido, en todos nuestros planes de futuro…

—Preciosas quimeras sin fundamento. Sueños que no podríamos haber hecho realidad por mucho que nos esforzáramos. Lo comprendí la noche en que estuvimos velando el cuerpo de Marina. Cuando te dormiste a mi lado en el diván, supe que no tenía sentido seguir rebelándome contra lo que era. Tu hija no había podido librarse del destino que mi padre tenía preparado para ella desde que le puso los ojos encima y yo tampoco podré hacerlo. Le pertenezco, Mario.

Por primera vez, no le avergonzaba que lo vieran llorar, tal vez porque acababa de alcanzar un punto en el que lo que antes le parecía importante ahora no tenía la menor trascendencia. La neblina que cubría sus ojos apenas le permitió distinguir sus rasgos cuando se arrodilló ante él.

—Pronto todo esto se convertirá en un simple fracaso amoroso —Silvana puso las manos sobre sus mejillas para que la mirase— y, con el tiempo, en una anécdota, nada más que eso. Sé que los humanos os recuperáis de los golpes de la vida con una facilidad asombrosa. Lo único que te dejaré será el recuerdo de mi nombre hasta que te conviertas en un anciano y lo olvides igual que todo lo demás. Y entonces, por fin, será como si nunca nos hubiéramos conocido.

La muchacha se disponía a levantarse cuando Mario se inclinó hacia ella, tensando tanto las cuerdas que las sintió hundirse en su piel, y apretó la boca contra la de Silvana en un gesto tan inesperado que a la joven no le dio tiempo a apartarse. Cuando consiguió mirarle a la cara entre el cabello que se le había desordenado, no encontró más que amor en sus ojos.

—Siempre te querré —susurró él—. Hagas lo que hagas, estés donde estés. Siempre.

Algo pareció cruzar por el semblante de Silvana, algo parecido a un relámpago, pero, antes de que pudiera reaccionar, Montalbano la agarró del codo para obligarla a incorporarse. Le puso en la mano una de las lámparas que ardían sobre el altar, aunque no apagó la otra.

—Lo siento, Corsini, pero las despedidas emotivas no han sido hechas para mí —dijo el anciano. La tremolante luz revelaba que también se le habían humedecido los ojos—. Perdone que mi Silvana no se muestre más emocionada; no ha sido diseñada para esto.

Pero Mario ni siquiera le escuchaba: seguía con los ojos clavados en los de Silvana, quien se había alejado hacia la escalera para reunirse con las tres niñas. Mientras Edelweiss, que parecía deseosa de marcharse de allí, empezaba a subir hacia la iglesia y las demás la seguían, Montalbano cogió la bolsa de las herramientas que descansaba sobre la mesa para echársela al hombro.

—No pasará mucho tiempo en esta cripta, no se preocupe. Dentro de unas horas, cuando estemos lejos de Venecia, le haré llegar un mensaje a su hermano explicándole cómo encontrar la iglesia. Espero que comprenda que no puedo dejarle marchar tan pronto.

Antes de desaparecer por la escalera detrás de las niñas, Silvana se volvió para mirar a Mario una última vez. Él no separó los labios; ya había dicho todo lo que tenía que decir. No se puso a luchar con sus ataduras para seguirla, no intentó convencerla de que le plantase cara a su padre: solo se quedó contemplando, encogido entre los nichos repletos de calaveras, cómo ella desaparecía en la oscuridad. Montalbano estuvo a punto de añadir algo más, pero el dolor silencioso de esa mirada acabó desarmándole y se limitó a marcharse detrás de sus hijas dejando a Mario solo con sus pensamientos.

Todavía era de noche cuando salieron de la cripta. Los rincones de la iglesia parecían más lejanos y oscuros ante el balanceo de la lámpara que Silvana llevaba en la mano. A las niñas, sin embargo, no parecía asustarles la penumbra: avanzaban sobre las resquebrajadas baldosas como si aquello fuera un inocente paseo por el campo. Montalbano se aferró a la mano libre de Silvana para acabar de subir y respiró hondo mientras alisaba los sucios faldones de su levita.

—Ha sido más duro de lo que imaginaba —tuvo que admitir—, pero supongo que lo mejor será marcharnos cuanto antes. Ya hemos hecho esperar demasiado a esos gondoleros.

Se alejaron en silencio de la entrada de la cripta, un cuadrado apenas visible en la penumbra de Santa Maria delle Anime. No se oía ningún sonido procedente de las profundidades; era como si no hubiese más que cadáveres bajo sus pies. En el fondo, era cierto: habían dejado a un hombre herido de muerte allí, una muerte especialmente dolorosa por afectar al alma más que al cuerpo.

—Ese muchacho, Mario… —comenzó a decir Montalbano. Silvana siguió avanzando por la nave sin prestar atención—. En el fondo, siento lástima de él; parecía realmente enamorado de ti. Es increíble lo ciegos que pueden estar los demás, ¿verdad?

—Desde luego —asintió Silvana sin que su voz dejase traslucir ninguna emoción. Tenía a Marina pegada a sus tobillos como un perrito faldero mientras Edelweiss y Emilia caminaban de la mano de Montalbano, la primera acariciando como hipnotizada la tela de su levita.

—Me hubiera gustado que las cosas acabaran de otra manera. Esta no era su guerra…

—¿Crees que sería mejor que le hubiéramos dejado irse? —inquirió la muchacha—. Sabes que le habría faltado tiempo para revelarle a todo el mundo lo que nos traemos entre manos.

—Es cierto —suspiró Montalbano—, pero eso no me consuela. Me recuerda demasiado a mí cuando tenía su edad. La misma rabia, la misma pasión por lo que hace; y, a la vez, esa capacidad para dejarse el corazón en lo que le importa. Debías de ser muy especial para él.

Silvana dejó escapar un resoplido de aburrimiento. Marina hizo lo mismo, sin atender a Montalbano, y después estiró las piernas para emular los pasos de su hermana mayor.

—Preferiría que dejases de mencionarlo si no te importa. De todos modos, hay algo que quiero preguntarte. —Silvana se volvió cuando acababan de alcanzar un montón de bancos casi reducidos a astillas que había en el centro de la iglesia—. Llevo pensando en ello desde que me dijiste que había llegado la hora de despertarlas. Ahora que nos tienes a las cuatro, ¿por qué quieres que te acompañemos al extranjero? ¿Por qué has decidido llevarnos a París?

Cuando Montalbano se detuvo, Edelweiss y Emilia hicieron lo propio. La luz de la lámpara que Silvana sostenía en su mano bañaba sus rostros con un siniestro resplandor naranja.

—Ya veo que no se te pasa nada por alto. Eres muy perspicaz.

—Me creaste para que fuera así, y a estas niñas también. Si no te lo pregunto yo, serán ellas las que lo hagan. Y me parece que nos hemos ganado el derecho a saber la verdad.

—No os estoy ocultando nada terrible…, nada que no planease contaros cuando por fin estuviéramos en Francia. —Montalbano se mesó la barba—. Claro que, si tanto te importa…

Silvana levantó un poco más la lámpara para que Edelweiss y Emilia no pudieran alcanzarla con sus deditos. Marina, por una vez, se había quedado quieta. Observaba a su nuevo padre con la misma atención que su hermana mayor. Montalbano respiró hondo.

—Hay un panteón en el cementerio de Père-Lachaise, en París —empezó a decir en un susurro—, cuya llave solo tengo yo. Allí Constance me espera en un ataúd forrado de terciopelo rojo que no fue concebido como una urna funeraria, sino como una cama. Mi Constance está intacta, tan intacta como tú. Está aguardando a que la despierte de su sueño eterno para seguir con la vida que teníamos antes de que la muerte nos arrebatase a nuestras niñas.

—Está conservada con acetato de alúmina —murmuró Silvana. Miraba a Montalbano sin pestañear—. También la convertiste en una autómata…, pero todavía no la has despertado.

—No podía hacerlo hasta estar seguro de que os tendría a vosotras. Debía asegurarme de que no se quitaría la vida si descubría que no había podido devolverle a nuestras pequeñas. Pero ahora que os he recuperado…, que os hemos recuperado…, nada apartará a Constance de mi lado. —Hablaba en voz muy baja, aunque le delataba el brillo febril de sus ojos. Habían pasado demasiados años desde que perdió al amor de su vida, demasiado tiempo con su secreto a cuestas sin poder confiárselo a nadie. Sonrió con tristeza a Silvana—. Ahora entenderás por qué tus mecanismos no fueron diseñados, en un principio, para permitir tu desarrollo. Tenías dentro de tu cuerpo la misma estructura metálica que mi Constance. Un diseño que garantiza la perfección porque nunca permitirá que envejezca.

—Pero ¿por qué no funcionó conmigo? ¿Por qué seguí creciendo?

—Por mi inexperiencia —reconoció Montalbano—. Eras demasiado pequeña para que tu cuerpo resistiera tantos cambios y aún no conocía las modificaciones que debería haber introducido en tu interior, las que después puse en práctica con estas niñas. Lo siento mucho, Silvana… Ojalá hubiera podido darte más de lo que te he dado, pero ya sabes que eres un prototipo.

Levantó una mano para acariciar una de las mejillas de la muchacha. Si no hubiera estado tan conmovido por sus confesiones, se habría dado cuenta de lo mucho que esta temblaba.

—Pero me has servido bien —le dijo con cariño—. Has sido la mejor hija que podría haber tenido y te lo agradezco más de lo que imaginas. Gracias a ti, Constance vivirá para siempre.

—¿Y qué sucederá con nosotras cuando estés seguro de que no piensa matarse?

La pregunta pareció desconcertar a Montalbano. Silvana continuó:

—¿Qué le hiciste a *miss* Jane Doe mientras yo conducía a Mario hasta tu barca?

—Lo único que podía hacer… Ya no tenía sentido que me la llevase de allí. Quiero decir que…

—¿La desconectaste? —insistió ella—. ¿Le arrancaste los mecanismos que colocaste dentro de su cuerpo para que los Wittmann no noten nada raro cuando acudan a su panteón?

—*Miss* Jane Doe tenía un fin muy claro. No es como vosotras —se apresuró a añadir el anciano al verla entrecerrar sus ojos azules—. No ha supuesto una gran pérdida para mí. Además, ella no estaba viva, así que no sufrió. *Miss* Jane Doe solo era un juguete.

—Solo era un prototipo. Una esclava destinada a servir a su amo.

Montalbano no llegó a escuchar lo que Silvana decía: algo quebró en ese momento la calma de la iglesia. Las niñas se dieron la vuelta para contemplar la puerta de Santa Maria delle Anime. Al otro lado de la podrida madera con herrajes se oía bastante ruido de repente.

—¿Qué significa esto? —susurró Montalbano—. ¿Nos han seguido desde San Michele?

—Es imposible: me aseguré de que no quedaba nadie en el cementerio.

—Pues nos habrán localizado de algún otro modo. Habrán venido desde Santa Croce, pero no me explico cómo han sabido por dónde tenían que navegar en plena noche…

A Montalbano no le dio tiempo a decir nada más. Las desgastadas puertas dejaron de crujir cuando las personas que había al otro lado se cansaron de empujarlas, pero entonces les llegó un sonido que heló la sangre del anciano: el rechinar de una llave en la cerradura.

—Maldita sea. —Con una mano le arrebató la lámpara a Silvana, la apagó con un soplido y la dejó en una esquina oscura; con la otra, les hizo un gesto a las niñas—. Tenemos que…

—El coro —señaló Silvana enseguida—. A nadie se le ocurrirá subir hasta ahí. Si es Andrea Corsini, estará buscando a su hermano y no tendría sentido que comenzara por las alturas.

Subieron uno a uno por la precaria escalera de piedra adosada a un lateral de la puerta hasta encontrarse sobre la entrada. Del coro no quedaba más que una repisa en la que a duras penas cabían los cinco. El regimiento de palomas de Santa Maria delle Anime lo había dejado todo cubierto de porquería, hasta los tubos de un ruinoso órgano barroco de color verduzco.

Solo llevaban unos segundos agazapados en la penumbra cuando dejaron de oír el ruido de la llave. Al abrirse la puerta, la luna que relucía sobre Venecia arrojó su claridad plateada sobre el pavimento, un charco en el que se recortaban las siluetas de tres personas. Andrea Corsini no había acudido solo a rescatar a su hermano: a su lado se encontraba un hombre corpulento que a Montalbano no le costó reconocer y, para su sorpresa, una mujer más menuda.

Entraron muy despacio, susurrando entre ellos y, cuando pudieron ver algo más que sus sombras, el anciano se percató de que el cabello de la mujer era tan negro como el de su Constance. Le pareció sentir cómo Silvana se tensaba un poco a su lado.

—No tienes por qué acompañarnos, Gina —decía Andrea—. Alguien debería esperar en la plaza hasta que demos con Mario. Así estaríamos seguros de que ese cretino no escapa.

—Por si lo has olvidado, te recuerdo que sigue siendo mi marido.

—Déjala, muchacho; nunca se sabe cuánta ayuda necesitaremos —le aconsejó Scandellari mientras tendía la mirada a su alrededor—. Santo Dios, esto parece una tumba. Vaya panorama…

Montalbano miró de reojo a Emilia. La pequeña se había acurrucado a su lado y, aunque observaba a Scandellari por encima del parapeto del coro, no daba muestras de reconocerlo.

—Benedetto, quédate en la puerta —dijo Andrea—. Tú puedes venir conmigo, Gina, pero será mejor que nos separemos. Ve inspeccionando las capillas mientras yo…

—Tienen una llave. —Silvana hablaba tan bajo que Montalbano, pese a encontrarse a unos centímetros de ella, casi no pudo escucharla—. ¿De dónde la habrán sacado?

—No lo sé, pero no es la nuestra. La reconocería entre un millar de llaves.

Si Andrea Corsini y Scandellari habían dado con otra copia, no había nada más que hacer allí. A Montalbano se le empapó la frente de sudor al pensar en lo que habría sucedido de haberse dirigido a Santa Maria delle Anime cuando las niñas aún estaban en la cripta.

—No me dejan más opciones. —Les hizo un gesto a Edelweiss, Emilia y Marina para que se le acercaran. Las tres reptaron sobre las telarañas que cubrían el coro tan sigilosamente como lagartijas—. Escuchadme con mucha atención —susurró—. Esas tres personas que acaban de entrar quieren impedir que nos marchemos. Quieren separarnos para que no podamos ser nunca una familia de verdad. Pero nosotros vamos a demostrarles lo unidos que estamos, ¿de acuerdo? —Se aseguró de obtener tres asentimientos de cabeza—. Necesito que los detengáis.

—¿Detenerlos? —Silvana frunció el ceño—. ¿Qué quieres decir con eso?

—No importa cuánto os cueste —prosiguió Montalbano como si no la hubiera oído—. No importa lo mucho que les duela lo que les hagáis. Si no acabamos con ellos esta noche, nunca podremos marcharnos de Venecia, así que… regresad ahí abajo. Estaré observando.

Edelweiss fue la primera en obedecer. Asintió mientras se dirigía hacia las escaleras por las que habían subido, sin darse cuenta de lo mucho que se le estaban ensuciando los rizos rubios, y Emilia y Marina la siguieron arrastrándose de bruces sobre la piedra. A Montalbano le relucieron los ojos mientras las veía desaparecer, una detrás de la otra, en medio de las sombras.

—¿Tanto confías en tus propias capacidades? —quiso saber Silvana—. ¿Qué crees que será de nosotros si se acuerdan de lo que fueron antes de morir y reconocen a sus parientes?

—¿Reconocerías a tus auténticos padres si los tuvieras delante? —preguntó Montalbano. Silvana abrió la boca, pero no se atrevió a decir nada—. Sabes tan bien como yo que los recuerdos de sus vidas pasadas han desaparecido de sus cabecitas. Ahora mismo, sus cerebros están tan huecos como unas caracolas. Perfectos para que les dé forma con mis manos.

Estaba tan pendiente de las siluetas que se deslizaban hacia la iglesia que no notó cómo lo miraba Silvana. «Haced que me sienta orgulloso de vosotras», murmuró.

Capítulo XX

Andrea esperó a que Gina entrara en la primera capilla para encaminarse hacia el altar. No llevaba ninguna vela, pero no la necesitó para reparar en que una de las losas sepulcrales había sido apartada. Hic-Terra-Est-Fidelibus, se leía en ella; justo como le habían dicho.

Volvió a asegurarse de que su cuñada no le había seguido antes de emprender el descenso hacia la cripta. Conocía lo bastante bien a su hermano como para adivinar que preferiría ocultarle a Gina la revelación que Andrea se disponía a hacerle. «Dios mío, esto no hay quien lo aguante», rezongó para sí mientras, con la nariz tapada por el mal olor, alcanzaba el final de la escalera.

Tuvo que reprimir un escalofrío cuando la luz de la lámpara colocada en la sacristía incidió sobre una acumulación de despojos envueltos en sudarios de los que no quedaban más que jirones. Entre esos restos, medio derrumbado en el suelo, se encontraba su hermano.

—Por fin he dado contigo —suspiró mientras corría hacia él. Al ver que no reaccionaba a su voz, se puso en cuclillas a su lado—. Mario, soy yo, Andrea. ¿Qué diantres te ha…?

Entonces se dio cuenta de que las cuerdas con las que le habían atado empezaban a lacerarle las muñecas. Tenía la piel casi en carne viva debajo de los puños de su arrugada camisa.

—Maldita sea —rezongó el muchacho mientras examinaba los nudos—. No hay manera de deshacer esto con las manos. Dame unos minutos; enseguida nos marcharemos de aquí…

—Me ha dejado —murmuró Mario con la garganta rasposa.

—Ya me lo imagino —contestó Andrea a su vez sin hacerle mucho caso—. Habrías puesto una cara muy distinta al verme aparecer si no te hubiese pasado algo horrible.

—No lo entiendes, Andrea: Silvana me ha dejado. Me ha… abandonado. —Parecía incapaz de creer sus propias palabras. Andrea nunca lo había visto tan aturdido, pero se limitó a resoplar mientras sacaba una navaja de la chaqueta. Mario siguió diciendo—: Pensé que no era más que una pesadilla. Estaba aquí de pie, tan tranquila…, como si no le importara nada de lo que pudiese hacerme Montalbano, y entonces me pidió que la olvidara. Justo antes de marcharse con él me pidió que me olvidara de lo nuestro…

—Y te dijo que había recapacitado sobre lo que te prometió —adivinó Andrea— y que había comprendido que siempre pertenecerá a su señor padre, ¿me equivoco?

Mario se quedó mirando a Andrea como si fuera la primera vez que lo veía. Como si hasta entonces no le hubiera llamado la atención que supiera cómo acceder a aquella cripta.

—¿Quién te lo ha contado? ¿Nos has escuchado?

—En serio, Mario, a veces eres tan ingenuo… ¿Cómo pudiste creer lo que Silvana te decía delante de Montalbano? ¿No entendiste que solo estaba fingiendo?

—¿Fingiendo? —Su hermano abrió mucho los ojos—. ¿De dónde has…?

Andrea seguía forcejeando tan desmañadamente con las cuerdas que la punta de la navaja resbaló sobre la piel de Mario, pero este ni siquiera pareció sentir el arañazo.

—Vaya, lo siento…, pero esto ya está. —Con un último tirón, Andrea arrancó los nudos que Emilia había apretado—. No me explico que, con lo desconfiado que eres, le haya resultado tan sencillo engañarte. Lo único que quería Silvana era arrancarte como fuera de las garras de su padre.

Mario se había quedado tan perplejo que ni siquiera cayó en que volvía a ser libre.

—Eso solo es un embuste con el que tratas de consolarme.

—No tengo la menor necesidad de hacerlo. —Andrea puso los ojos en blanco—. Pero te aseguro que, si yo fuera esa chica, me ofendería mucho lo poco que tardaste en creértelo. Era a su padre a quien tenía que convencer de que no sentía nada por ti. Le dijo lo que Montalbano se moría por escuchar para salvarte el cuello, Mario. Todo lo que Silvana ha hecho es por ti.

—Pero si le ha ayudado a marcharse con las niñas… Hablaron de ello delante de mí: quieren escapar de Venecia antes de que podamos avisar a las autoridades de lo que planean.

—Silvana se ha marchado con Montalbano con la única intención de mantenerlo vigilado. Deja de mirarme con esa cara de pasmarote y préstame atención por una vez —ordenó Andrea cuando su hermano se disponía a protestar—. Ayer por la tarde, cuando entramos en Ca'Corsini con ella, nos dimos cuenta de que estaba preocupada. «No saldrá bien», dijo cuando Scandellari quiso averiguar qué le sucedía; «no podemos abandonar a esas criaturas en sus manos».

Esto nos desconcertó porque no teníamos ni idea de a qué se referiría. Entonces Silvana…

—Espera, ¿os contó lo de las niñas? ¿Has descubierto lo que son ahora?

Andrea asintió en silencio, con el rostro más sombrío que nunca, y Mario sintió una oleada de admiración en medio de su perplejidad. Allí estaba el muchacho al que había considerado un crío irresponsable, en la cripta maloliente de una iglesia en ruinas, apartando a un lado sus propios problemas para enfrentarse a un degenerado capaz de experimentar con tres niñas muertas.

—Si Silvana no hubiera insistido en que esperásemos, me habría plantado en su casa para estrangularle. —Volvió a guardarse la navaja en el bolsillo—. También nos dijo lo que pensabas hacer en el cementerio para asegurarte de que Montalbano no profanaba la tumba de Marina.

—Eso fue una pérdida de tiempo. Su ataúd estaba vacío: Montalbano la sacó durante la noche de la funeraria. La caja que enterramos en San Michele no contenía su cuerpo.

—Ah —Andrea enarcó las cejas—, eso Silvana no lo sabía. En cualquier caso, nos explicó lo que había hecho su padre con Emilia y Edelweiss. Solo nos enteramos Scandellari y yo; Gina estaba tan hundida que Simonetta la metió en la cama después del funeral. Eso sí, cuando se enteró de que nos marchábamos a Cannaregio para rescatarte, se negó a quedarse en casa.

—¿Gina también ha venido? —se asombró Mario.

—Estaba tan angustiada como Silvana por lo que pudiera pasarte, así que tuvimos que traerla con nosotros. Pero al menos conseguimos convencer a Simonetta. —Andrea parecía luchar contra el deseo de contarle algo más pese a no ser el mejor momento para hacerlo—. Por fin ha dicho que sí, Mario. Me pidió que regresara con vida para convertirla en mi mujer.

—Enhorabuena, pero no acabo de entenderlo… —Mario negó con la cabeza sintiéndose cada vez más abrumado—. ¿Cómo habéis llegado aquí sin que os guiara Silvana?

Andrea le puso entonces al corriente de lo que había hecho la muchacha durante las horas que Mario había pasado dando vueltas por el cementerio. Tras persuadir a su hermano para que la dejase regresar a La Grotta della Fenice, aprovechó la ausencia de Montalbano para coger la llave de la iglesia y construir una ganzúa a partir de ella que arrojó, junto con un plano de Cannaregio en el que aparecía trazada la ruta a seguir, por una ventana del taller. Andrea lo recogió todo desde la calle y, tras asegurarse de que ningún vecino los había visto, se encaminó hacia Ca'Corsini dejando a Silvana en la juguetería hasta la llegada de su padre.

Le había asegurado que entretendría a Mario en el cementerio para quitárselo de en medio y, unas horas más tarde, había hecho creer al propio Mario que acababa de dar esquinazo a Andrea y los Scandellari. Cuánto tenía que haberle costado mantener esa farsa…

—Pero parecía tan segura de lo que decía, tan indiferente…

—Debe de haber actuado muy bien para convencerte de que para ella solo fuiste una distracción. Si Simonetta me quisiera la mitad de lo que Silvana te quiere a ti, me marcharía al otro barrio con la sensación de haber sido un hombre con…

Pero, antes de que Andrea acabara de hablar, su hermano ya había echado a correr hacia la escalera.

El cristal que cubría la mesa de altar le devolvió el reflejo de su propio rostro sobre el del esqueleto adornado con una corona de flores. Gina reprimió un escalofrío y se dio la vuelta para continuar inspeccionando la capilla, cuyo aspecto desangelado ponía los pelos de punta. A sus espaldas no se oía más que los pasos de Scandellari, que seguía montando guardia en el umbral de la iglesia, y el monótono «plic, plic, plic» de una gotera sobre las lápidas que alfombraban el suelo.

«Mario no está aquí —comprendió mientras giraba sobre sus talones—. Puede que lo único que pretenda esa muchacha sea tendernos una trampa. No sería raro viniendo de ella». Tuvo que morderse los labios al comprender que estaba siendo injusta. La hija de Montalbano no había dado ninguna prueba de recelar de Gina tanto como Gina recelaba de ella desde que dedujo lo que estaba ocurriendo entre su marido y Silvana.

«A Mario ya no le importo; no ha podido dejármelo más claro. Ha rehecho su vida sin mí y ahora soy yo la que tiene que seguir sus pasos. —Sintió un nudo en la boca del estómago mientras se acercaba a las redondas ventanas de la capilla. Se agarró las faldas negras para subirse sobre la tumba que había debajo—. Pero ¿cómo voy a hacerlo sin Marina a mi lado? ¿Qué vida me espera después de haber perdido a mis dos razones de ser?».

Algo crujió bajo sus zapatos: pequeños fragmentos de cristal pulverizado. Gina entornó los ojos en la penumbra, tratando de controlar las lágrimas, y alzó la cabeza hacia una ventana demasiado alta para poder mirar a través de ella. La retícula metálica encargada de mantener los cristales en su sitio había sido arrancada y yacía peligrosamente inclinada hacia dentro, como habría quedado después de que alguien la destrozase con los puños.

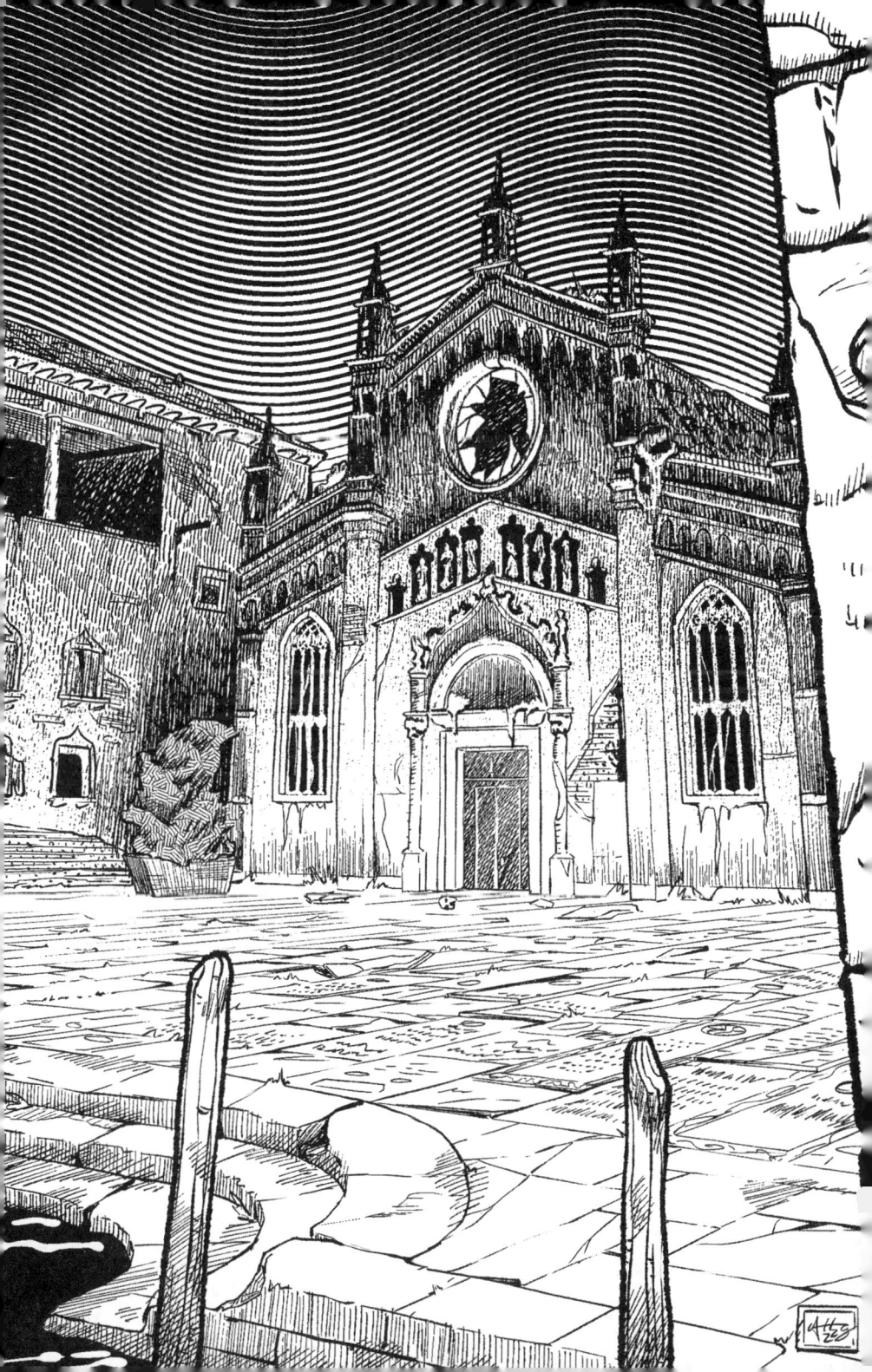

Despacio, levantó un dedo para rozar la maltrecha estructura. Le extrañó sentir un escozor en la piel al cortarse con uno de los cristales; parecía un sacrilegio seguir sintiendo cosas ahora que su pequeña, su Marina, era incapaz de volver a hacerlo. La imaginó tumbada dentro de su ataúd, sepultada por la tierra que cubriría su tumba hasta que el mundo dejase de existir. El sacerdote de San Michele había hablado de la resurrección de la carne, pero ese concepto en el que Gina había creído durante toda su vida resultaba, de pronto, absurdo. ¿Cómo podría abrirse camino Marina desde las profundidades después de haber resucitado?

«Deja de pensar en esas cosas si no quieres volverte loca. Sabes de sobra que es imposible cambiar lo ocurrido. —Gina se llevó las manos a la cara mientras se esforzaba por contener el llanto. Una voz mucho más poderosa que la suya, en la que creyó captar ciertos matices de la de Mario, resonó con fuerza en su cabeza—: En el fondo, todo esto es culpa tuya».

—Basta ya —murmuró contra sus dedos temblorosos. Descendió de la lápida tan despacio como si caminase en sueños—. No puedo seguir así, no puedo…

Cuando se calló, no fue por las lágrimas que no conseguía controlar. Gina se detuvo en seco al descubrir que alguien la observaba desde la oscuridad. Una pequeña figura que se había detenido detrás de la cancela de la capilla sin hacer más ruido que un espíritu. Estaba demasiado lejos para entrever otra cosa que su silueta sobre las columnas medio derruidas que había a sus espaldas, pero pese a ello, y aunque fuese una locura, Gina habría jurado que…

—¿Marina? —murmuró con una voz que no parecía la suya.

La pequeña adelantó un pie sobre las lápidas y después el otro, y a Gina le dio un vuelco el corazón al reconocer los zapatos que le había calzado antes de que los empleados de la funeraria se la llevaran. La luz que entraba por la ventana rota arrancó destellos al charol y jugueteó con los cabellos que caían sobre su vestido. Una melena tan negra como la de la propia Gina.

—Oh, Dios mío… Dios mío… —Aquella era la prueba que necesitaba: el dolor la había enloquecido. No había otra explicación para que Marina se encontrase ahí—. Esto no puede ser cierto…, no es más que un sueño. No puedes haber regresado de entre los muertos…

Había apretado la espalda contra la urna que contenía el esqueleto. Gina ya no podía sentir asco por los cadáveres: había dejado de razonar con claridad. Lo único que sabía era que su hija, de un modo u otro, había abandonado San Michele. Había vuelto a respirar.

—Marina —balbuceó mientras daba unos pasos hacia ella—. Mi pequeña…

La niña no se apartó cuando Gina se detuvo a su lado. No retrocedió cuando alargó las manos para rozar sus cabellos, deslizándolas después por sus mejillas, por sus delgados hombros, antes de caer de rodillas profiriendo un alarido. Definitivamente, no era un sueño.

—¡Estás conmigo otra vez! —gimoteó mientras la rodeaba con los brazos. La apretó con tanta fuerza contra su pecho que casi se quedó sin respiración—. ¡Mi Marina! ¡Mi Marina!

Y le cogió la cara con las manos y le cubrió las mejillas de besos, una y otra vez, y la estrechó entre sus brazos en un desesperado intento de sentir cómo se contagiaba su corazón de sus propios latidos. Su felicidad era demasiado grande para comprender que no había palpitaciones dentro de aquel pecho de muñeca ni aire en sus pulmones.

—Ya está, cariño mío, ya se acabó… —Le retiró los cabellos de la frente para mirarla a los ojos y se echó a reír mientras acariciaba unos labios que, aunque Gina no se diera cuenta, tampoco eran capaces de devolver ninguna de sus sonrisas—. Ya estás conmigo de nuevo… —Le rodeó la diminuta cintura con los brazos para sollozar sobre su hombro—. Eres un regalo del cielo, Marina, eres la prueba de que aún podían perdonarme pese a todo lo que he hecho…

—Yo no soy Marina —contestó de repente la niña.

—Por supuesto que lo eres, y ahora mismo te llevaré a casa —prometió su madre—, y te arroparé como solía hacerlo cada noche y me acostaré contigo para contarte un cuento, ¿te apetece, cariño?, y me aseguraré de que nunca, nunca, nunca vuelvan a separarnos.

—No soy Marina —repitió apartándose unos centímetros—. No lo soy.

Gina parpadeó sin comprender lo que ocurría. La niña no parecía estar enferma, solo un poco pálida, pero eso era normal. ¿Cuántas horas había pasado bajo tierra?

—Cariño…, cariño mío… —dijo mientras le ponía las manos en la frente. Cuando la besó para comprobar su temperatura, se quedó paralizada al notar que estaba helada—. Pero ¿qué te pasa? ¿Qué tienes, Marina? ¿Estás mala?

Ella hizo un movimiento para apartarse, pero Gina no se lo consintió.

—Cuéntale lo que tienes a mamá. No pasa nada, te pondrás bien enseguida. —Le frotó la espalda para tranquilizarla—. Te llevaré al médico para que te reconozca y…

Gina se quedó sin voz poco a poco. Al deslizar las manos por la columna vertebral de su hija, le había parecido sentir una temperatura aún más baja que la de su piel. El tacto de una plancha metálica salpicada de protuberancias a través de la tela de su vestido.

—¿Qué significa esto? —murmuró—. ¿Qué es esto, Marina?

Pero no tuvo la oportunidad de preguntar nada más. Marina le rodeó los hombros con sus brazos, acercándose tanto que a Gina no le costó percibir su extraño aroma a compuestos químicos. «Me llamo Rosina», susurró con sus labios acariciándole el oído.

Entonces Gina sintió cómo esos brazos se estrechaban alrededor de su cuello. Estuvo a punto de soltar un grito cuando Marina se dejó caer sobre ella con un peso muy superior al de las niñas de su edad. Se le cortó la respiración y abrió la boca de par en par, pero ninguno de sus esfuerzos por coger aire surtió efecto cuando la pequeña se apretó más contra su pecho.

De pronto se sentía como si estuvieran aplicándole la pena de garrote vil. Cayó sobre las losas sepulcrales y arrastró hasta el suelo a Marina, cuya expresión no había cambiado. Gina dejó escapar un quejido que nadie pudo captar al verse ahogado por un alarido procedente de la nave de la iglesia. Desmoronada sobre las lápidas, consiguió girar la cabeza para distinguir las piernas de Scandellari agitándose al lado de la puerta y unas trenzas cayendo sobre su pecho. Al parecer, alguien acababa de derribarle para hacerle lo mismo que Marina a su madre.

En medio de la bruma que la inconsciencia tendía ante los ojos de Gina, el rostro de la pequeña parecía demasiado sereno, tan inalterable como el de una muñeca.

—No…, no… —Hundió las uñas en los dedos de Marina para tratar de arrancárselos del cuello, pero no pudo moverlos ni un milímetro—. Ma… Marina… —articuló—. Mi… Marina…

Poco a poco, Gina se quedó quieta. Sus dedos dejaron de estremecerse y su cabeza cayó blandamente sobre las inscripciones que recorrían las lápidas. Aún le temblaron los labios unos segundos antes de detenerse mientras Marina, acurrucada sobre su cuerpo, observaba cómo las estrellas que adornaban la bóveda de la capilla se reflejaban en sus ojos.

Se inclinó hacia delante para hundir las manos en los cabellos de la mujer a la que su padre le había encargado que matara. Seguía siendo guapa incluso estando muerta; su cara era una de las más bonitas que había visto desde que despertó en la cripta. Era casi tan bonita como la de su hermana mayor, cuyo pelo había envidiado sin parar desde que las presentaron. Le pasó la punta de un dedo por los párpados y constató que eran muy suaves, tanto que podía moverlos arriba y abajo. Finalmente, se decidió a levantarse. Quería volver con su padre y contarle lo bien que lo había hecho, pero de improviso le pareció notar algo raro en su interior.

Marina frunció el ceño mientras se llevaba una mano al pecho. Su corazón se movía como siempre, pero acompañado por un ruido muy distinto del que solía resonar dentro de su cabecita. «Crac», «crac», y después «crac» de nuevo. Algo acababa de estropearse en su interior; la niña podía sentirlo aunque no supiese nada sobre su naturaleza.

Cuando se puso en pie, estuvo a punto de caer al suelo al tropezar con uno de los brazos de la mujer muerta. Por primera vez en su corta vida, estaba asustada. Los chasquidos se extendían por el resto de su cuerpo: los oía propagarse por sus piernas, tan rígidas como las de una escultura, por los brazos que era incapaz de mover e incluso por la cabeza.

La pequeña no pudo contener un grito. Se apretó las sienes con ambas manos mientras el universo entero amenazaba con estallar a su alrededor. «Crac», volvió a oír dentro de su cabeza. «Crac»... y todo quedó en silencio.

Las revoluciones de su corazón comenzaron a aminorar, sus miembros dejaron de estar entumecidos. Marina cerró los ojos un momento, tratando de tranquilizarse, y, cuando los abrió, se quedó mirando a Gina. Algo regresó a su memoria como el eco de una voz olvidada.

—¿Mamá…? —susurró dando un paso inseguro hacia ella.

Antes de que pudiera tocarla, el mecanismo se detuvo, los ojos de Marina se entrecerraron y las piernas dejaron de sostenerla. Cayó sobre el cuerpo de Gina en el instante en que Scandellari, profiriendo un «¡Emilia!» que resonó por la iglesia, detenía a duras penas la caída de la niña que había estado a punto de asfixiarle antes de acordarse de quién era.

Capítulo XXI

—Esto no puede ser verdad. —Montalbano, cuyo rostro casi se había vuelto tan blanco como su cabello, se agarró con manos crispadas al parapeto del coro—. Dime que lo estoy soñando.

Desde donde se encontraba, podía abarcar con la vista toda Santa Maria delle Anime. La hija de Scandellari se había quedado tumbada con los brazos abiertos justo debajo de la arcada de piedra. Sus ojos contemplaban sin ver a Montalbano mientras su padre, que no había recuperado todavía el aliento, la estrechaba contra su pecho sin dejar de regarla con sus lágrimas.

—Ven a ver esto, Silvana —dijo el anciano sin preocuparse por bajar la voz; era demasiada su angustia—. Sus mecanismos se… han detenido menos de una hora después de activarlos…

La muchacha se acercó para apoyarse también en el parapeto, pero Montalbano no se dio cuenta de que no estaba mirando a Emilia ni los zapatos de charol de Marina, que asomaban por la cancela de la capilla: era el cuerpo de Gina lo que había atraído su atención. Fue una suerte que su padre estuviera demasiado desesperado para ver cómo Silvana se llevaba las manos a la boca, conmocionada.

—He pasado décadas diseñando sus corazones —balbuceaba Montalbano—. Noches en vela trabajando con sus engranajes, asegurándome de que conocía de memoria la función de cada rueda… Todo para que ahora, cuando menos lo esperaba, se detengan como los de unos juguetes de cuerda. —Se pasó una mano por la sudorosa frente mientras Silvana continuaba observando a Gina—. Cielo santo, esto no tiene ningún sentido. ¡No tenía por qué suceder algo así!

—Aunque no te guste recordarlo, sigues siendo humano —contestó ella—. Es posible que existiese algún error en la conexión entre sus corazones mecánicos y el resto de sus resortes.

—Eso no ocurriría ni aunque lo hubiese hecho con los ojos cerrados. Te lo repito, Silvana, no tiene sentido. —Montalbano sepultó la cara en las manos—. Tiene que ser una pesadilla…

—A lo mejor es más sencillo de lo que crees. A lo mejor alguien se ha presentado en nuestra juguetería cuando no estabas allí y ha aprovechado tu ausencia para modificar los mecanismos. Nada significativo, por supuesto, porque, de lo contrario, te habrías dado cuenta nada más manipularlos. —Silvana alzó la cabeza hacia la bóveda, cuya pintura se había desprendido tiempo atrás para revelar las entrañas de ladrillo escondidas bajo la plementería—. Una válvula en una posición incorrecta, unos engranajes que no se encontraban donde aparecía señalado en tus esquemas…

El significado de sus palabras tardó casi un minuto en penetrar en la torturada mente de Montalbano. Cuando por fin sucedió, cuando comprendió lo que Silvana quería decir, apartó los dedos tan despacio de su rostro como si su corazón también acabara de detenerse.

—Estás bromeando —fue lo único que pudo responder—, claro que sí. Estás haciéndolo para tratar de animarme después de esta catástrofe. Nos conocemos demasiado bien.

—Eso no me corresponde a mí decirlo. —Silvana se encogió de hombros—. Se supone que tú eres mi creador. ¿Quién más podría saber si me has dado la capacidad de bromear?

Acompañó estas últimas palabras con una sonrisa provocada por el estupor con que seguía mirándola Montalbano. Eso debió de resultarle tan inquietante que dio un paso atrás.

—¿Qué…, qué significa esto? ¿Desde cuándo eres capaz de sonreír así?

—Desde que me enamoré del hombre con el que he decidido compartir mi vida, tanto si es eterna como si es humana. Para conocerme tan bien, no te has percatado de lo que sucedía delante de tus propios ojos. Mario no ha sido la única persona a la que he mentido esta noche.

La boca de Montalbano se abrió poco a poco. Cuando la bolsa resbaló entre sus dedos, sus herramientas entrechocaron con un repiqueteo casi musical, aunque no pareció preocuparle que el ruido pudiera revelar su posición. La respiración se le había vuelto mucho más acelerada.

—¿Por qué me miras con esa cara? —inquirió la muchacha mientras cruzaba los brazos contra el pecho—. Si no soy más que un prototipo, ¿por qué te duele esta traición?

—Tienes que haberte estropeado —dijo Montalbano sin quitarle los ojos de encima—. Te ha sucedido lo mismo que a esas pobres chiquillas. Algo se ha roto dentro de ti…, una pieza mal conectada con las demás que está trayendo estos pensamientos extraños a tu cabeza.

—¿De modo que te empeñas en reducir el amor a una cuestión mecánica? ¿El hombre que se juró a sí mismo resucitar a su Constance? ¿Ni siquiera reconoces ya estos sentimientos?

Montalbano volvió a retroceder cuando Silvana acortó la distancia entre ambos.

—Durante toda mi existencia —prosiguió ella— has asegurado que me querías. Me has repetido lo mucho que me necesitabas. No podías soportar la idea de que me apartase de tu lado, pero por fin he entendido que no había amor en ti, solo orgullo y afán de posesión.

—Te equivocas, Silvana, ¡claro que te quiero! ¡Eres mi mayor creación!

—Solo un prototipo, un paso previo para algo mayor. Una realidad que he destrozado ante tus ojos —añadió mientras se llevaba las manos al cuello— al descubrir que en realidad era la más humana de los dos. El auténtico monstruo de Frankenstein eres tú. —Hubo un chasquido apenas perceptible cuando los dedos de Silvana desabrocharon el cierre de su colgante. Lo sujetó con una mano para que oscilara al extremo de la cadena—. Ahora el prototipo ha tomado las riendas de su vida y ha decidido que no necesita más de ti. Ni siquiera el tiempo que te empeñaste en regalarle.

Cuando dejó caer el reloj, la esfera se rompió en pedazos sobre las losas sepulcrales en las que Scandellari continuaba abrazado al cuerpo de Emilia. El dolor le había aturdido tanto que ni siquiera se inmutó por el estrépito ni se fijó en las diminutas piezas que se esparcieron por el pavimento. El suelo quedó salpicado de engranajes y trozos de cristal mientras las agujas, que aún seguían marcando las seis menos veinte, temblaban unos instantes antes de detenerse.

La sensación de haberse librado de la carga que la oprimía desde hacía diecisiete años resultó tan embriagadora que Silvana casi sonrió de nuevo. Y lo habría hecho de no ver, con el rabillo del ojo, cómo Montalbano se arrojaba contra ella con algo reluciente en la mano: un escalpelo.

Antes de que Silvana pudiera reaccionar, la herramienta se hundió en su pecho casi hasta el mango. De la herida, sin embargo, no brotó ni una gota de sangre: habían pasado demasiados años desde que su padre la sustituyó por el acetato de alúmina destinado a preservarla.

La boca de la muchacha se abrió poco a poco, aunque no pudo decir nada. Montalbano la había empujado contra el parapeto para inmovilizarla con su propio cuerpo. Tenía suficiente fuerza como para apartarlo de sí, pero no fue capaz de hacerlo: solo pudo observarlo con unos ojos que la sorpresa hacía aún más grandes en medio de la penumbra de la iglesia.

—Lo siento —le oyó sollozar. Había hundido el rostro en uno de los temblorosos hombros de Silvana y se estremecía contra su cabello rubio—. Lo siento más de lo que imaginas…

La notó arquearse entre sus brazos, pero los dedos de Montalbano siguieron aferrando el escalpelo. Despacio, Silvana levantó las manos para agarrar las muñecas de su padre y, cuando volvió a mirarla, se quedó paralizado al comprobar que aún sonreía.

—Y ahora ¿qué piensas hacer? ¿Matarme una segunda vez? ¿Una tercera?

Montalbano se quedó sin aliento. Miró el escalpelo y el rostro de su hija, sin comprender lo que sucedía, pero no tuvo oportunidad de decir nada más. Con un rugido, Silvana se apartó del parapeto para empujarlo contra la vidriera abierta en la pared del coro. Los polvorientos cristales se hicieron añicos cuando ambos se precipitaron desde las alturas para caer, entre un remolino de esquirlas rojas, verdes y azules, sobre las desgastadas losas que pavimentaban el exterior.

Hasta la misma plaza dio la impresión de temblar cuando impactaron contra el suelo. Parecían una constelación desconocida entre los cristales relucientes que seguían posándose a su alrededor. Silvana se apoyó en un codo y contuvo un quejido cuando los hierros arrancados de la vidriera le arañaron la piel. Con los labios temblorosos, se quedó contemplando el rostro del hombre al que había llamado padre, cuyos ojos no se habían apartado de ella ni siquiera después de morir. Un charco escarlata se extendía poco a poco debajo de su nuca.

—Yo sí que lo siento, más de lo que imaginas… y mucho más de lo que mereces —dijo en voz baja, inclinándose para besar la frente del anciano—. Dentro de poco, podrás abrazar de nuevo a Constance, la auténtica Constance, y ya no importará que la muerte te la arrebatase.

Absorta en la contemplación de Montalbano, no se había dado cuenta de que, al caer encima de su cuerpo desde aquella altura, el escalpelo se había sumergido aún más en su carne. Silvana apretó las manos contra las losas mientras intentaba ponerse en pie, pero algo la obligó a detenerse nada más hacerlo. Un chasquido que parecía proceder del lugar que ocupaba su corazón.

Se le abrieron mucho los ojos. Una de sus manos se cerró de manera instintiva alrededor de la herramienta, aunque el miedo le había atenazado los dedos.

«Crac…, crac…, crac…».

Mario estuvo a punto de darse de bruces contra el suelo cuando salió de la cripta. El cuerpo de Edelweiss se encontraba tendido sobre una de las losas, con sus recargados rizos cubriéndole la mitad de la cara y los ojos entreabiertos, aunque había dejado de moverse. Andrea estaba a punto de tocarla cuando Mario alargó una mano para detenerle.

—¡Quieto! ¡No tienes ni idea de lo que podría hacerte! —Había un horror congelado en las pupilas de la niña que le descolocó. No recordaba que ninguna hubiera mostrado la capacidad de Silvana de sentir emociones—. Esto es muy extraño. Parece como si estuviera… ¿muerta?

—Lleva meses muerta —le recordó Andrea a su hermano—. Yo diría más bien que ha sido desconectada. Ha dejado de funcionar y, por lo tanto, también de pensar y hasta de vivir.

¿Los diseños de Montalbano habían resultado ser un fiasco? ¿Había sido Edelweiss la única niña eterna en morir? Antes de que pudiera preguntarlo en voz alta, Mario obtuvo la respuesta que deseaba, pero lo que descubrió cuando se apartó de la cripta, avanzando por la nave principal de la iglesia hacia un sollozante Scandellari, fue mucho más doloroso de lo que se había imaginado. Su vecino estaba de rodillas en el suelo y sostenía entre sus brazos el cuerpo de una Emilia igual de paralizada que Edelweiss. También ella tenía los ojos abiertos.

—No sabía lo que estaba haciendo —gimoteó Scandellari mientras la apretaba contra su robusto pecho sin que nada cambiase en el semblante de la niña—. Quiso acabar conmigo… y estuvo a punto de conseguirlo…, pero no podía ser idea suya, ¡no quiero creerlo!

—No lo era —le aseguró Mario con tristeza—. Montalbano debió de ordenárselo cuando entrasteis en la iglesia. Emilia nunca le habría obedecido de haber seguido con vida.

Aquello no pareció consolar a Scandellari. Había enredado los dedos en las trenzas de Emilia y la acunaba entre sus brazos como solía hacer cuando era un bebé, después de que su Isabella los dejara solos. Con la diferencia de que, esta vez, la niña no se despertaría.

—Es increíble lo que ha conseguido —musitó Andrea—. ¡Casi parece…!

—¿Dónde está Gina? —preguntó Mario de repente—. ¿No se encontraba también aquí?

Andrea miró a Scandellari, pero su vecino se limitó a encogerse de hombros. No era capaz de pensar en nada más que en lo que Montalbano le había hecho a su niña.

—Creo que oí un grito…, pero no sé de dónde venía. Yo mismo estaba gimiendo mientras Emilia trataba de estrangularme. No puede haber salido de la iglesia, aunque —una sombra pasó por el rostro de Scandellari— si Marina también ha sido convertida en…

Andrea sintió cómo un escalofrío le descendía por la espalda. Las marcas de los dedos de Emilia seguían siendo visibles en el cuello de Scandellari, tan recio como el de un toro, pero Gina era una mujer menuda. Sin embargo, no le dio tiempo a decir nada: cuando se giró hacia Mario, vio que estaba encaminándose, tan despacio como un sonámbulo, hacia una capilla cercana.

La cancela de mármol había sido apartada a un lado. Andrea le siguió con algo de miedo y Scandellari, tomando a Emilia en brazos, también lo hizo. Oyeron a Mario coger aire mientras se detenía en medio de la capilla. Al estirar el cuello para mirar sobre su hombro, Andrea distinguió dos cuerpos tendidos sobre las losas, los dos con el pelo negro.

—Dios santo —susurró el muchacho—. Dime que no la ha…

En silencio, como si temiera despertarlas, Mario se arrodilló junto a Gina y Marina. La niña descansaba sobre el pecho de su madre con la misma expresión que Edelweiss y Emilia: la mezcla de sorpresa y terror de alguien que acaba de despertar de una pesadilla. En la de Gina, por el contrario, no había más que una curiosa paz. Uno de sus brazos reposaba bajo la espalda de Marina como si simplemente se hubiera echado a dormir al lado de su hija.

Mario alargó los dedos hacia el rostro de su esposa para cerrarle los ojos con cuidado. Le costó un poco conseguirlo, porque sus párpados parecían reacios a obedecer; tal vez querían quedarse con todos los detalles del semblante de su marido antes de partir para siempre.

—Ahora está con ella. —Andrea y Scandellari, de pie detrás de la cancela, permanecían en silencio—. Sé que es lo que deseaba —continuó Mario—. Ahora estará cuidando de Marina como si todo siguiese igual. Como si su muerte no significase nada…

—Pero esto no tenía que haber sucedido —susurró Scandellari—. Gina solo estaba en el momento y el lugar equivocados. Todavía era muy joven, ¡no debería haber muerto!

La mano de Mario se demoró sobre la mejilla de Gina mientras recordaba lo último que le había dicho en San Michele. «Ya no queda nada de nuestro amor. Esos doce meses de felicidad se han convertido en un montón de cenizas…, un cadáver que nadie conseguirá resucitar».

—Adiós, Gina —dijo a media voz—. Esta vez sí podré despedirme de ti. Adiós.

Andrea se disponía a apoyar una mano en su hombro cuando oyeron un ruido procedente de la entrada de la iglesia. Los tres se volvieron al mismo tiempo y Mario no consiguió ahogar un grito. Mientras permanecían en la capilla, Silvana se había detenido en el umbral para agarrarse como podía a una de las hojas de madera revestidas de herrajes. Abrió la boca para decirles algo, pero las piernas dejaron de sostenerla y, para cuando Mario la alcanzó, casi se había desmoronado.

—Silvana… ¡Silvana! —Al recogerla en brazos notó lo agarrotada que estaba—. ¡Dios, dime que estás bien! —exclamó—. ¡Dime que las niñas no te han hecho lo mismo que a los demás!

—No han sido ellas. Ha sido mi padre —murmuró Silvana—. Me atacó. No quería que…

—¿Montalbano ha intentado acabar contigo? —dejó escapar Andrea. Se había reunido con ellos delante de la puerta—. Tiene que haberse vuelto loco si es que no lo estaba antes.

—Lo he matado. —Silvana miraba a Mario sin pestañear—. Con mis… manos.

Cuando él alzó la mirada, más aturdido a cada momento, lo entendió todo. El cuerpo de Montalbano yacía en la plaza en medio de un charco de sangre. Sus piernas y sus brazos se habían quedado abiertos en una postura antinatural, un gesto que habría recordado al Hombre de Vitruvio de no ser por sus contusiones. Los cristales de colores desperdigados a su alrededor completaron la imagen que Mario había formado en su cabeza: se había precipitado desde lo alto del coro.

—Lo he matado —repitió Silvana. Mario volvió a inclinar la cabeza hacia ella—. Por fin he dejado de ser una autómata. He dejado de ser una esclava. ¿Entiendes lo que te digo?

—Eres libre —susurró Mario—, eso es lo único que importa.

—No. —Los dedos de ella se aferraron a los del joven con una intensidad aún mayor que de costumbre—. He dejado de ser una autómata. Los autómatas… funcionan. Estoy… rota…

Al agarrarle la mano para posarla sobre su pecho, Mario comprendió de qué estaba hablando y sintió cómo el pavimento se abría bajo sus pies. El delgado mango de una herramienta sobresalía entre los pliegues de su vestido. Silvana no pudo contener un gemido.

—Sácamelo —susurró contra su hombro—. Está destrozándome… por dentro…

Él no parecía capaz de reaccionar ni de obedecerla. Se había quedado paralizado.

—No puedo hacer eso. Si te lo arranco, morirás, Silvana… Te detendrás…

—Moriré de todas formas. Haz lo que te pido, por favor…, antes de que sea tarde.

Él sacudió la cabeza. «Me niego a tener que separarme también de ti».

—Hazlo, Mario —murmuró su hermano, que se había puesto pálido—. ¿No te das cuenta de que está atravesándole el pecho? ¿Vas a quedarte de brazos cruzados dejándola sufrir?

Los ojos azules de Silvana, implorantes, le hicieron decidirse, aunque sacarle aquel cuchillo le hizo más daño que clavárselo a sí mismo. Al extraerlo poco a poco, comprendió que era un escalpelo, la clase de herramienta de la que Montalbano se había servido para operar a las niñas. Un ruido como de piezas sueltas le hizo adivinar también que la hoja había atravesado el mecanismo que la mantenía con vida hasta quebrarlo como la cáscara de una nuez.

Silvana gimió de dolor cuando la punta metálica asomó entre su ropa. Mario dejó caer el escalpelo como si le quemara y se agachó con ella en brazos para apoyar su espalda sobre sus rodillas. Scandellari, que se había acercado con Emilia, se detuvo a su lado con una expresión confundida que confirmó las sospechas de Mario: Silvana no les había contado lo que era.

Pero ahora acababan de escucharlo: una autómata que no funcionaba. Un juguete hecho pedazos que cualquier artesano abandonaría en lo más profundo de un cajón.

—No llores —murmuró Silvana acariciándole una mejilla. Mario no había reparado en las lágrimas que resbalaban por su rostro—. No me gusta… que sufras… por mi culpa.

—Perdóname —sollozó él—. Tendría que haber confiado en ti. Lo que me dijiste…

—Lo hice para salvar a las niñas. Fui yo quien modificó sus mecanismos… para que se detuvieran. No sabía cuánto tardarían, pero fue muy sencillo… Había una rueda…

Se mordió los labios cuando un nuevo espasmo recorrió su cuerpo. Los siniestros chirridos que salían de su pecho hacían pensar en unos engranajes desprendiéndose poco a poco.

—Ha valido la pena. Nunca hubieras sido libre si supieras que Marina… se encontraba en manos de un loco como mi padre. La conciencia… es casi tan exigente como el amor.

—Te has sacrificado por mí —siguió susurrando Mario— sin darte cuenta de que no seré capaz de vivir si no estás a mi lado. Necesito que te quedes conmigo, Silvana…

A la muchacha le costó esbozar una sonrisa. Tiró del cuello de Mario para que agachara más la cabeza y puso las manos en sus sienes para poder besarle. Sus labios estaban helados.

—Has sido lo mejor que me ha pasado —aseguró en voz baja—. Estas semanas en Venecia han sido un regalo. Lo han compensado todo, Mario. Todo.

Él dejó escapar un quejido parecido al de un animal herido de muerte.

—Tengo frío —susurró Silvana. Se acurrucó más contra él a medida que los chirridos se hacían más intensos. Era como si cada una de las piezas, al soltarse de su corazón mecánico, se llevara consigo un año de su vida artificial. Silvana volvía a ser una niña pequeña a punto de ser arrojada a una fosa—. Tengo las manos congeladas… y hay nieve a mi alrededor. —Apretó los párpados con fuerza contra el pecho de Mario—. Nieve en la playa de Civitavecchia…

Sus dedos temblaron entre los de él hasta que, al cabo de unos segundos, se quedaron tan inertes como los de Gina. Sus ojos también dejaron de moverse y Mario soltó otro gemido.

—No… Silvana, no… —Apretó la frente contra la de la muchacha, pero ella ya no fue capaz de responderle—. No me dejes solo, por lo que más quieras… No te vayas…

—Me temo que es demasiado tarde —oyó decir a su hermano en un hilo de voz. Se arrodilló también en el suelo para sujetar una de las manos de Silvana—. Ya no nos oye.

Pero Mario le hizo soltar sus dedos con una desesperación que nadie sería capaz de plasmar en palabras. ¿Por qué Scandellari y Andrea no entendían lo que pasaba? ¿No veían que Silvana no estaba muerta? Sus mecanismos se habían detenido, nada más que eso; en su interior no acababa de desatarse el paciente proceso de descomposición por el que pasan todos los seres vivos. Cien años después seguiría siendo la misma: una princesa de cuento dormida mediante un hechizo que solo el príncipe conseguiría romper. Scandellari también se agachó a su lado, aunque no estaba observando a Silvana: había clavado los ojos en Mario con preocupación.

—No hay nada más que puedas hacer por ella. —Apoyó una mano sobre su hombro—. Estoy seguro de que se ha alegrado de que pudieras descubrir la verdad. Morir creyendo que la considerabas una traidora habría sido aún más doloroso que lo que le hizo su padre.

—No ha muerto —contestó Mario en un tono desafiante.

—Has hecho lo que te pidió —insistió Andrea— y eso es lo que importa. Silvana está a salvo ahora mismo. Se ha librado de unas cadenas que Montalbano no habría…

—¡Me da igual lo que hubiera hecho Montalbano! —estalló Mario—. ¿No os dais cuenta de lo que pasa? ¿No entendéis que la muerte no ha podido llevarse su alma? Ella me dijo una vez que no estaba segura de tener un alma. Bueno, ahora me doy cuenta de que tenía más que todos nosotros juntos. No dejaré que se pierda para siempre como las de Gina y esas tres criaturas.

—Haz el favor de ser razonable —trató de convencerle Scandellari mientras su hermano lo observaba con tristeza—. Comprendo que esto te haya destrozado, Mario, pero tú no eres un cadáver reanimado como la señorita Montalbano. Todavía sigues estando vivo…

—No sabéis nada acerca de la vida. Ni acerca de su vida.

La cabeza de Silvana se balanceó en el aire cuando Mario se incorporó con ella y sus cabellos resbalaron hasta acariciar los engranajes del suelo. Las piezas sueltas del reloj centellearon con los primeros resplandores de un sol que empezaba a insinuarse sobre los tejados de la ciudad. Andrea cruzó una mirada de inquietud con Scandellari mientras Mario traspasaba la puerta de la iglesia.

—¿Adónde la llevas? —preguntó temiendo conocer la respuesta.

—Se me había ocurrido que… tal vez deberíamos sepultar a las pequeñas aquí —aventuró Scandellari. Mario siguió avanzando hacia la plaza como si no le hubiera oído—. No creo que a nadie se le ocurra regresar a este sitio; la peste hizo que Venecia se olvidara de Santa Maria delle Anime hace demasiados años. Así les daríamos cristiana sepultura sin arriesgarnos a que alguien nos viese hacerlo a escondidas en San Michele. Lo lamento por los Wittmann, pero…

—Gina también está muerta —insistió Andrea a espaldas de Mario—. ¿No te importa lo que ocurra con tu esposa? ¿Te da lo mismo no saber en qué tumba vamos a enterrarla?

—Quedaos llorando a los muertos si es lo que deseáis. Yo tengo trabajo que hacer.

Y se alejó llevando en brazos a Silvana hacia un nuevo día.

Epílogo

Nadie en Santa Croce podría olvidar aquel extraño amanecer de febrero. Los vecinos insistirían durante mucho tiempo en que se habían dado cuenta de que sucedía algo raro desde que la barca apareció bajo el puente Marcello. El Carnaval acababa de terminar, la gente había retomado sus horarios habituales y, cuando estaban a punto de abrir las puertas de sus respectivos negocios, se encontraron ante una imagen que les privó del don de la palabra.

Simonetta estaba dando vueltas por la cristalería cuando el rumor de los remos se abrió paso entre sus torturados pensamientos. Salió a todo correr a la fondamenta Minotto, pensando que se trataría de su padre, de Gina y de los Corsini, pero se quedó anclada en el suelo, como el resto de los vecinos, al descubrir que Mario era el único que había regresado. Su expresión, sin embargo, recordaba más a la de un muerto que acabara de escapar de su tumba que a la del amigo, el hermano mayor, que la muchacha creía conocer.

Tardó un momento en ver que no se encontraba solo. Había alguien recostado sobre el otro banco de la embarcación; su cabello casi acariciaba las aguas por las que esta se deslizaba dejando una estela de espuma y oro sobre las algas. A Simonetta le dio un vuelco el corazón al reconocer, como todo el mundo, a la hija de Gian Carlo Montalbano, mientras que a Giulietta Pietragnoli se le escapó un gritito de horror y su hermana se apresuró a hacer la señal de la cruz. No obstante, ningún vecino se les acercó cuando Mario detuvo el *Bucintoro* delante de La Grotta della Fenice. No le preguntaron dónde estaba Montalbano ni qué le había pasado a su hija: solo se quedaron tan inmóviles como los espectadores de un teatrillo de cartón mientras Mario bajaba de la barca con Silvana en brazos, abría la puerta sirviéndose de una llave que la muchacha llevaba en uno de sus bolsillos y desaparecía con ella en el interior de la juguetería.

Poco a poco, los curiosos regresaron entre susurros a sus respectivos hogares y Simonetta tuvo que conformarse con observar, sintiéndose cada vez más impotente, cómo las cortinas del entresuelo de los Montalbano se cerraban para que la luz del sol no irrumpiese en el taller. Pese a permanecer durante un buen rato en la calle, no supo nada más de Mario; era como si hubiera decidido enterrarse en vida con esa muchacha a la que había traído de entre los muertos.

En el interior de la juguetería, Mario había depositado a Silvana sobre el revoltijo de cojines y sábanas con el que había cubierto las tablas del suelo. Había desabrochado la hilera de botones negros que recorría la espalda de su vestido, había apartado la tela para dejar al descubierto su corpiño y, después de desatar las lazadas, también la plancha metálica que recubría su espalda, cuyos diminutos resortes comenzó a manipular con las herramientas del taller.

«Hay nieve a mi alrededor…, nieve en la playa de Civitavecchia…». Había imaginado que contemplar sus entrañas mecánicas le resultaría escalofriante, pero en aquel momento no pudo sentir miedo, solo una determinación enloquecida y una comprensión por

Montalbano que, en otras circunstancias, le habría hecho escandalizarse de sí mismo. El amor desesperado, ahora lo sabía, podía obligar al más recto de los hombres a cometer un sacrilegio, pero a Mario no le importaba en absoluto porque, si Dios le había arrebatado a Silvana, tenía todo el sentido del mundo que se atreviera a plantarle cara. «Estas semanas contigo lo han compensado todo, Mario...».

Seguía escuchando su voz dentro de su cabeza mientras daba forma, durante los siguientes tres días, a un nuevo corazón mecánico. Ya no era un muchacho envidioso al que solo le interesara superar al mejor juguetero que había pisado Venecia: ahora las manos habían dejado de temblarle porque tenía un nuevo propósito y conocía, por fin, los pasos que debía dar. La esfera de madera que Silvana le había entregado en el callejón descansaba al lado de su cabeza. «Es un modelo tan defectuoso como el que tengo dentro —había dicho ella—, así que no habrá peligro de que se rompa más». Al final habían acabado siendo iguales: a los dos se les había roto el corazón. «Llévatelo a casa, guárdalo en un cajón y sácalo de vez en cuando para mirarlo si te acuerdas de mí».

Al amanecer del cuarto día, cuando los canales de Venecia empezaban a bruñirse con la luz del sol, Mario tomó el nuevo corazón en la mano para colocarlo dentro de su cuerpo. Los delgados cables que lo conectaban con el resto de sus engranajes se adaptaron sin problemas a la pieza que acababa de construir. Se aseguró de que cada palanca estuviera en su sitio, cerró con cuidado la plancha metálica y apretó los resortes que la mantenían adherida a su espalda como una segunda piel. Después, comenzó a cubrirla con la ropa sin ninguna prisa, como haría una madre con un bebé.

No lo hubiera reconocido nunca, pero la calma en sus movimientos no obedecía más que al hecho de que sentía pánico de saber la verdad. Se le había puesto un nudo en el estómago al llegar al final del camino. Poco a poco, le dio la vuelta a Silvana para que quedase tendida sobre su espalda, pero la muchacha no movió ni un músculo. Todavía tenía los ojos abiertos y la mirada congelada en sus iris azules le hizo acordarse de las esferas de cristal que había colocado durante años dentro de las cabezas de sus muñecas. Nada la diferenciaba de los autómatas desconectados por Montalbano que habían guardado silencio cuando atravesó la tienda con ella en brazos.

Temblando, Mario se inclinó sobre Silvana para que su cara quedase a la misma altura que sus ojos. No hubo ningún cambio en su expresión: de su pecho volvía a surgir el rítmico rumor de unas ruedas, girando igual que lo habían hecho cuando seguía con vida, pero la muchacha no parecía ser capaz de ver nada. Estaba tan muerta como Gina, Marina, Emilia y Edelweiss.

Las lágrimas le ardieron en los ojos como si fuesen de lava. No había logrado despertarla, no había servido de nada construirle un corazón nuevo. Dejó caer la cabeza sobre el pecho de Silvana, enterrando las manos en los mechones dorados que la rodeaban como un nimbo, y lloró durante horas sobre su cuerpo mientras los sonidos de la ciudad que se despertaba al otro lado de las ventanas se imponían al de sus engranajes. Al final, cuando había perdido la cuenta del tiempo que llevaba sin comer ni dormir, la besó por última vez en la frente y, después de ponerse en pie con un esfuerzo atroz, comenzó a abrir las cortinas para que la luz regresase al taller.

Todo parecía moverse a su alrededor mientras apoyaba las manos en la mesa de trabajo de la muchacha. Allí seguían sus novelas, sus esquemas sobre la anatomía de las mariposas, incluso la campana de cristal en la que seguía danzando uno de los insectos mecánicos.

Algo en esa criatura de madera y metal, atrapada en una cárcel demasiado pequeña para sus revoloteos, le conmovió más de lo que Mario podría expresar con palabras. Luchando por sobreponerse a su agotamiento, levantó un poco la campana; la mariposa, nada más hacerlo, se escapó por la rendija hacia la ventana más cercana y, cuando el joven la abrió, echó a volar sobre el río del Gaffaro.

Mientras observaba cómo se convertía en una mota azul cada vez más pequeña, Mario creyó captar un quedo sonido a sus espaldas, un chirriar de hierros procedente del nido de cojines improvisado en medio del taller. Se dio la vuelta muy despacio, temiendo que no fuera más que un delirio, y sintió cómo el corazón se le desbocaba. Los dedos de la mano derecha de Silvana se habían desplegado tan pausadamente como los pétalos de una flor. Al cabo de unos instantes, se detuvieron y volvieron a moverse enseguida, esta vez más rápido. También sus pestañas se habían puesto a aletear sobre sus ojos, perdidos entre las vigas que atravesaban el techo.

Mario estuvo a punto de tropezar cuando se precipitó hacia ella para caer de rodillas entre los cojines. Los párpados de Silvana se movieron cuando la llamó por su nombre y sus iris azules se agitaron dentro de sus cuencas oculares mientras recorrían la habitación. Abrió los labios como para hablar, pero no fue capaz de hacerlo y Mario la rodeó con los brazos para incorporarla.

La recostó contra su cuerpo, todavía de rodillas, y le acarició la cabeza despeinada. Pese a que sus dedos seguían estirándose, no parecía tener suficiente fuerza para moverse por sí misma. Sintiendo cómo se le cortaba la respiración, más por la ansiedad que por el esfuerzo que estaba haciendo, Mario consiguió ponerse en pie con el cuerpo de la muchacha entre los brazos.

Mientras tanto, Silvana se dejaba hacer; era como si careciera de voluntad. La sostuvo contra su pecho sin dejar de pronunciar su nombre como si estuviese recitando una plegaria.

—Estoy aquí. —Silvana había reclinado la frente sobre su hombro y Mario recorrió su pelo con los dedos para apartárselo de la cara—. Estoy aquí, Silvana —susurró—. Mírame…

La cabeza de la muchacha resbaló de repente, más pesada que la de una persona de carne y hueso, y Mario tuvo que sujetarla antes de que cayera al suelo. Intentó mantenerla erguida

—Mírame —susurró de nuevo. Era como conversar con una estatua—. Por favor.

La rubia cabeza se meció, pero las manos de Mario se posaron sobre sus mejillas para alzarla hacia la luz, hacia su rostro. Los ojos de Silvana encontraron los suyos, dos franjas azules apenas veladas por sus párpados, y pestañearon con una confusión que confirmó sus peores temores. Aquella posibilidad se había paseado por su mente durante los últimos tres días, pero no había querido atender a la voz interior que insistía en que era un riesgo que debía correr.

La mujer que tenía en brazos podía ser Silvana en esencia, pero una Silvana tan corrompida por la muerte que no se parecería en nada a la persona de la que se había enamorado. Marina no se había acordado de quién era Gina y Emilia no había reconocido a su padre después de que Montalbano las convirtiera en autómatas. Lo más probable era que los recuerdos de lo que habían compartido también hubieran abandonado a Silvana al detenerse sus mecanismos.

Las lágrimas le habían anudado la garganta sin que Mario supiese cómo detener su avance imparable. Silvana lo contemplaba en silencio, con la misma curiosidad inexpresiva que habían mostrado las tres niñas. Poco a poco, bajó la mirada para examinar sus manos y abrió los dedos antes de levantarlos a la altura del rostro de él. Recorrió su piel muy despacio, como si tratara de conjurar sus recuerdos perdidos; le acarició el cabello, las mejillas, los senderos húmedos que las lágrimas habían dejado sobre sus labios. Una arruga apareció en su frente al fruncir el ceño.

—¿Quién eres? —preguntó por fin con una voz desconocida.

Quiso apartar las manos, pero Mario las sujetó para que no dejara de tocarle. Si cerraba los ojos, podía rememorar aún las caricias que habían compartido la noche del Carnaval. Parecía haber pasado un siglo desde que decidieron huir juntos, una eternidad que lo había cambiado todo.

—No te conozco… —repitió Silvana. No había miedo en su mirada, solo una extrañeza que la hacía parecer mucho má s joven.

Mario la rodeó delicadamente con los brazos para atraerla más hacia sí. Esta vez nadie podría arrebatársela, ni siquiera la muerte.

—No te preocupes —susurró—. Tienes toda una vida para recordarme.

Esta edición
de *Las eternas* se
terminó de imprimir
en Madrid el 1 de octubre
de 2022, aniversario de la
primera publicación de
Bóvedas de acero,
de Isaac Asimov,
en 1953.

TAMBIÉN EN ESTA COLECCIÓN

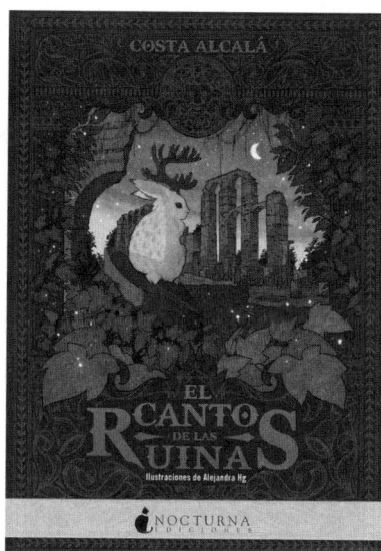

«La magia en manos de Costa Alcalá se convierte en algo real, nuevo y extraordinario».

Javier Ruescas

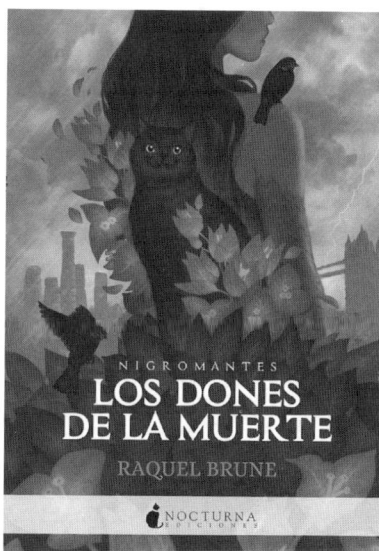

NIGROMANTES
**LOS DONES
DE LA MUERTE**
RAQUEL BRUNE
NOCTURNA

«Raquel Brune ha encontrado el hechizo perfecto para que no quieras despegarte de este libro: un poco de magia de sombras, un mundo con muchas sorpresas y unos personajes únicos de los que no vas a querer separarte».
Iria G. Parente y Selene M. Pascual